中國文字學通論

謝雲飛 著

臺灣學生書局 印行

中國文字學通論目錄

松陽謝雲飛撰述

附錄

中國文字學通論

松陽謝雲飛撰述

第一章　中國文字學之名義

第一節　文字俗謂之沿革

一、文字之本義

中國文字之構造為形符，而其運用則在於音符。先民作書之初，蓋依類以象形，而謂之為「文」。文者，今所謂紋也。說文九上文部文下云：「錯畫也。」段注：「錯當作逪，逪畫者，这逪之畫也。考工記曰：『青與赤謂之文』，逪畫之一耑也。逪畫者，文之本義；彣彰者，彣之本義。義不同也。黃帝之史倉頡，見鳥獸蹏迒之跡，知分理之可相別異也，初造書契，依類象形，故謂之文。」又云：「像兩紋交互也，紋者，文之俗字。」此與今人之所言「花紋」、「紋彩」義同。時世漸後，庶業彌繁，則文之為用，有不足數者矣，因乃形聲相益，合體見義，是則所謂字也。故文者，物象之本也；字者，言孳乳而寖多也。段氏云：「獨體為文，合體為字。」於此亦可知「文」與「字」之有別者矣。

二、古偁文字為「書」或「名」

周官有「外史掌達書名於四方。」鄭注云：「古曰名，今曰字。」又大行人：「九歲屬瞽史諭書名，聽聲音。」鄭注云：「書名，書之字也。」儀禮聘禮：「百名以上書於策，不及百名書於方。」鄭注云：「名，書文也，今謂之字。」論語子路：「必也正名乎！」鄭注云：「正名謂正書字也。古者曰名，今世曰字。」尚書序：「造書契。」釋文：「書者文字。」是古偁文字為「書」或「名」也。

三、春秋以前言文不言字

顧亭林日知錄云：「春秋以上言文不言字。」諸如論語云：「史闕文。」中庸云：「書同文。」皆偁文不偁字之證也。

四、戰國時始偁字

江永羣經補義云：「其偁書名為字者，蓋始於秦，呂不韋著呂氏春秋，縣之咸陽市曰：『有能增減一字者，予千金。』」此偁字之始也，前此未有以文為字者。

五、文字連偁始於秦一統後

「文」與「字」連文合偁而成一複合名詞者，始於秦始皇帝統一天下之後，秦始瑯琊石刻曰：「書同文字。」此二字連用之首見者也。

六、書、名、文、字四者之別

凡偁「書」云者，乃就文字之書寫而言者也。說文三上聿部：「書，箸也。」說文敘：「箸之竹帛謂之書。」至偁「名」云者，係就文字之聲音而言者也。說文二上口部：「名，自命也，从口夕。夕者，冥也。冥不相見，故以口自名。」而偁「文」云者，乃就文字之形體而言者，說文九上文部：「文，逪畫也，象交文。」所謂依類象形，正取文字之形象也。至偁「字」云者，係就文字之發展而言者，說文十四下子部：「字，乳也，言孳乳而寖多也。」是為四者之大界。

七、文字之偁既行，書、名之偁遂廢

秦漢以來，文字之偁已溥遍盛行，且偁「書」易與「書籍」之書淆混，而偁「名」則又恐與「名家」之名相混，故自「文字」之偁既行，而「書」「名」之偁遂浸浸而廢矣。

第二節　中國文字學之名偁與涵義

一、文字學一偁小學

顏師古曰「小學謂文字之學也，周禮八歲入小學，保氏教國子以六書，故因名云。」見漢書杜鄴傳注。此漢人偁文字學為小學也。班固藝文志於六藝略後附有「小學」一類，故其敘曰「古者八歲入小學，故周官保氏掌養國子，教之以六書……至元始中，徵天下通小學者，以百數，各令記字於廷中。揚雄取其有用者，以作訓纂篇。」許氏說文解字敘曰「孝平皇帝時，徵禮等百餘人，令說文字未央廷中，以禮為小學元士。」然細考其實，則保氏之所掌者，六藝在所並習，司徒教萬民亦然。六藝者，一曰五禮吉凶、軍、賓、嘉。，二曰六樂雲門、大咸、大韶、大夏、大濩、大武。，三曰五射白矢、參連、剡注、襄尺、井儀。，四曰五馭鳴和鸞、逐水曲、過君表、舞交衢、逐禽左。，五曰六書，六曰九數方田、粟米、差分、少廣、商功、均輸、方程、贏不足、旁要。。是則文字特六藝中之一藝，小學科目中之一科耳。以一科而命之曰小學，蓋亦有故，據禮記內則偁：「六年教之數與方名，九年教之數日，十年學書記，十有三年，學樂誦詩舞勺，成童舞象學射御，二十而冠，始學禮舞大夏。」此即示以六藝肄習之次第，大約射御弛張，禮樂緐縟，尚非兒稺所勝，惟書數不出刀筆口耳之間，長幼咸宜，數十年之內，僅習書、數二者，而理財、正辭，則二者之中，尤莫重於文字，故周官又有外史掌達書名於四方，瞽史諭書名，聽聲音。其達諭云者，即使知書之文字，得能讀之，蓋文字不惟以教國子，抑且頒之天下矣。說文敘曰：「保氏教國子，先以六書」此一「先」字，甚得禮記之意，而明為教之節，蓋自末以窮本，由藝以達道，濫觴乎小學之原，而涵泳乎大學之海也。可知文字雖不足以概小學，而小學實以文字為始，文字既為小學之所始習，即以小學偁之，舉小學則文字在其中，舉文字即知其為小學矣。

二、偁小學亦有其不妥之處

小學本為學校之名，班固所謂之「八歲入小學」是也。然則古書所載入小學之年齡殊未見其一致，尚書大傳謂十又三年始入小學，又謂十五歲入小學，禮記內則則謂十年以就外傅，此其不妥之處也。高郵高仲華師曰：「餘杭章太炎先生以為文字學必涵形、音、義三者，而精通此三者，誠非兒穉輩之所能也，惟名之為『小學』，係襲用古偁，可便於指示已耳，若以實當之論偁之，宜名之為『語言文字之學』」是也。

三、文字學之名係定偁於近人

自餘杭發表前述之論，故時至章先生弟子一輩，遂定偁為「文字學」矣。此如錢玄同先生有「文字學音篇」，朱宗萊氏有「文字學形義篇」，沈兼士氏有「文字形義學」，俱可見其昭然已成定偁矣。

四、文字學之定義

「文字」二字，若分而言之，則獨體為文，合體為字；象形、指事為文，會意、形聲為字。遽觀之，似是「文」自「文」，「字」自「字」，然就其發展先後觀之，則先有「文」而後有「字」，「文」為事、物之初象，「字」乃由「文」孳乳以成者。惟今人之習慣用法，「文字」二字已複合而成一詞，已無獨體、合體之辨矣。故凡有形體書於紙上，而代表一音、一義之符號，可用以組合成句成章，而表達吾人之情意者，率皆偁之為「文字」，至研究「文字」之形、音、義，以及其相互間之關係，與歷來之變遷者，俱偁之為「文字學」。

第二章　中國文字學之範圍

第一節　中國文字學即形音義之學

一、文字學之三要素

文字之學，不外三端，即字形、字音、字義是也。陳澧東塾讀書記云：「天下事物之象，人目見之，則心有意；意欲達之，則口有聲。意者，象乎事物而構之者也；聲者，象乎意而宣之者也。聲不能傳於異地，留於異時，於是乎書之為文字，文字者，所以為意與聲之迹也。」孔穎達云：「言者，意之聲；書者，言之記。」王安石云：「人聲為言，述以為字。」形、音、義既為文字之三要素，故研究文字學，自當以形、音、義為對象。形者何？謂文字之形體也，即指字形體制之點畫有衡、從、曲、直之殊也。音者何？謂文字之聲韻也，即指發音之呼吸有清、濁、高、下之異也。義者何？謂文字之意義也，亦即訓詁之學也，指字義之倫謂有雅、俗、古、今之不同也。故：

文字學
- 字形：字形學。
- 字音：聲韻學。
- 字義：訓詁學。

今人分文字學為廣、狹二義之說法，其所謂廣義之文字學者，係指包舉字形、聲韻、訓詁三者而言者。其所謂之狹義文字學，即單指字形之學而言者。

二、六書即形、音、義之學

王安石有言：「衡衺曲直耦重交析反缺到仄，自然之形也；發斂呼吸抑揚合散虛實清濁，自然之聲也；可視而知，可聽而思，自然之義也。以此自然之形、聲、義，合而箸於竹帛謂之書，故六書之目，象形屬諸形者也；指事會意屬諸義者也；形聲屬諸音者也；轉注、假借，則又兼形、音、義而為用者也。」戴震曰：「造字之始，無所憑依，宇宙間事與形兩大端而已。指其事之實曰指事；象其形之大體曰象形。文字既立，則聲寄於字，而字有可調之聲；意寄於字，而字有可通之意。是又文字之兩大端也。因而博衍之，取乎聲諧曰諧聲；聲不諧而會合其意曰會意；四者書之體止此矣。由是之於用，數字共一用者，其義轉相為注曰轉注；一字具數用者，依於義以引申，依於聲而旁寄，假此以施於彼曰假借。所以用文字者，斯其兩大端也。」

許宗彥曰：「六書之來古矣，指事、象形、形聲、會意皆指造字之始言之，則假借轉注，亦出於造字之始可知也。或分事、形、聲、意為體，假借、轉注為用者，非也。假借者，假此字為彼字，假其體也。轉注者，由一字為數字，由數字為數十百字，從偏旁轉相注，亦言體也。」

按：本篇取戴段之說為廣義之轉注，今觀許氏之論，似與戴說為異，其實不殊也，蓋凡同部之字，義必相通，或相近，相關，而戴段則主凡義通，或義近者為轉注，惟不拘拘於同部耳。故知戴之言轉注，泛義為廣，許之言偏旁，僅狹其義而已。

段玉裁曰：「六書者，文字聲音義理之總會也。有指事、象形、形聲、會意，而字形盡於此矣。有轉注、假借，而字義盡於此矣。」

按：此一則分析言之，一則隱括言之，理亦同致。又易傳觀乎天文，觀乎人文，天文者，昭然以示，有形可象，人文者，措施而成，有事可指，故言文則可統形與事。文為獨體，字為合體，取聲相成之謂聲，比類合誼之謂意，故言字則可統聲與意。言文字則形、音、義皆統之矣。故鄭樵曰：「文字之本，出於六書，象形、指事，文也；會意、諧聲、轉注，字也；假借者，文與字也。」此亦六書統形、音、義之論也。周伯琦曰：「說文解字五百四十，象形、指事者，文也；會意、諧聲者，字也；轉注、假借者，文字之變也。」趙撝謙曰：「象形、指事，文也；象形，文之純；指事，文之加也。會意、諧聲，字也；諧聲，字之純；會意，字之間也。假借、轉注，則文字之俱也。」竊意形有繁殺，而點畫之迹易淆；音有時地，而侈弇之勢易變；義有本借，而引申之意易混。自非得其分理，通其條貫，則厥義不昭，若夫拘滯一端，主音以為形可忽者，忽則言語道窒，而越鄉如異國矣。主形而以為音可遺者，遺則形為糟粕，而書契與口語益離矣。知形與音而不能推尋故言，得其經脈者，猶非達夫神恉者也。王筠有云：「字之有形、聲、義也，猶人之有神、影、形也。不能離形而為影與神，更不能以他人之影與神附此人之形也。」斯論亦可謂得其體矣。

三、形、音、義為文字學研究之對象

宋王應麟玉海分小學為三，即形、音、義三者分別為研究對象之證也，其所分之三類即：

甲、體制：字形。

乙、訓詁：字義。

丙、音韻：字音。

清紀昀四庫全書總目提要亦分文字學為三，其三者之名如下：

甲、訓詁：義。

乙、字書：形。

丙、韻書：音。

近人唐蘭之中國文字學載：

甲、文字形體學最早之書為：

(一)許慎說文解字、
(二)呂忱字林 } 文字學。

按：其所謂「文字學」係單指字形之學而言者。

乙、文字音韻學最早之書為：

(一)李登聲類
(二)呂靜韻集
} 音韻學。

丙、文字意義學最早之書為：

(一)爾雅
(二)倉頡篇
} 倉雅學。

按：其所云「倉雅學」者，即指訓詁之學也。

本師高郵高仲華先生以為廣義之「文字學」本已包涵形、音、義三者矣，而唐氏又倚「文字學」、「音韻學」、「倉雅學」似嫌緐複，且「倉雅學」之名未見通用，不如「訓詁學」之習見。至以最早之字書，以定三學之名，尤顯不倫，宜正名而為「文字學」，中涵字形學、聲韻學、訓詁學三者，而以形、音、義為研究之對象。

第二節　中國文字學範圍之商榷

一、歷來研究文字學者俱病偏蔽

歷來研究字形之學者，僅留意於「文字構成之理論」與「字體之變遷」二事，殊不知形、音、義三者之不得貫通，即不能真通文字之學，文字尚且不通，又遑論通經術，明義理乎？凡周、秦諸子，遷、固諸史，漢魏各家之辭賦，皆多古音、古字。後漢書曹大家班昭傳：「漢書始出，多未能通者，同郡馬融，伏於閣下，從昭受讀。」而蔡謨之誤彭蜞為蟹，田敏之改「日及」為「白及」，人皆笑其陋，此亦可證欲資多識，誠不可偏廢於一端，否則，遺笑大方必有日矣。

二、今日研究文字學者應顧及之範圍

時際愈後，著述愈多，可資參考之書籍，自必與日俱增，即令前修著之有不盡處，然既勞苦其形神矣，自必有其一得之見，非悉無用者也。故時至今日，凡欲研究文字之學，則潛心閱讀歷來有關文字學之著述，自不可忽視者。兼以近百年來，地下出土之古物，有關文字之資料甚多，研究文字之學，更不宜置而不問。本師高郵高仲華先生以為今日研究文字學之範圍應顧及於下列諸端：

甲、根據說文以構成理論，參考甲骨、鐘鼎、陶器之文，以明其源流與系統。

乙、研究字體之演變，更須探討其原因。

丙、除研究古代之文字以為閱讀古籍之助而外；並宜研究現代之文字，以探測其變遷之趨向。

丁、凡文字學形、音、義三者，當宜貫通融會，明其所以，切不可自蔽於一曲，而肊論妄斷。

三、今日治文字學者之流弊

研究文字學者之有偏蔽之患，非古人而已，即今人亦多株守一隅，偏蔽自誤者。至其畫地自限，管窺蠡測，猶欣然自以為有得者，亦誠可譏矣。本師高郵高仲華先生謂今人治文字學之流弊，有如下諸端：

甲、祇談甲骨、鐘鼎，而忽視說文。

乙、多論語音，而忽略字音，甚或棄廣韻於不顧。

丙、祇重辭義，而忽視字義，且不重視爾雅。

由以上三端致生如下之流弊：

甲、學無根基，直憑胸臆以妄說。

乙、形、音、義三者多不貫通。

丙、多務碎義逃難，便辭巧說，破壞形體，說一字之義，至於數萬之言。安其所習，毀所不見，既以自蔽，更蔽他人，此今世學者之大患也。

第三章 治文字學之塗徑

第一節 文字學為立根柢之學

一、讀書作文須通文字學

昔者，倉頡造書，期於百工乂，萬品察。孔氏正名，期於禮樂興，刑罰中。文字程效，大莫與京。昧者不察，見漢書藝文志次小學於六經之末，遂以小學為經學之附庸，實則精研小學，非僅通經而已，舉凡經、史、子、集，皆多古音古字，隋書經籍志稱，時有釋道騫，善讀楚辭，能為楚聲，音韻清切，至今傳楚辭者，皆祖騫公之音。宋孫覿自謂少時讀司馬相如上林賦，間遇古字，讀之不通，始得顏師古音義，從老先生問焉，累數十日而後能終一賦。於此可證，欲讀古書，不通文字學，則不能洞悉了解。

陸機文賦曰：「選義按部，考辭就班。」劉勰文心雕龍則謂「人之立言，因字而生句，積句而成章，積章而成篇。篇之彪炳，章無疵也；章之明靡，句無玷也；句之清英，字不妄也。」韓愈亦云：「凡為文辭，宜略識字。」於此可證，欲作詩文，不通文字學，則不能文從字順。

二、通會語文、從事譒譯，須通文字學

先世從質，無取詞華，史官記言，在能曉諭，書之盤誥，即通俗之告語，記之考工，即工程之規制，傳之公穀，先儒以為即師弟子問答之詞。後代尚文，漸事藻飾，喜用代詞，好為儷體，因事著偁，緣物生義，言與文離，日益遠，然而音之轉變，皆有樞紐，語之歧異，非無根株，苟撢其本始，各得準繩，自爾闓闢，無慮格塞。班固有云：「古文讀應爾雅，故解古今語而可知也。」於此可證，欲通會語文，不通文字學，則不能期於書一。

周官象胥掌蠻夷閩貉戎狄之國，使傳王之言而諭說焉，以和親之。若以時入寅，則協其禮與其辭言傳之。禮記王制曰：「五方之民，言語不通，耆欲不同，達其志，通其欲，東方曰寄，南方曰象，西方曰狄鞮，北方曰譯。」大戴記亦曰：「傳言以象，反舌皆至。」象、譯、寄、鞮者，即古通事之官也。蓋剛柔燥濕，風土互殊，習俗所囿，聲氣隨異，而欲宣我文教，知彼情實，不有傳人，其何能濟？此在今日，舟車所至，萬國為通，各有所長，可資補短，欲得交輸之益，更賴譒譯之功。然通行文字，所用辭語，數不逾萬，其字則僅三四千而已。外來新理，詎足兼賅？若非深明故訓，則或妄相影附，得其髣髴。或臆造新文，飾所不知，義既欠確，理自晦矣。

昔晉唐之世，譯佛典者，大抵精於文字，觀玄應、慧琳二家所作一切經音義，慧苑所作華嚴經音義，徵引小學書多至數十種，是當時沙門，皆能博覽汎取，而文人之從事潤色者，復知遵修舊文而不穿鑿，故微恉奧義，咸得昭明。於此可證，欲事譒譯，非通文字學，則不能恣意融會。

說文解字敘曰：「文字者，經藝之本，王政之始，前人所以垂後，後人所以識古，故曰本立而道生，知天下之至嘖而不可亂也。」洵知言哉！

第二節　治文字學之先後

一、主由義而入說

文字既括形、音、義三者而為學，是則董治之法，固宜兼綜，尤貴循序，何先何後，其說遂殊，主由義而入者，以為有情志而後有聲音，有聲音而後有語言，有語言而後有文字，故文字實代語言而起，語言乃憑聲音而生，聲音又緣情志而發，傳曰：「言以足志，文以足言。」詩序曰：「在心為志，發言為詩，情動於中而形於言。」易曰：「書不盡言，言不盡意。」此所謂情、志、意即義也，言即音也，文與書即形也。惟有義乃有音，惟有音乃有形。蓋上古人民，未具分辨事物之能，故觀察事物，多以義象相別，不以質體為區，及事物日繁，始增益其形以為界，如「日」訓為「實」，必先有「實」字之義，因日形圓實，遂以實字訓之，「月」訓為「闕」，必先有「缺」字之義，因月形多缺，遂假闕之音以訓之。推之先有上下之義，而後有天地之字，以天體為在上，因以「上」字訓天，以地體為在下，因以「下」字訓地，故說文每解一字，必先說其義，次說其形，誠以造字之源，義先而形後也。

二、主由音而入說

主由音而入者，以為義固在音之先，然非音則義無由見，故古人於天地萬物，皆先有以名之。說文曰：「名，自命也，从口夕。夕者冥也，冥不相見，故以口自名。」蓋名者即以聲音為事物之識別也。大戴記曰：「發志為言，發言為名。」尹文子曰：「形以定名，名以定事，事以驗名。」荀子曰：「名聞而實喻，名之用也，累而成文，名之麗也，用麗俱得，謂之知名。」是則音者乃義之所以依，而形之所以附也。故造字之初，大都先有右旁之聲，後有左旁之形，而字義皆起於右旁之聲，任舉一字，聞其聲即可知其義，又彼字右旁之聲，同於此字右旁之聲者，其義亦必相同，如「侖」字有「分析條理」之義，最初止有「侖」字，就語言而言，則加言而作「論」；就人事而言，則加人而作「倫」；就絲屬而言，則加糸而作「綸」；就水流而言，則加水而作「淪」。是論、倫、綸、淪等字皆由後起，然以同从侖聲，其義亦不相遠。且不必右旁所从之聲同而後義同也，即別一同聲之字，亦可用為同義，如鴻、洪、宏、洚諸字皆有「大」義即是。王引之曰：「古字通用，存乎聲音。」此文字以聲為主，聲同則其性情旨趣殆無不同，若夫形特加於其旁以識其某事某物而已，固不當以之為主也。

三、主由形而入說

主由形而入者，以為義虛而形實。聲自呼也，可治以耳，而不可治以目，傳曰：「物生而有象」，斯形為最可據。故八卦為文字權輿，而畫卦者必仰觀天象，俯察地灋，八卦進而為書契，而作書者因見鳥獸蹏迒之跡，知分理之可相別異，初必依類象形，蓋無形則文不立，有實形者，無論矣。即無形可狀者，亦必以虛形擬之，班固於形、事、聲、意四者皆謂之象，殆即此意。故鄭樵曰：「六書也者，象形為本。」段玉裁曰：「聖人造字，實自象形始。」陳澧曰：「天下事物之象，人目見之則心有意，意欲達之則口有聲，聲不能傳於異地，留於異時，於是乎書之為文字。文字者，所以為意與聲之迹也。」劉師培曰：「韓非子謂人希見生象，而案其圖以想其生，故凡人所意想者，皆謂之象。蓋形者，有實狀可指者也，象者無實狀可指而以虛形擬之者也。」

綜上觀之，則形、音、義三者，任從其一而入，皆無不可。蓋從文字之構造言，必先義而後有音，有音而後有形。就文字之成立言，則音寓於形，義寄於音，相藉相關，循環求之，而推衍於不盡。惟據初學文字學者而言，則形較具體，音、義較為抽象，由具體而抽象，習者不致苦於其難，故今之大學，其文字學之課程，多先字形，次聲韻，而後訓詁，然總以能相互貫通，表裏融會，方可得此根柢之學也。

第三節 治文字學之塗徑

一、有關說文之著述

前云撢究文字學須精於形、音、義三者之貫通，本篇為文字學課程之始，僅論字形之學，其餘音、義二宗，雖閒亦相提，然深入之鑽研，則須待日後課程及於音、義之時，再行研論，本篇略之矣。言字形，首以許慎說文解字為宗，說文為篇十五，為部五百四十，為文九三五三，重文一一六三，為解一三三四四一字，六藝群書之詁，皆訓其意，而天地山川艸木鳥獸蟲蛇雜物奇怪王制禮儀世閒人事，莫不畢載。惟訓詁簡質，猝不易通，又聲韻改移，古今異讀，諧聲諸字，亦每難明，故傳本往往訛異。茲列舉各版本如下：

唐大曆中，李陽冰刊定說文，修正筆法，然頗排斥許氏，自為臆說。

宋雍熙三年，詔徐鉉、葛湍、王惟恭、句中正等，重加刊定，凡字為說文注義序例所載而諸部不見者，悉為補錄。又有經典相承，時俗要用，而說文不載者，皆附益之，題曰「新附字」。其本有正體而俗書訛變者，則辨於注中。其有義理乖舛，違戾六書者，並序列於後。音切則一以孫愐唐韻為定。以篇帙繁重，每卷各分上下，今所行者，為毛晉刻本，即世稱「大徐本」也。

按：錢大昕氏云：「說文一書，傳寫已久，多錯亂遺脫，今所存者，獨徐鉉等所校定之本，鉉等雖工篆書，至於形聲相從之例，不能悉通，妄以意說，古人四聲相轉之法，古音相通之例，徐亦未之知，其他增入會意之訓，大半穿鑿附會，王荊公字說蓋濫觴於此。」

鉉弟鍇又撰說文繫傳八篇，首通釋三十卷，以許氏十五篇，篇析為二，凡鍇所發明及徵引經傳者，悉加「按曰」以為別。繼以部敘二卷，通論三卷，祛妄、類聚、錯綜、疑義、系述各一卷，其總名繫傳者，蓋尊許氏為經，而自比於丘明之為春秋作傳也。祛妄斥李陽冰臆說，疑義舉說文偏旁所有而闕其字及篆體筆畫小異者，部敘擬易序卦傳，以明說文各部先後之次。類聚則舉字之相比為義者，如一二三四之類。錯綜則旁推六書之旨，通諸人事，以盡其意。終以系述，則猶史記之自敘也。其書在宋時已殘闕不全，相傳僅有鈔本，脫誤特甚，多取鉉書竄入，實則鍇書成於鉉書之前，故鉉多引其說，惟音切則朱翱所為，與鉉書不同。今所行者，出於宋蘇頌所傳，又經張次立更定，即世所稱「小徐本」也。說文原書既不可見，故治說文者，皆宗二徐，而「大徐」毛刻、「小徐」張定，亦非真面目矣。

清儒段玉裁作說文注，凡大小二徐本之竄改者，漏落者，失其次者，一一考而復之，又為六書音韻表，立十七古韻部以綜核之，凡說文之形聲、讀若，一以十七部之遠近分合述之，而聲音之道大明；於說文之本義、借義，知其典要，觀其會通，而引經與今本異者，不以本字廢借字，不以借字易本字，揆諸經義，例以本書，若合符節，而訓詁之道大明。故王念孫謂千七百年來無此作，盧文弨謂自有說文以來，未有善於此書者。雖獨為叔重之功臣，抑可砭諸家之失，可解後學之疑，真能推廣聖人正名之旨，而其有益於經訓者，功尤大也。是則學者欲從事說文，宜莫先於段注。

桂馥說文義證，徵引雖富，然脈絡貫通，前說未盡，則以後說補苴之，前說有誤，則以後說辨證之，凡所偁引，皆有次第，取足達許說而止，故專臚古籍，不下己意也。

按：張之洞曰：「段氏之書，聲義兼明，而尤邃於聲；桂氏之書，聲亦竝及，而尤博於義。段氏鉤索比傅，自以為能冥合許君之恉，勇於自信，欲以自成一家之言，故破字剏義為多。桂氏敷佐許說，發揮旁通，令學者引申貫注，自得其義之所歸。故段書約而猝難通闢，桂書緐而尋省易了。夫語其得於心，則段勝矣；語其便於人，則段未之先也。」觀此，則知桂氏書亦不可緩矣。

錢大昭說文通釋，為例有十，一曰疏證以佐古義，二曰音切以復古音，三曰考異以復古本，四曰辨俗以證譌字，五曰通義以明互借，六曰從母以明孳乳，七曰別體以廣異義，八曰正譌以訂刊誤，九曰崇古以知古字，十曰補字以免漏落。

嚴可均說文校議，凡三千四百四十條，專正大徐之誤。

王筠說文釋例，自序謂：「六書以指事、象形為首，而文字之樞機即在乎此，其字之自事而作者，即據事以審字，勿由字以生事；其字之為物而作者，即據物以察字，勿泥字以造物。且勿假它事以成此事之意，勿假它物以為此物之形，而後可與倉頡籀斯相質於一堂也。」緣此意以釋例，循六書之序，分類以舉例，先舉易了之「正例」，正例既窮，乃以「變例」，條分縷析，深入淺出，為讀者不可少之一書。筠又薈萃眾說而折衷之，為說文句讀，所以便初學誦習也。

朱駿聲說文通訓定聲，以聲分部，共十八部，曰通訓者，謂數字或同一訓，而一字必無數訓，其一字而數訓者，有所以通之也，通其所可通，則為轉注，通其所不通，則為假借也。曰定聲者，謂顧、江、戴、段諸君推衍古音，漸詣精密，以雅正俗，則正之以許書，以古正今，則正之以經韻。方音自異，古語雖遙，字體從同，原無二本，聖言所著，理可交推也。

凡此數家，雖精不及段，博不及桂，亦各有獨到之處，可以互相參證，要皆說文之正系也。

二、說文以外之字形書

說文而外，言形之書，其存最古者，有梁顧野王玉篇，本諸許氏，稍有升降損益，經唐孫強之增加，宋陳彭年之重修，亦非顧氏之舊，據重修本所列字數，凡五四二部，舊一五八六四一言，新五一一二九言，新舊總二〇九七七〇言，注四〇七五三〇字，而按各部所收之字，亦僅二二七二六字，餘皆注文耳。按：陳振孫謂玉篇文字雖有增多，然雅俗雜居，非如說文之精覈也，特自今日觀之，亦為可貴。故朱彝尊曰：「宋儒持論，以洒掃應對進退為小學，由是說文玉篇，皆置不問，今之兔園冊子，專考稽於梅氏字彙，張氏正字通（按：明梅膺祚撰字彙，明張自烈撰正字通。），所立部屬，分其所不當分，合其所必不可合，而小學放絕焉，是學者之深憂也。」

又有承說文之緒，而開玉篇之先者，為晉呂忱之字林，其書亦五百四十部，凡一二八二四言，諸部皆依說文，說文所無者，皆呂忱所益。故唐世與說文并重，惜書早佚，清任大椿嘗綴集典墳，鉤沉起滯，成字林考逸八卷，凡文千又五百，於原書存十之一二，其序謂「字林不傳，則自許氏以後，顧氏以前，六書之脈，中斷弗續。」今就考逸觀之，誠有足以訂說文、玉篇之譌者，固亦學者所不得廢也。

第四章　中國文字之原始

第一節　結繩

易繫辭傳下：「上古結繩而治，後世聖人易之以書契。」史記三皇本紀（按：遷書始於五帝本紀，三皇本紀乃褚少孫所補。）亦云：「造書契以代結繩之政。」可知上古未造文字之時，已有結繩記事之事。莊子胠篋篇云：「子獨不知至德之世乎？昔者容成氏、大庭氏、伯皇氏、中央氏、栗陸氏、驪畜氏、軒轅氏、赫胥氏、尊盧氏、祝融氏、伏戲氏、神農氏，當是時也，民結繩而用之。」則自容成氏至神農氏，其為結繩時代，雖為時多寡，未得確知，然可想其長久矣。莊子寓言十九，所言固未必可據，然上古之有結繩，而伏戲、神農時之尚用結繩，見籍者不一而足，想必有其事無疑。說文序云：「及神農氏結繩為治而統其事。」段注云：「謂自庖犧氏以前及庖犧及神農皆結繩為治而統其事也。」至結繩之法，今可考者，惟周易正義引鄭注云：「事大，大結其繩；事小，小結其繩。」李鼎祚周易集解引九家易云：「古者無文字；其有約誓之事，事大，大其繩；事小，小其繩。結之多少，隨物眾寡，各執以相考，亦足以相治也。」劉師培謂：「結繩之字，已不可考，然觀古文一二三等字，皆像結繩時代文字之遺。」按：上古結繩而治，即真有其事，亦無自以考。劉氏小學發微據鄭樵通志「起一成文」之說，謂「一繩縈為數形，故一畫衍為數字」，以此為「結繩文字」之證，則餘杭章先生斥之為「矯枉眩世，持論不根。」亦不為過矣。朱熹云：「結繩，今溪洞諸蠻猶有此俗。」嚴如煜苗疆風俗考亦云：「苗民不知文字，性善記，懼有忘，則結於繩。」林勝邦亦曰：「琉球所用之結繩，分指示、會意二種，凡物品交換，租稅賦納，用以記數者，則為指示類；使役人夫，防護田園，用以示意者，則為會意類。其材料多用藤蔓、艸莖或樹葉等，今其民尚有此法者。」許地山文字研究謂：「臺灣生番亦用結繩之法。」可見文化低落之民族，至今尚有用此法者，則上古之世，或有結繩之治，應無可疑者矣。

第二節　書契

易繫辭傳下云：「上古結繩而治，後世聖人易之以書契。」偽孔安國尚書序亦云：「古者伏犧氏之王天下也，始畫八卦，造書契，以代結繩之政，由是文籍生焉。」然古來傳說，均謂伏犧在神農之前，莊子胠篋亦明言：「昔者容成氏……伏犧氏、神農氏，當是時也，民結繩而用之。」許氏說文序亦曰：「古者庖犧氏之王天下也……始作易八卦，以垂憲象，及神農氏，結繩為治，而統其事。」若伏犧之時，已造書契，而有文字，而在後之神農，反結繩為治，豈非先有書契，而後易之以結繩者乎？故本師杭州師範學校校長富陽蔣伯潛先生以為書契必在結繩之後，而伏犧時之所謂「書契」，蓋非文字也。

今之人凡見「書」字，即以為專指「書籍」，此亦不然矣！古者偁「書籍」為「冊」，字本作，篆文作，金文作。而「書」字本作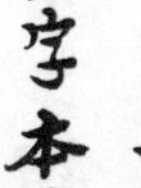，甲文作、，王國維氏解作「畫」字，即古「書」字也。者又字，即手也。木，本、象筆之形，其下之或乂，象所繪之形，以持木畫乂，即繪畫之意。書契之「契」，字當作「栔」，說文：「栔，刻也。从㓞从木。」「㓞」為「丯」之後起字，說文劇「㓞」於「丯」部，然解「㓞」為「散亂艸」，音介，與「㓞」字所从之「丯」絕異，金文中有字，蓋為栔刻之刀，為

栔刻而成之痕迹，劉熙釋名云：「栔，刻也，刻識其數也。」墨子公孟篇云：「是數人之齒而以為富。」俞曲園先生諸子平議云：「齒者，契之齒也。古者刻竹木以記數，其刻處如齒，易林所謂『符左契右，相與合齒』是也。列子說符篇：『宋人有遊於道，得人遺契者，歸而藏之，密數其齒，曰：吾富可待矣。』此正數人之齒以為富者。」可知古之所謂栔或契（按：二字通用。），即刻木以成齒狀，而刻栔之刀，亦異於常刀，其旁有三鉤以為鉤畫者。至所謂齒之多寡，以為富否，與結繩時期之繩結多寡，同為隨物之衆寡而誌此記號無異。陸次雲峒谿纖志云：「木契者，刻木為符，以志事也。苗人雖有文字，不能皆習，故每有事，刻木記之，以為後信之驗。」諸匡鼎猺獞傳亦云：「刻木為齒，與人交易，謂之打木格。」方亨咸苗俗紀聞云：「俗無文契，凡稱貸交易，刻木為信，未嘗有渝者，或一刻，或數刻，以多少遠近不同，分為二，各執其一，如約時合之，若符節然。」於此亦可知刻契之迹，尚可見諸落後民族之中，其非為文字可知也。

「書為『畫』，契為『刻』，其理顯然，知解『畫契』為『文字』之有誤也明矣。

第三節 八卦與河圖洛書

一、八卦

易繫辭傳云：「古者庖犧氏之王天下也，仰則觀象於天，俯則觀法於地，觀鳥獸之文與地之宜，近取諸身，遠取諸物，於是始作八卦，以通神明之德，以類萬物之情。」偽孔安國尚書序亦云：「伏犧氏之王天下也，始畫八卦。」易緯乾鑿度以為☰為古文天字，☷為古文地字，☴為古文風字，☶為古文山字，☵為古文水字，☲為古文火字，☳為古文雷字，☱為古文澤字。緯書之說，固不足取信，然八卦為古代繪圖以記事，殆無可疑之事，此與結繩記事，書畫記事，刻契記事，義皆相類，誠非文字之原始也。

二、河圖洛書

易繫辭傳云：「河出圖，洛出書，聖人則之。」禮運云：「山出器車，河出馬圖。」尚書顧命記喪禮之陳設亦曰：「河圖在東序。」論語云：「鳳鳥不至，河不出圖，吾已矣夫！」挺佐輔云：「黃帝游翠嬀之川，有大魚出，魚沒而圖見。」尚書中候云：「伯禹觀於河，有長人，魚身，出，曰：『河精也』。授禹圖，還入淵。」春秋說題詞云：「河龍圖發。」據此諸書，則河圖為馬、魚、龍自黃河之中所獻出者。河圖玉版云：「蒼頡為帝，南巡狩，發陽虛之山，臨於元扈洛汭之水，靈龜負書，丹甲青文，以授之。」孝經援神契云：「洛龜曜書，垂萌畫字。」竹書紀年云：「黃帝軒轅氏五十年秋七月，龍圖出河，龜書出洛，赤文篆字，以授軒轅。」水經注云：「黃帝東巡河，過洛，修壇沉璧，受龍圖於河，龜書於洛，赤文篆字。」禮緯含文嘉云：「伏羲德合上下，天應以鳥獸文章，地應以河圖洛書，乃則象而作易。」據此諸說，則洛書為靈龜自洛水中獻出者。其或言時代，或不言時代，或云黃帝之世，或謂大禹之際，或傳伏羲之間，所言頗不一致，蓋俱為傳說之詞，非確有實事者也。余意上古之

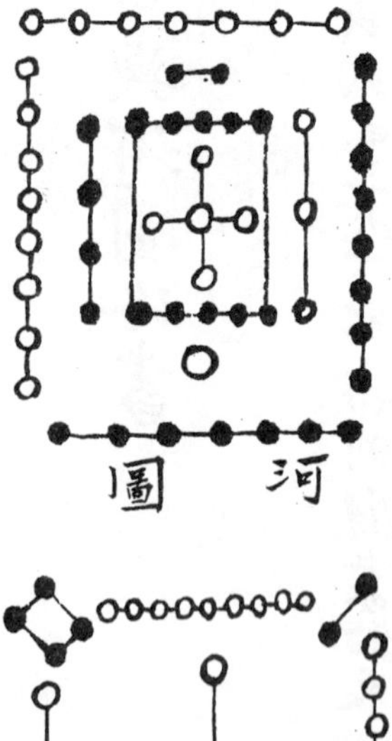

河圖

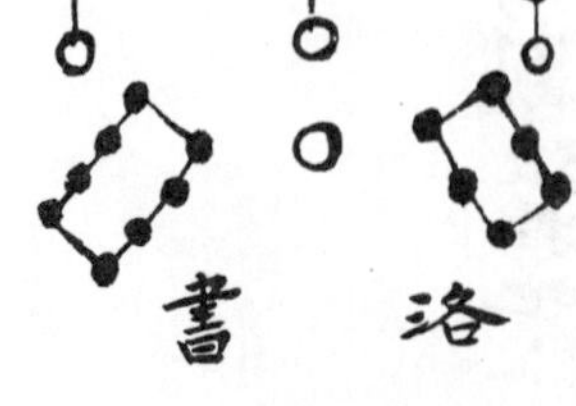

洛書

人，觀龜背之文，魚龍之狀，有所悟而成書，事屬可能，至傳說諸語，自多不足信者，故河圖洛書亦非文字之原始也。

第四節 甲子與圖畫

一、甲子

鶡冠子近迭篇云：「蒼頡作書，法從甲子。」此為以「甲子」為文字原始之說。按：「甲」為十天干之首；「子」為十二地支之首，干支相配，至六十而一周，謂之為六十甲子，據劉恕通鑑外記所云，相傳早在天皇氏時已創此二十二字，今按此二十二字俱有本義，惟說文之解字有誤耳，故朱駿聲曰：「許書之失，其必不可從者，以十幹十二枝為本字本義，此泥于師承，未經釐正耳。」干支之字，既非本義，則「甲子」之必非發於造字也可見，且以「甲子」為文字原始之說，其事本於鶡冠子，今傳鶡冠子十九篇，漢書藝文志所錄，僅一篇而已，故清姚際恆列之於古今偽書考中，其書是否可信，已屬可疑，其說則尤不可從矣。

二、圖畫

純粹之圖與類似圖之原始文字，其間之界限，極為分明，凡能讀者，方可備之為文字，然圖畫則無論所繪為宮室、樹木，觀之者，往往解說不同，且於各類語言相異之民族，縱可繪其相同之圖畫，而於解說此畫之時，即令有其相同之心意，而所表達之語言則異。蓋圖畫之所示為「事物」，文字之所示為「關乎語言」者，故必須可用讀音讀出之，方可理解，此如一幅人像之畫，本國文可謂之為「人」，英國文可謂之為「man」，然一「𠆢」字（篆文人字），中文固當讀之為「ㄖㄣ」，而英文則不可讀之為「man」，必須經翻譯之後，方可謂中文之「𠆢」當於英文之「man」之意，此圖畫不同於文字者之一也。且文字之制作，乃離開純粹圖畫之性質，納其含義於某一型式之中，且所用為線畫，為一線狀外表。如甲骨文中之「𠆢」「山」二字，若繪為圖畫，即須顧及「人」之大小與「山」之比例，然書為文字，則人之大小與山無異，此圖畫不同於文字者之二也。故約而言之，象形文字，固以圖畫為其濫觴，然嚴格之文字成立，則在文字與純粹圖畫分離之後。

周代銅器上之鐘鼎文字，以時期言，自晚出於甲骨文，然銅器上除文字外，尚有若干圖繪，大抵均係各部落之標識，介乎圖畫與文字之間者，則其發生之時代，必在甲骨文之前，蓋此一標識為各部落一家一族之中，歷代相傳，以表示其血統之徽誌者，本師南陽董彥堂先生嘗將此類圖繪薈萃列舉，分別制就二圖（見下第一二圖），其第一圖為有甲骨文可資比證者，其第二圖則為甲骨文中無字可相比證者：

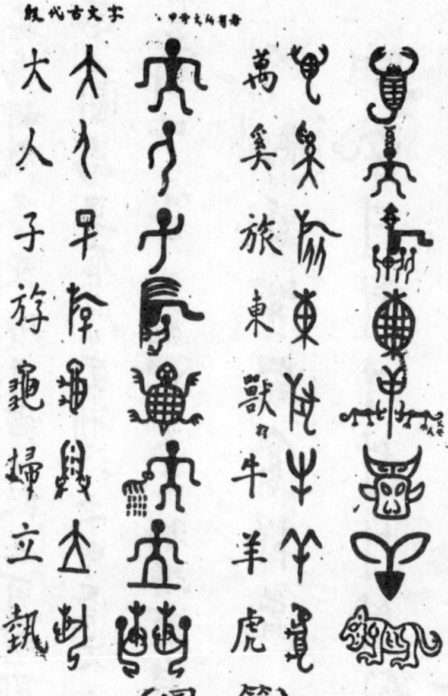

（第一圖）

（第二圖）

此類圖繪，可謂為文字之濫觴，然尚非真正之文字，故華學涑氏之華夏文字變遷表謂之為「古象」，列於甲骨文之前，然尚未脫離純粹圖畫之境，惟觀乎此，即可知其與文字關繫之密切矣。除前列之「圖繪」而外，於今可見之最早中國文字，即為殷商之甲骨文，而甲文之演變已久，絕非原始之文字也，以其為時既久，來源亦古，故已可明顯知其為極成熟之象形文字。下列二圖，第一圖為具有歷史淵源之甲骨文，其第二圖為歷史甚淺之麼些文，以此相互對比，亦可明知甲文之淵源有自矣。

（第一圖）

（第二圖）

中美洲土人有邁阿族，亦嘗有類似圖畫之文字，如以為「葉」字，以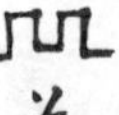為城字。尚書中所常見之「翼日」，其「翼」甲文作或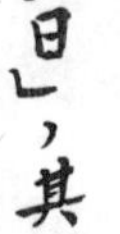，一則從日葉聲，一則借用葉字。甲文中之「垣」作，金文則作，或

，與邁阿族文大同小異。「旦」字从日出地上，甲文作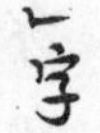，與輿傑布亞(Ojibwa)文之字相類，「雨」字甲文作，與克雷特(Crete)文之相類，故知圖畫為文字之濫觴，非僅中國若是，即世界各民族亦均相似者。本師南陽董彥堂先生曾列舉若干甲骨文與麗江近地之麼些民族所通行之麼些文及埃及文之同事同物者，相與印證比較，亦可明示圖畫為文字之濫觴，惟殷商之甲骨文已演變而成頗為成熟之文字，有異於前二者耳。茲列董先生所精製之比較圖如下：

（第一圖）

（第二圖）

（第三圖）

（第四圖）

（第五圖）

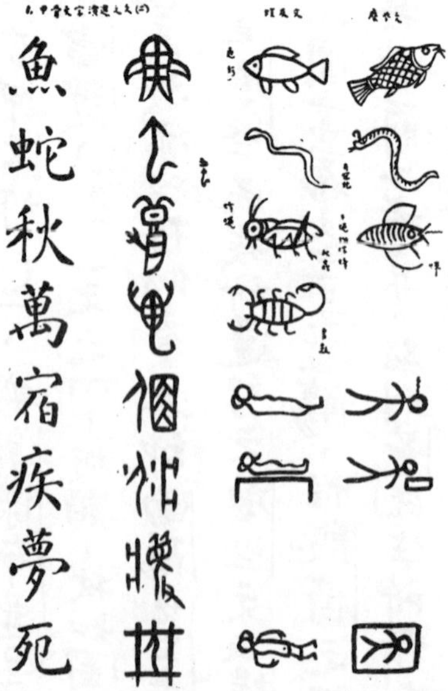

（第六圖）

（第七圖）

第五章　中國文字之創造

第一節　伏羲朱襄作書說

一、伏羲

尚書偽孔安國序云：「古者伏犧氏之王天下也，始畫八卦，造書契，以代結繩之政，由是文籍生焉。伏犧、神農、黃帝之書，謂之三墳，言大道也；少昊、顓頊、高辛、唐、虞之書，謂之五典，言常道也。」此說前章已有明辯，其不足置信也定矣。

二、朱襄

古三墳云：「伏犧始畫八卦，命臣飛龍氏造六書。」帝王世紀云：「伏羲命朱襄為飛龍氏。」觀乎此，則造文字者，似為伏羲之臣朱襄。惟現存之三墳，託名晉阮咸注，明知為偽書，至真三墳，是否果有其書，亦不可考。三墳之之名，見於左傳，杜元凱注祇云「古書」，賈逵謂係「三王之書」，張平子以為三墳即「三禮」，謂「墳者，禮之大防。」三墳之有無，既已可疑，其云造六書之言，自不足取信也。

第二節　沮誦、蒼頡與梵、佉盧、蒼頡作書說

一、沮誦、蒼頡

世本作篇云：「沮誦、蒼頡作書。」衛恆四體書勢云：「昔在黃帝，有沮誦蒼頡者，始作書契。」太平御覽引宋衷世本注亦云：「沮誦、蒼頡，黃帝之史官。」沮誦其人，已不可考，或以為即古之祝融，然莊子胠篋篇列祝融於伏羲之前，有祝融而無燧人，且古書謂「祝融為火正」，而燧人教民火食，故

乃有疑祝融即燧人者。沮誦之人，尚且可疑，則作書之說更無可信之理矣。

二、梵、佉盧、蒼頡

法苑珠林云：「造書三人，長曰梵，其書右行；次曰佉盧，其書左行；少者蒼頡，其書下行。」又曰：「梵、佉盧居於天竺（今印度），黃史蒼頡，居於中夏。」今按此為釋家之肊說，其與唐釋法琳破邪論所云「佛遣三弟子震旦教化，儒童菩薩，彼偁孔子；光淨菩薩，彼偁顏回；摩訶迦葉，彼偁老子。」之說同謬，至「少者蒼頡」云云，自是本諸古書之傳說，其無確證也甚明。

第三節　蒼頡作書說

一、蒼頡作書說之見籍

甲、見於戰國及漢初人之著作者：

荀子解蔽篇曰：「好書者眾矣，而倉頡獨傳者一也。」

呂氏春秋君守篇曰：「奚仲作車，蒼頡作書。」

韓非子五蠹篇曰：「古者倉頡之作書也，自環者謂之厶，背厶謂之公。」

世本作篇曰：「沮誦、倉頡作書。」

李斯倉頡篇曰：「倉頡作書，以教後詣。」

淮南子修務訓及本經訓俱云：「昔者倉頡作書而天雨粟，夜鬼哭。」

乙、東漢以後，有關倉頡之傳說者：

王充論衡骨相篇云：「蒼頡四目。」譏日篇亦曰：「蒼頡以丙日死。」感類篇曰：「蒼頡起鳥迹。」

皇覽冢墓記更有倉頡所葬之所。

法苑珠林云：「……少者倉頡，其書下行；……黃史倉頡居於中夏，梵佉盧取法於淨天，倉頡因於鳥跡，文畫誠異，傳理則同矣。」

丙、倉頡、史皇是否一人：

(一)史皇作圖說：呂氏春秋勿躬篇云：「大撓作甲子，黔如作歲首，容成作曆，羲和作占日，……史皇作圖。」文選貴妃誄注引世本亦云：「史皇作圖。」藝文類聚引世本云：「史皇作畫。」

(二)高誘注淮南始以史皇為倉頡：淮南子修務訓云：「史皇產而能作書。」高注：「史皇倉頡，生而見鳥跡，知著書，號曰史皇，或曰頡皇。」

(三)近人唐蘭則謂史皇與倉頡為二人：唐氏以為史皇與倉頡，一人作書，一人作圖，且謂淮南修務所謂「史皇產而能作書」之「書」，乃「圖」字之譌，高誘又從而誤之。

(四)本師高郵高仲華先生以為史皇、倉頡，時代久遠，無法細考，至作書作圖，本無大別，蓋以古文原為象形文字故也。

丁、倉頡之時代說：

(一)孔穎達尚書正義云：「蒼頡，說者不同，故世本云：『蒼頡作書』，司馬遷、班固、韋誕、宋衷、傅玄皆云：『蒼頡，黃帝之史官也』。崔瑗、曹植、蔡邕、索靖皆直云：『古之王也』，徐整云：『在神農、黃帝之閒』，譙周云：『在炎帝之世』，衛氏云：『當在庖犧、蒼帝之世』，慎到云：『在庖犧之前』，張揖云：『蒼頡為帝王，生於禪通之紀』，其年代莫能有定。」

(二)說文解字敘云：「黃帝之史倉頡，見鳥獸蹏迒之迹，知分理之可相別異也，而造書契。」又云：「倉頡之初作書，蓋依類象形，故謂之文；其後形聲相益，即謂之字。」

(三)今按倉頡之名或作「蒼頡」，各本所見不同，蓋以音同通用故也。至謂禪通之世，即有倉頡古皇，則其時已在獲麟前二十七萬六千餘年，而下逮黃帝之世，復有倉頡造字，則疑倉頡為相襲之號，宜非一人之名，史皇亦為顯者之爵，非屬一人之身，故知古來造字，必非一人，更不止於名倉頡其人也。

第四節　中國文字創始之推測

一、中國文字之發生

觀夫古籍，言「書契」二字者眾，書乃圖繢以成，契由刻劃而生。由圖繢以成者，其原始本無定型，僅為造字者一人之匠心獨運而已。故前人細考「人」字之古文，有多至七十六異體者，若文字果為一人所造，則又何至於歧異若是。本師杭州師範學校校長富陽蔣伯潛先生簡擇「人」字異體中之精要者八字，即有如下之殊異：

至由契刻之記號而生者，則如古文之數字：

安特生在甘肅西寧縣仰韶村仰韶期文化之遺址中嘗發現甲骨二片，其形為：

(五)

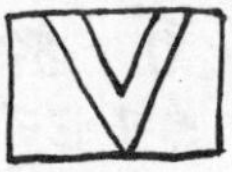

(六)

於此更可斷知文字非一時一人所創者矣，然則亦可知文字之創於何時，何人為不易考者矣。至謂因何而創の，則余嘗曰「主觀方面之感於需要，客觀方面，則因環境之啟示。」

二、文字創造之動機

主觀方面之感需要：結繩、刻識既感不便，言語聲音又不能留諸異時傳諸異地，故有創制文字之必要。

客觀環境之啟示：仰則觀象於天，俯則觀法於地，日月星辰，鳥跡獸蹏，皆為始創文字之啟示。

三、文字之創始時代

傳言片語，既不足以為信，則當以見諸實物為可信，今之可見最早文字，為出土於河南省安陽縣小屯村之龜甲文字，故據目前之可靠資料而論，吾人可約略論斷：文字之創造，至少在商代之前。

第六章　中國文字學史略

第一節　周代之文字學

一、爾雅之成書

大戴禮記孔子三朝記云：「公（魯哀公）曰：「寡人欲學小辯，以觀於政可乎？」」孔子曰：「爾雅以觀於古，足以辯言矣。」」若此說是實，則孔子時已有爾雅矣。

張揖上廣雅表云：「昔在周公，纘述唐虞，宗翼文武，克定四海，勤相成王，以導天下，著爾雅一篇，以釋其義。」按：經典釋文以為周公著爾雅一篇為釋詁。漢志著錄爾雅三卷，卷數多於篇數，或言仲尼所增，或曰子夏所益，或云叔孫通所補，或偁沛郡梁文所考，皆解說家言，疑不可明也。

郭璞爾雅注序云：「爾雅蓋興於中古，隆於漢氏，豹鼠既辯，其業亦顯。」邢昺疏以為漢武帝時終軍始受豹鼠之賜。梁有犍為文學卒史臣舍人注爾雅三卷，陸氏經典釋文以犍為文學卒史為漢武帝時人，其書（爾雅）當在武帝之前。

四庫提要偁：「大抵小學家綴緝舊文，遞相增益，周公孔子皆依之詞。觀釋地有『鶼鶼』，釋鳥又有『鶼鶼』，同文複出，知非纂自一手也。」

按：其書疑為周人所創始，其後遞有增益，至於漢初，則已成定本，即如今所見本矣。

二、史籀篇之成書

舊傳史籀篇為周宣王太史籀所作。(今佚)。王國維以為係周秦閒西土文字，現存商鞅量，時在秦孝公之際，與小篆甚接近。近人唐蘭以為：石鼓文在秦靈公三年，較「商鞅量」已早七、八十年，則史籀篇之成書，至遲亦在戰國初期。

今按左傳中有「止戈為武，反正為乏，皿虫為蠱。」之言，可見春秋時已有解釋文字之風矣。又周易象傳有若干解釋，乃訓詁學之先河。且周禮保氏已有六書之名目，而韓非子五蠹篇亦有「倉頡之作書也，自環者謂之厶，背厶為公。」亦可知戰國時已有訓詁之事。據此諸事，自可想見史籀篇之成書，當在春秋時期，至遲亦不至晚於戰國初期。姚振宗氏補後漢書藝文志以為是書為後漢王育所撰，誠未可據。故唐元度論十體書，以為周宣王太史籀作，王育為作解說云。

第二節　秦漢之文字學

一、秦代之文字學

六國之時，文字雜亂彌甚，各國各地，自制文字，越鄉異形，人用己私，字體字音，相異俱甚，因有「書同文」之言。

始皇統一天下，議書同文、車同軌，李斯作倉頡篇，趙高作爰歷篇，胡毋敬作博學篇。（以上俱佚）。

二、漢代之文字學

漢初有仿倉頡篇而作字書者，武帝時，司馬相如作凡將篇。宣帝時，又徵齊人能正倉頡讀者，張敞從受之。元帝時，黃門令史游作急就篇。成帝時，李長作元尚篇，皆倉頡中正字也。今各書並佚，唯急就篇尚存耳。平帝時，徵天下通小學者以百數，各令說文字未央庭中，中有爰禮者，平帝令以為小學元士，揚雄采所說之言以作訓纂篇，順續倉頡，凡八十九章。又張敞從齊人所受小學，傳至其外孫之子杜林，因作倉頡故及倉頡訓纂。諸家所作，大抵詞或三字、四字，以至七字為句，取便幼童循誦，尚粗存周代小學之遺制。

其後新莽居攝，頗改定古文之字，逮於東京，小學不修，人用其私，文字又寖不正，故光武時，馬援嘗上書請正文字。東觀漢記援上書曰：「臣所假伏波將軍印，書伏字犬外嚮，成臯令印，臯字為白下羊，丞印四下羊，尉印白下人，人下羊。即一縣長吏，印文不同，恐天下不正者多，符印所以為信也，所宜齊同，薦曉古文字者，事下大司空正郡國印章。」

及和帝時，申命賈逵修理舊文，于是許慎乃作說文解字，合收古籀，博采通人，分別部居，不相雜廁。故顧炎武曰：「自隸書以來，其能發明六書之指，使三代之文，尚存於今日，而得識古人制作之本者，許叔重說文之功為大。」孫星衍曰：「微許叔重，則世人習見秦時徒隸之書，不覩唐虞三代周公、孔子之字，竊謂其功不在禹下，惟其書雖經表上，當時未見頒行，故魏晉之間，惟有急就篇為學童所習。」

漢世今文學家，喜言文字，然多荒謬之論，如「馬頭人為長，人持十為斗，虫者，屈中也。」之類是，甚者且以秦隸為倉頡所造，咸謂文字乃父子相傳，自無改易之理，故俱不信古文，尤不信古文經。

其古文學家，則能建立一文字學之系統，自六書入手，以解說經籍。周禮保氏掌諫王惡，養國子以道，乃教之以六藝，一曰五禮，二曰六樂，三曰五射，四曰五馭，五曰六書，六曰九數。但言六書之總名，而未云其細目。六書有三說，一見於漢志，一見於鄭眾周禮注，另一則見于許氏說文敘，此皆古文學家之說。漢志載有「八體六技」一書，本師高郵高仲華先生以為「八體」殆為秦書之八體，「六技」疑指「六書」，正古文家所本者也。

東漢除許氏說文外，尚有賈魴作滂喜篇，前承倉頡篇，訓纂篇，晉人併之為三倉。又樊光，李巡，犍為舍人，劉歆等人均作爾雅注。此外劉熙作釋名，揚雄作方言，一重音訓，一以雅言釋方言，皆古小學中之要籍。

第三節 三國，晉，南北朝之文字學

一、三國之文字學

魏孫炎作爾雅音義，用反切注音，是為我國有反語音書之始。

魏張揖作廣雅、埤倉、古今字詁、三蒼訓詁、張氏集古文、難字、錯誤字，為訓詁學之名家。

魏李登作聲類，為我國第一部聲韻書籍。

吳韋昭撰辯釋名，則為發明劉熙釋名之作。

二、晉代之文字學

晉呂忱撰字林，據封演聞見記偁：「晉有呂忱，按羣典，搜求異字，撰字林七卷，五百四十部，凡一萬二千八百二十四字，諸部皆依說文，說文所無者，皆忱所益。」魏書江式傳云：「尋其況趣，附託許慎說文，而按偶章句，隱古籀奇惑之字，文得正隸，不差篆意。」其書乃以隸書為據，亦說文之流裔也。

呂靜撰韻集，係承聲類而作，後世韻書多從之者。

郭璞作方言注、三蒼注、爾雅注，為晉代訓詁學之大師。

晉代俗文字之研究，撰述亦眾，顏氏家訓書證篇云：「通俗文，世間題曰河南服虔字子慎造，虔既是漢人，其敘乃引蘇林、張揖，蘇、張皆魏人，且鄭玄以前，全不解反語，通俗文音甚會近俗。」按：是書當是魏以後人所作。除通俗文外，又有王義作小學篇、葛洪作要用字苑。

三、南北朝之文字學

承通俗文、小學篇、要用字苑之緒，有齊顏之推作訓俗文字略、宋何承天作纂文、梁阮孝緒作文字集略，以及後世敦煌所出之唐人俗務要名林、碎金之類，皆此一系統之書也。

後魏陽承慶（隋志二唐志作楊）作字統二十卷，凡一萬三千七百三十四字，專釋字形，為說文、字林一類之書。

陳顧野王作玉篇三十卷，一萬六千九百十七字，集訓詁學之大成，為我國第一部字典。

南朝發明四聲，有梁沈約四聲譜、齊周顒四聲切韻、齊王斌四聲論、梁夏侯詠（或作該）四聲韻略等書。

第四節 隋、唐、宋之文字學

一、隋、唐之文字學

隋陸法言撰切韻，為我國現存之最早且最有研究價值之韻書。陸善經作新字林，曹憲作文字指歸，為字林系之字書。又潘徽作韻纂，陸善經作四聲指歸，亦屬韻書之類，惟書已亡佚，不復可考矣。

唐顏師古作字樣，杜延業作羣書新定字樣，顏氏玄孫作干祿字書，歐陽融作經典分毫正字。時至唐世，鮮復有人能書篆書者，故李陽冰出而刊定說文，修正筆法，以中興篆文。李騰集說文目錄五百餘字撰為說文字原。五代時蜀人林罕為陽冰之書作集解，又取偏旁五百四十字，作說文偏旁小說，南唐徐鍇作說文繫傳，徐鉉歸宋後校正說文，故今世有所謂說文大、小徐本。

二、宋代之文字學

王安石作字說二十卷，以肊說解文字，附會之言，殊不可信。唐耜作字說解一百二十卷、清陸佃嘗信其說。

王聖美創右文說、以為形聲字之聲符大抵兼義、此為訓詁學中之一大發明。

宋代因金石學之發達、隸書及古文之研究、俱多成績、如楊南仲、章友直、劉原文、蔡君謨、歐陽修均嘗深研鐘鼎文字。呂大臨作考古圖及考古圖釋文、王楚作鐘鼎篆韻、此皆具體之成績也。

鄭樵棄六書之理論、以主觀之肊說作象類書十卷、用獨體為文、合體為字之理、取三百三十母為形之主、八百七十字為聲之主、併說文五百四十部為三百三十部、其後又作六書證篇、併減其原訂之三百三十部為二百七十部、所論都不合歷來文字學之理、惟此二書、今皆失傳、僅見於通志六書略中少有徵引而已。

司馬光作切韻指掌圖、邱雍陳彭年等奉詔編廣韻、丁度編集韻、此皆音學名籍。

第五節　元、明之文字學

一、元代之文字學

元楊桓撰六書統二十卷，以象形、會意、形聲、指事、轉注、假借六書，分統諸字，設義例以該之，例所不通，則生一變例，再不通又生變例，數變之後，紛亂如絲，遂致橫決，四庫提要謂變亂六書之弊，始於戴侗而成於楊桓云。楊氏除六書統外，又有六書泝源，體例多非可取者。

戴侗作六書故三十三卷，凡分九部，一數、二天文、三地理、四人、五動物、六植物、七工事、八雜、九疑。盡變說文、玉篇之例，自此書始，其文皆從鐘鼎，而篆隸雜糅，大旨在以六書明字義，學古篇譏其多杜撰，蓋亦肊說居多之著作也。

周伯琦撰六書正譌五卷，係書附其所著說文字原之後，二書實一書耳。

趙撝謙撰六書本義十二卷，以說文五百四十部合併為三百六十部，其論六書，祖述鄭樵之說，亦無可取。

二、明代之文字學

明魏校撰六書精蘊六卷、音釋一卷、自序謂「因古文正小篆之譌，擇小篆補古文之缺。」四庫提要謂「所用籀書，都無依據，其所改正，恐不可訓。」音釋一卷，乃其門人徐官所作，以釋注中奇字者。

楊慎作六書索隱、趙宧光作說文長箋、趙氏書係根據李燾（宋人）之說文五音韵譜而成者，顧炎武多識其淺陋。

陳第作毛詩古音考，屈宋古音義。訓詁書則有朱謀㙔之駢雅七卷，朱氏剌取古書文句之典奧者，依爾雅體例分章訓釋，自釋詁以至蟲、魚、鳥、獸凡二十篇，以聯二為一、駢異為同，故名駢雅。方以智作通雅五十二卷，方氏書亦仿爾雅之例，依類訓釋，以考證、訓詁、音聲為主，而旁及於名物、度數、藝術之類，分四十四門以統全書。

第六節　清、民國之文字學

一、清代之文字學

甲、說文學之復興：

明清閭，常熟毛晉汲古閣五次據宋本校刊說文。汪啟淑刻徐鍇說文繫傳。至清人之治說文者尤眾，其名家有段玉裁之說文解字注，桂馥之說文義證，王筠之說文釋例，朱駿聲之說文通訓定聲等書。

乙、古文字之研究：

李登之摭古遺文，朱時望之金石韻府（以上皆明末清初人），汪立名之鐘鼎字源，閔齊伋之六書通，徐琮之古文篆韻，周裕度之金石字考，此皆研究古文字之作，惟當時地下材料尚未出土，故所作都不足道。清乾隆十四年西清古鑑刻成後，鐘鼎文遂為時人所重。研究隸書者，有顧藹吉之隸辨。其次為漢印研究，有袁日省之選集漢印分韻。嚴可均有說文翼，莊述祖有說文古籀疏證，阮元作積古齋鐘鼎款識刻入皇清經解中。吳大澂作說文古籀補，丁福保作說文古籀補補，張運開作說文古籀三補，孫詒讓作古籀拾遺，古籀餘論，羅振玉作殷墟書契考釋。

丙、今文字之研究：

楊守敬作楷書溯源、草書韵會、草字彙等書。

丁、聲韻學之研究：

顧炎武作音學五書、詩本音，江永作古韻標準，錢大昕十駕齋養新錄中論古音者，尤有獨到之見。陳澧作切韻考，此外如戴震、段玉裁、王念孫、江有誥、俞樾等人均有深入之研究，輝煌之成就。

戊、訓詁學之研究：

郝懿行作爾雅義疏，邵晉涵作爾雅正義，王念孫作廣雅疏證，王引之作經傳釋詞，俞樾作古書疑義舉例，阮元之經籍纂詁，尤為巨著，此皆訓詁學之研究之具體成績也。

二、民國之文字學

甲、說文之整理：如民國初年丁福保之集歷來說文著述為說文詁林等。

乙、甲骨文之研究：有王國維、羅振玉及中央研究院等之研究，而本師南陽董彥堂先生，尤為當今甲骨學之權威。

丙、聲韻學之研究：有章太炎、黃季剛及瑞典人高本漢等。

歷來文字學之研究，畢以字形一方言之，大抵可分「說文學」、「古文字學」、「六書學」、「字樣學」、「俗文字學」等派，本編所論，主於形而略及於音義，蓋兼顧初學與現行課程之序次也。

第七章　中國文字之流變

第一節　古文

古文者，倉頡以後，史籀以前文字之通名，說文序謂「五帝三皇之世，改易殊體」者也。衛恆乃謂「自黃帝至於三代，其文不改。」孔穎達亦謂「自倉頡以至周宣，皆倉頡之體，未聞其異，後人因概目之曰倉頡古文。」實則更歷八代，積年數千，王者之興，必有所因於故名，亦必有所作於新名，新故相襲，豈能無變？且從其質言，古但曰文，不著古字，其偁古文，殆起於秦，以其既異秦篆，并異籀文，又不能專象一代，故謂之古耳。惟籀文雖作，古文猶行，故孔子書六經，左氏述春秋傳，皆以古文。秦隸通行，古文遂廢，故司馬遷謂「秦撥去古文。」揚雄謂「秦剗滅古文。」許慎謂「古文由此絕矣。」及壁中經出，古文乃大顯於世，而郡國亦往往於山川得鼎彝，其銘即前代之古文，說文一書遂得兼采（按：說文中凡本於經典之古文，皆言出處，惟未明言出於鼎彝者，據所考，若齊桓銅器，美陽周鼎，周召公鼎，齊太公鼎，仲山甫鼎，楚武王鼎，上維寶鼎之類，皆出許氏之前，當為說文所本也。），故錢大昕曰：「說文所收九千餘字，古文居其大半，其引據經典，皆用古文說，間有標出古文籀文者，乃古籀之別體，非古文祇此數字也。且如書中重文，往往云篆文或作某，而正文固已作籀體矣，豈篆文亦祇此數字耶？」作字之始，先簡而後繁，必有一二三，然後有从弋之弌式弎，而叔重乃注古文於弌式弎之下，以是知許所言古文者，古文之別體，非弌古於一也。古文豐中而首尾銳，小篆則豐銳停勻，叔重采錄古文，而以小篆譯書之，後人不學，妄指說文為秦篆，別求所謂古文，而古文之亡滋甚矣！段玉裁曰：「小篆固古籀而不變者多，其有小篆已改古籀，古籀異於小篆者，則以古籀附小篆之後，曰古文作某，籀文作某，此全書之通例也，其先古籀後小篆者，則變例也。」觀此則知古文之存於後世者，自以說文為尤可信，惟說文據六書以解說，而古文殊形詭製，筆畫增減最多，至有無以下筆者。當孔子時，古文已浸浸而不正，故壁中古文，見於三體石經者，說文亦不能盡錄。若鼎彝之屬，本為重器，銘之以文，兼以為飾，字之結構，往往隨器之大小方圓而殊，同為一字，各器大同小異，或繁或簡，無有定則，說文雖取之，而不能無別擇，其不合六書者，宜為許君所汰矣。

史漢之中，亦閒存古文，然為數未多，可資徵述而已，至衛宏、郭顯卿、張揖孫強、徐邈所集之古文，書俱不傳。晉汲塚所得竹書，中多古文，今亦不可見矣。若世傳黃帝作雲書，少昊作鸞鳥書，高陽作科斗書，高辛作仙人書，帝堯作龜書，尤妄誕不可信。其他如夏代文字見於左傳者，有九鼎之銘，見於吳越春秋者，有洞庭禹書，今竝失傳，傳者有峋嶁碑，然又偽物也。惟商周彝器，則自宋以來，出土者日多，從事考釋者日盛，氈墨拓本，流布亦日廣，校其同異，以觀三王之殊體，斯其粲然者矣。然以資博識考古，自足成一家之學，至見其字為說文所無者，則思有以補之；見其字與說文中古文異者則思有以正之，是又失諸好事矣。蓋器有真贋，文有疑似，鑒別非易故也。故錢大昕曰：「求古文者，求諸說文足矣，後人求勝於許氏，拾鐘鼎之墜文，既真贋參半，逞鄉壁之小慧，又誕妄難憑，此名為尊古，而實戾於古者也。」餘杭章太炎先生云：「吉金著錄，寧皆贋品，而情偽相雜，不可審知。必令數器互讐，文皆同體，斯確然無疑耳。單文間見，宜所罷汰，無取詭效殊文，用相誑耀，穿鑿之徒，務欲立異，亦有燔燒餅餌，毀瓦畫墁，以相欺紿，不悟偽迹，顧疑經典有譌，說文未諦，此蓋吾人所未諭也。」此亦可為迷於鐘鼎者之深誡矣。

昔年貴州永寧發見洪巖石刻，文字多象形，然奇譎難識者多，與古文字例，多未符合，或以為古代苗民遺迹，似猶可信，至有定為殷高宗伐鬼方之紀功刻石，亦無以徵也。往者，河南安陽洹水之陽小屯村近地，又發現龜甲文字，劉鶚、孫詒讓、羅振玉、王國維等人，咸有考證，於是考求古文者，又羣趣龜甲、朽骨通靈，遂成瓌寶，而以龜甲自名家者亦日起矣。獨餘杭非之曰：「周禮有釁龜之典，未聞銘勒，其餘見於龜策列傳者，乃有白雉之灌，酒脯之禮，粱卵之祓，黃絹之裹，而刻畫書契無傳焉。假令灼龜以卜，理兆錯迎，璺裂自見，則誤以為文字，然非所論於二千年之舊藏也。夫骸骨入土，未有千年不壞，積歲稍久，故當化為灰塵，龜甲蜃珧，其質同耳。古者隨侯之珠，照乘之寶，珕珌之削，餘蚳之貝，今無見世者矣，足明堊質白盛，其化非遠，龜甲何靈，而能長久若是哉。」甲文、金文，誠可證後世文字之變革，然觀乎此言，亦當明求古文之不可專迷於甲骨矣。

第二節　籀文

籀文者，周宣王時太史籀之所作，漢書藝文志載史籀十五篇是也。漢志自注及說文序又偁大篆，段玉裁云：「大篆之名，上別乎古文，下別乎小篆而為言，曰史篇者，以官名之，曰籀篇籀文者，以人名之。」今按呂氏春秋云「蒼頡造大篆」，則古文亦可偁大篆，而非籀文之專偁，故秦人八體有大篆無古文。段氏上別之說，言而未密，竊疑春秋以前，未有偁文字為篆者，其時或曰文，或曰名，篆之稱，大抵周末秦人為之，以為時去頡、籀已遠，故名大篆，大與太同，謂太古之篆也，此猶稱上世之書為尚書之理正同。自秦篆出，漢人目曰小篆，於是始以大為大小之大，而大篆亦始為史籀所專。至論其本，則十五篇者，非蒼頡之遺，且為一家之作，亦與泛稱古文之漫無經界者，判然有別，自宜從其人名，稱曰籀文為當。故許君序中雖言大篆必系以「史籀」二字，至其書中所引，則但曰籀文，不言大篆，蓋以大篆古文之名雖可通，而古文、籀文之限不可亂故也。至有分大篆與籀文為二體者，斯更謬矣。漢志曰「史籀篇者，周時史官教學童書也，與孔氏壁中古文異體。」說文序則謂與古文或異，四體書勢則謂或與古同，或與古異。此言籀文之大體也。籀文除見於說文者外，別有陳倉石鼓文，初不見稱於前世，唐初蘇勗始有紀錄，謂為周宣王獵碣，其數十，其字則史籀之迹也。杜甫、韓愈、韋應物皆形之歌詠，杜敘歷代書，廁之蒼頡、李斯之閒，韓亦以為宣王鐫石紀功之作，韋則以為文王之鼓，而宣王刻詩。歐陽修集古錄謂觀其字畫，非史籀不能作，然亦有疑，程大昌雍錄董逌廣川書跋因左氏傳偁成有岐陽之蒐，又以為成王之鼓。論雖不定，要皆認為周代之物。今考其字畫，體勢之緐密，知大致與史籀書不相遠，至必欲斷定為宣王所作，史籀所書，則亦無碻證，故餘杭章先生曰：「雖叵復見遠流，亦大篆之次也。」

第三節 篆書

篆書之偁，始於秦世，古制書必同文，及周之衰，諸侯惡禮樂害己，因去其籍。時至戰國，是非不明，人用己私，於是言語異聲，文字異體，秦始皇帝既一統天下，李斯乃奏同之，罷其異秦文者，斯作倉頡七章，趙高作爰歷六章，胡母敬作博學七章，即所謂篆書也。漢志謂秦篆多取史籀篇以作，然篆體頗異於籀文。說文序謂皆取史籀大篆，或頗省改。省者言減其緐重，改者謂易其怪奇也。如籀文𩡧字，篆文減為就；籀文[illegible]字，篆文減為員；籀文[illegible]字，篆文改為[illegible]；籀文[illegible]字，篆文改為邕；省改之迹甚明也。且不惟省改籀文，即於古文，亦多省改，如古文[illegible]字，篆文省作呆；古文𡧪字，篆文省作宜；古文𢇍字，篆文改作絕；古文賡字，篆文改作續，亦是也。桂馥謂小篆於籀文則多減，於古文則多增，如云字古文，於篆則加雨為雲；𡿺字古文，於篆則加水為淵，此類是也。然篆文從籀文以出，非自古文以生，故究與籀文為近耳。惟雖有省改，而曰「頗」曰「或」，則改之不能盡，故段玉裁曰：「說文所列小篆，固皆古文大篆，其不云古文作某、籀文作某者，古籀同小篆也。其既出小篆，又云古文作某、籀文作某者，則所謂或頗省改者也。」此言最能通許書之例，兼可明秦篆之作，因者多而創者少，惟其因多創少，遂邇自易通行，故史稱秦於統一天下第三年，即刻石頌德，已稱書同文字矣。

第四節 隸書

隸書者，漢志謂「起於秦時官獄多事，苟趣省易，施之於徒隸」也，說文序云：「秦燒滅經書，滌除舊典，大發吏卒，興戍役，官獄職務繁，初有隸書以趣約易。」此皆言隸書之用。蔡邕聖皇篇云：「程邈刪古立隸文。」此則言作隸書之人。衛恆四體書勢云：「秦既用篆，奏事繁多，篆字難成，即令隸人佐書曰隸字。」此則並承班、許之說，而未言程邈，然江式、羊欣、王僧虔、庾肩吾等人，皆以為程邈作隸。程邈何人，舊史無徵，相傳為秦獄吏，善大篆，得罪繫雲陽獄，乃增減大篆，去其繁複，始皇善之，出為御史，名其書曰隸書。按：古文一偏大篆，伯喈刪古之言，正與此合，相承有緒，似可信也。惟秦時僅於公家案牘用隸，若銘金刻石，則仍兼用篆籀，觀泰山碑、嶧山碑及秦權、秦斤、秦量可證。及漢，隸之用日廣，書師教學童，儒生寫六經，皆用隸書，蓋浸由徒隸之書，進而為士大夫通行之書矣。

其由隸書出者，又有八分及真書二體。八分之說，最為多歧，蔡文姬述其父伯喈之言，謂「割程隸字八分取二分，割李篆字二分取八分。」是以八分在篆隸之閒也。王愔謂「以隸草作楷法，字方八分。」蕭子良謂「飾（通飭）隸為八分」，是以八分生於隸也。張懷瓘謂「八分減小篆之半，隸又減八分之半」，杜甫詩：「大小二篆生八分」，是以八分生於篆也。然驗之東漢諸石，則生於隸為可據。包世臣曰：「八，背也，言其勢左右分布，若相背然。」頗得其義。蓋隸無屈曲俯仰之容，可謂篆之質；八分則縱隸體而出於駿發，增隸體而出於波勢，又隸之文也。始作八分者，諸家皆以為上谷王次仲，或謂次仲秦人，或謂後漢人，以後說為較允。或又謂中郎變隸而作八分者，按：中郎勸學篇云：「王次仲初變古形。」則中郎固亦以為王矣。真書者，一曰正書，一曰楷書，然衛恆、王愔皆言王次仲作楷法，則楷法實指八分。庾肩吾謂隸書今之正書，則正書亦即隸書（張懷瓘六體書論：「隸書皆真正，亦曰真書。」），後人既別八分於隸，復別真書於分者，緣自魏、晉、六朝以還，又變八分之波發，存隸書之橫直，而為「側、勒、努、趯、策、掠、啄、磔」諸法，宣和書譜所謂「降及三國鍾繇者，備盡法度，為正書之祖。」東觀餘論所謂「漢世隸法，至魏大變」也。約而言之，真、隸、八分，本一體之殊，故名亦互施，莫能有定，若溯其始，則隸為通名，舉隸可以賅「真」「分」，「真」「分」不足以統隸。漢初之隸為古隸，八分真書為分隸，至於六朝、唐人已後改分隸為楷書，若必以隸名，則名之曰楷隸，俱皆隸之一系也，故並論之。

隸書之作，與篆同時，然李斯於大篆或頗省改，程邈於大篆多事減刪，故篆書變古而古猶存，隸書變古而古文由此絕矣。人情喜簡厭煩，自隸之行，鮮復留情於篆，重以分、楷相嬗，偏旁點畫，浸浸失真，睹字莫由知義，而六書之旨遂荒。蓋漢尚篆、隸並行，魏、晉而降，篆已式微，至唐開元文字出，以隸書為正，附篆文於隸下，於是隸書乃定於一尊矣。

第五節　草書

梁武帝草書狀引蔡邕云：「昔秦之時，諸侯爭長，簡檄相傳，望烽走驛，以篆隸之難，不能救速，遂作赴急之書。」據此則草書起於秦也。說文敘曰：「漢興有草書。」衛恆四體書勢云：「漢興而有草書，不知作者姓名。」江式論書表亦曰：「漢興又有草書，莫知誰始。」據此則又起於漢也。按：秦書八體，中無草書，且不知作始之人，故言秦自不如言漢初也。宣和書譜敘論曰：「草之所自，議者紛如，然謂之草則非正也，孔子所謂命裨諶草創之是也。」後人因亦有疑草書始於春秋之世者。今按：草創之草，實指文之未加修飾者，史記：「懷王使屈原造為憲令，屈平屬草藁未定。」漢書：「董仲舒欲言災異，草藁未上。」皆是此意，謂草書之先，因於起草，理尚可通，遂指此以為草書，則誠無當也。漢初試學童，但試八體，不試草書，則知草無關小學，不足為典要，惟其不為典要，故漢人草書之用，初僅施於簡檄，簡檄無金石之壽，故西京草蹟，絕少流傳。顧亭林先生日知錄據褚少孫補三王世家謹論次真草詔書編於左方之語，謂漢孝武時詔命已用草書，然劉熙載則謂此應以草創草藁例之，不得視為草書也。及夫東漢，草用始宏，史傳北海敬王睦善草書，為世楷則，及寢病，明帝驛馬命作草書尺牘十首，是為草通箋啟之證，浸假而許通章奏，故後世又謂之「章草」焉。

崔瑗草勢云：「惟作佐隸，舊字是刪，草書之法，蓋又簡略。」索靖草書狀云：「損之隸草，以崇簡易，離析八體，靡形不判，去繁存微，大象未亂。」楊泉草書賦云：「字要妙而有好，勢奇綺而分馳，解隸體之細微，散委曲而得宜。」觀此諸說，皆謂草出於隸。竊意若論大體，草因隸變，要無可疑，既因隸變，故草體初制，尚不離隸，王愔謂「史游作急就章，解散隸體麤書之。」其言當有所本，惜史游之草久佚，四體書勢敘草書，以杜度為首，已在游後百餘年，江式謂「草書形畫雖無厥誼，亦是一時之變通」；張懷瓘書斷謂「存字梗概，損隸之規矩。」恐所見皆非草之初制矣。後之繼作者，去隸尤遠，與崔瑗杜度之字字區別者，益又不同，字之體勢，一筆而成，偶有不連，而血脈亦必相續，故書斷目之曰今草，而俾不連綿者曰章草，蓋以章草為隸之捷，今草又章草之捷也。實則俱當以草俾之，名方得正，俾章泥於用，俾今疑於時，又何勞於斤斤區分乎？

第六節　行書

行書不知其所自始，亦不知作者誰，衛恆四體書勢但分古文、篆、隸、草書四體，行書則附於隸書論之，羊欣亦惟言劉德昇善為行書，至張懷瓘書斷，始定行書為德昇所作，謂其當桓靈之時，以造行書擅名，宣和書譜仍其說，殆不足信也。隋志云：「自倉頡訖漢初，書經五變，曰古文、大篆、小篆、隸書、草書，」大抵書之變，至草而極，極則必反，反而之於隸，又不可能，真書者，隸之流也，於是消息乎真草之間，而行書出焉。此蓋積漸而至勢有自然，固不必有一人為之創也。」今劉氏行書已失傳，真、行二體，皆始見於鍾繇書，晉世以來，工書者遂多以行書著名（王愔說），是則謂行書與真書同起於漢末，而盛行於魏、晉之際，庶其允乎。

行書一名行押書，王愔謂「昔鍾元常善行押書」是也。其為體，書斷謂即正書之小譌，務從簡易，相間流行，故謂之行書。六體書論曰：「真書如立，行書如行，草書如走。」虞世南曰：「行書之體，略同於真。」宣和書譜曰：「自隸法掃地，而真幾於拘，草幾於放，介乎兩者之間，行書有焉。」據此則知行書雖涉於草，而實與真為近，四體書勢所以不附於草，而附於隸者，蓋有以也。惟行之既久，體亦漸變，趙宧光分而為二，有曰行楷者，有曰行草者，劉熙載亦謂「行書有真行，有草行，真行近真而縱於真，草行近草而斂於草。」特趙氏附於草書中為失其本耳。降及後世，其流益演，有所謂行隸、行分、行篆者，斯不經之名也。

第八章　六書略論

第一節　六書之名偁

六書之名，始見籍於周官，漢志六藝略小學類後敘云：「古者八歲入小學，故周官保氏掌養國子，教之六書，象形、象事、象意、象聲、轉注、假借，造字之本也。」說文解字敘云：「周禮八歲入小學，保氏教國子，先以六書，一曰指事，指事者，視而可識，察而見意，上下是也。二曰象形，象形者，畫成其物，隨體詰詘，日月是也。三曰形聲，形聲者，以事為名，取譬相成，江河是也。四曰會意，會意者，比類合誼，以見指撝，武信是也。五曰轉注，轉注者，建類一首，同意相受考老是也。六曰假借，假借者，本無其字，依聲託事，令長是也。」二家同據周官，然許氏非徒列舉六書之名，且各以八字以釋其誼，並舉二字以為例，視班氏為尤備矣。今按周官地官司徒之屬官保氏，教國子以六藝，其五曰六書。鄭康成周禮注引鄭眾說：「六書，象形、會意、轉注、處事、假借、諧聲也。」班固、鄭眾、許慎俱東漢時人，然所云之六書名偁與次第，各不相同，而所據則同為周官，周官為古文經，無今文。古文家以為周公旦所作，「六書」

之名，既以見於周官為最早，則周初已有六書，且以六書教國子，其事當無可疑。惟見於周官者，僅有六書之名，而無六書之目，本師當陽蔣伯潛先生以為周官之所謂六書，殆與漢初蕭何律中「以六體試之」之「六體」同，非班、許之所謂六書也。此如漢人偁「六經」為「六藝」，與「禮、樂、射、御、書、數」之同偁「六藝」理同，班、許之所謂六書，疑在東漢古文經大盛後始有之。蓋因漢志有「六書為造字之本」一語，故後人即以為先有造字之六法，然後據以造字，殊未知文字非一時一人所造，則自無一人於造字之先，預定六種造字之法者，故蔣先生以為東漢之世，研究古文字者大盛，因有好學之士，就其研究之所得，歸納以成六大綱領，定名六書，此與古音蚤有押韻之事，至陸法言始歸納成二百六韻，古音蚤有雙聲之事，至沙門守溫始歸納成三十字母之理正同。近人有言「文法」者，分詞性為「九品」，九品之詞，自亦出於先有作文之後，未聞先有韻目、聲紐，而後發音讀字，亦未聞先有「九品詞」而後始論為文之理者也。蔣師此論，最合情理，因述其說，以備參證。

第二節　六書之次第

六書雖為歸納而得，然於研究文字學而言，仍不失其重要之地位，以六書之名稱次第，班固、鄭眾、許慎，三家不同，而六朝以後，名稱雖不出三家範圍，然次第則尤多異說，茲列下表，以令讀之者可明此異同之梗概。

人名	書名	一	二	三	四	五	六
班固	漢書藝文志	象形	象事	象意	象聲	轉注	假借
鄭眾	周禮解詁	象形	會意	轉注	處事	假借	諧聲
許慎	說文解字敘	指事	象形	形聲	會意	轉注	假借
顧野王	玉篇	象形	指事	形聲	轉注	會意	假借
陳彭年	廣韻	象形	會意	諧聲	指事	假借	轉注
鄭樵	通志六書略	象形	指事	會意	諧聲	轉注	假借
張有	復古編	象形	指事	會意	諧聲	假借	轉注
趙撝謙	六書本義	象形	指事	會意	諧聲	假借	轉注

吳元滿	六書正義	象形	指事	會意	諧聲	假借	轉注
戴侗	六書故	指事	象形	會意	轉注	諧聲	假借
楊桓	六書溯源	象形	會意	指事	轉注	諧聲	假借
王應電	同文備考	象形	會意	指事	諧聲	轉注	假借

表中所列諸名偁中，象形、轉注、假借三者，各家並無異名，惟班固偁會意為象意，鄭眾偁指事為處事。而許氏所偁之形聲，即班志所偁之象聲，而鄭眾偁為諧聲者也。前節所論，六書既為後世所歸納，其次第之先後，本無礙於大旨，惟造字有先後，文、字有區別，故為便於研究，次第乃不得不當。班、鄭二家，僅列六書之名，許氏則列名而外，尚各以八字以釋之，又各舉二字以為例，故歷來以宗許氏之次第者為多，清王筠云：「六書之次弟，自唐以來，易其先後者，凡數十家，要以班書為是。」余意六書之次，許書自成其例，不容以班說破之；然班書亦自得其序，不必為許說所拘，昔徐鍇說文繫傳，名偁同許氏，而序次宗班志，可謂有見，主善為師，故本篇從其序次，用其名目也。至名偁之異，本亦無傷大指，蓋諸家所指之

義同故也。管子有言曰：「義也、名也、時也、事也、類也、比也、狀也謂之象。」夫
義者所求乎合宜，即意也；名者所以命事，即聲也；時者，名有所當，即事
也；似類比狀即形也；管子於形、事、聲、意皆謂之象矣，班氏四象，實與
之符。又形、事之分，由於動靜，有事則有形，形有定而事無定，象其有定
者，形也；象其無定者，事也，故事可曰象。形、意之分，由於虛實，形實而
意虛，實則易象，可依類以象之；虛者難象，則比類以象之，故意亦可曰
象。聲音本在文字之先，未有文字之時，以語音為事物之名，既有文字之後，
以字音為事物之名，故聲亦可曰象。是則班氏之術不謬矣。處事之處，一
訓為止，事有所止，因而指之，則處事亦即指事。諧聲之諧，一訓為耦，
耦者配也，以形配聲，半聲半形，則諧聲亦即形聲，是知鄭氏亦未為失也。

此外，六書之中，又有體用之說者，段玉裁說文敘注云：「趙宋以後，言六書
者，胸襟狹隘，不知轉注、假借，所以包括訓詁之全，謂六書為造字之法，說轉
注多不可通，戴先生曰：『指事、象形、形聲、會意四者，字之體也；轉注、
假借二者，字之用也』，聖人復起，不易斯言矣。」

又六書中有三耦之倂者，茲亦附列如后。

徐鍇說：象形、指事為一耦，象形屬實，指事屬虛，物有形，事無形也。會意、形聲為一耦，會意屬實，形聲屬虛。轉注、假借為一耦，轉注屬實，假借屬虛。

鄭眾說：象形、會意為一耦，以為止、戈皆為象形。轉注、處事為一耦謂上下亦為轉注。假借、諧聲為一耦，謂工、可皆假其聲也。

蔡金台說：象形、形聲為一耦，指事、會意又一耦，轉注、假借又一耦。

第三節　六書與識字

胡韞玉氏以為六書為造字之原，即可為識字之法，蓋中國文字，雖號倂數萬，象形、指事之文，亦惟四百少逾而已。餘杭章太炎先生著文始，倂說文中之獨體者曰文，而倂「合體象形」、「合體指事」與聲具而形缺者，若同體重複者為「准初文」，其數亦僅五百十文而已，文之數盡於此矣。其外之孳乳相生者字也，字由文而生，既明獨體之文，合體之字，即可以簡駁雜，而有條理可循矣。且文字數萬，形聲居十之七八，可知造字之時，泰半以聲配合。至於用字之法，亦以聲為綱，轉注以聲轉為本，假借亦以聲借為多。既識部首之義，其相屬之字義，必亦相近；既識本字之音，則本字之音與配合之音，亦相去無幾。蓋字義、字音皆有其根源故也。故胡氏舉例云「例如魚、鳥二文，凡从魚之字，不為魚名，即為魚事；从鳥之字，不為鳥名，即為鳥事。推之从木、从金、从水、从火之字無不如此。」此言孳乳字之義與其義之根相去不遠也。胡氏又舉例云「例如吟从今聲，裸从果聲，吟之音近於今，裸之音近於果。」此言孳乳字之音與其音之根相去不遠也。惟自隸體通行，文字已非象形之舊，故有部份之文，欲明其本義，已有困難之感；且後人用字，大半假借，古義久廢，借義流行，若執形以求今義，則往往扞格不通。故須略知小篆，或稍改隸體，以滌除前者之難；又須明假借之理，識古今之義，以消解後者之難。如是則雖數萬之字，一字一義，一字一音，亦知之匪難事矣。故明六書之理，實為識字之法，胡氏之論，洽浹深刻，誠未可或忽者也。

第九章 六書舉例

第一節 象形

一、象形總論

許氏說文解字敘曰：「象形者，畫成其物，隨體詰詘，日月是也。」詰詘者，今謂屈曲，言隨物體之形狀，依其屈曲之皃，以畫成其物也。許君此釋，文密義顯，歷來無有異說。晉衛恆云：「日滿月虧，效其形也。」唐賈公彥周禮疏云：「象日月形體而為之。」此皆依許為釋者也。宋鄭樵云：「書與畫同出，畫取形，書取象；畫取多，書取少。凡象形者皆可畫也，不可畫則無其書矣。然書窮能變，故畫雖取多，而得算常少；書雖取少，而得算常多。六書也者，皆象形之變也。」清黃以周曰：「古人圖象，大判髣髴其意而止，不一一求其肖也，象形字亦然。」按：此汎論象形之言也，大氐書之初，皆出畫圖，孳乳演變之後，自不能一一肖於物矣。故楊桓曰：「凡有形可象者，模倣其形之大體，使人見而自識，故謂之象形。」

象形之取類，鄭樵六書略別為十種，計有天物、山川、井邑、艸木、人物、鳥獸、蟲魚、鬼物、器用、服飾等，推其所象，則又有象皃、象數、象位、象氣、象聲、象屬六事，與象形並生而統以象形。又有象形兼聲、象形兼意者，則猶子姓，適庶而外之姻婭也。王筠稱純象形為象形正例，稱變形、缺形、兼聲、兼意者為變例，正例統五類，變例統十類。說文中象形之文，據胡韞玉氏之統計，為三百六十四文，而其中純象形者纔二百十二文，且二百四十二中尚有若干複文，於說文全書而論，尚不足十分之一。

二、象形字舉例

甲、獨體象形例：

壹、天文：

(一) ㊀日：說文七上日部：「實也，大昜之精，不虧，从○一，象形。」段注：「○象其輪郭，一象其中不虧。人質切，十二部。」鄭樵曰：「其中象日烏之形。」王筠曰：「外以象其體之圓，內以象其無定之黑影也。」

按：字古文作㉠，甲文作⊙，金文作⊙，鄭云象中有烏，段亦同然，蓋依古文立說也。觀甲金文之形，當以王說為是。本師沔陽高笏之先生云：「實也二字為追溯語源而得其意也，初造文字之時，能畫物之形，不能定物之音，乃取「實」之音擬之，實也言日之音，大昜之精言日之義，不虧言日之形。」今按追溯語源云云甚是。實也非定音而已，蓋凡音訓者，既云其音，且必兼及於義。考文字之源起，先有意而後有音，有音而後有形，故音必兼義，日之訓實者，釋名所謂「光明盛實」是也。

(二) 

月：說文七上月部：「闕也，大侌之精，象形。」段注：「月闕疊韵，釋名曰：月，缺也，滿則缺也。象不滿之形。魚厥切，十五部。」鄭樵曰：「月多虧少盈，故其形缺。」王筠曰：「月缺時多，滿時少，故象其闕以與日別，其內則象地影也。」

按：甲文作，金文作，象月缺之形，汪氏謂地影者，甲文無之。

(三) 

气：說文一上气部：「雲气也，象形。」段注：「象云起之皃，三之者，列多不過三之意也。去既切，十五部。」王筠曰：「气之形較雲尚微，然野馬流水，隨人指目，故三之以象其重疊，曲之以象其流動也。」孫詒讓曰：「依許說是气與雲同物，气盛而聚則成雲，雲薄而散則又為气，故气三畫而斷，云則作[古文云]，與气相類，三折而連緜不絕，二文互證，則「[古文云]」之即為雲原始象形文可以決定，後人增益作雲，於形轉疏，制字之本惜亦不復可識矣。」

按：字後世或加日作「⿰日气」，或加火作「⿹气火」，皆不傳。漢時假气為「乞求」字，省其畫作「乞」，又假「氣」以代气，因而气之通用，浸浸少見，氣乃廩餼字之初字，从米气聲，久之又造餼代氣，則氣之代气，一代而久矣。

(四) [古文云] 云：說文十一下雲部：「雲，山川气也，从雨，云象回轉之形。云，古文省雨。[古文云]，亦古文雲。」段注：「此最初古文象回轉之形者，其字引而上行書之，所謂觸石而出，膚寸而合也。變之則為云。王分切，十三部。」王筠曰：「有形之物而屬于天，故用天道左旋之法，不與回之象雷同矣。」

按：字原為象形，變之而作云，其後借為「語云」之云，乃加雨作雲，因歧之為二而各有專義矣。

(五) [篆文雨] 雨：說文十一下雨部：「水從雲下也，一象天，冂象雲，水霝其閒也。」段注：「非者，水字也。王矩切，五部。」王筠曰：「一象天，丨所謂引而上行讀若凶者，此地气上騰也，⌒則天气下降也，四點則雨形矣，非水變為氺也。古文作，其古文偏旁作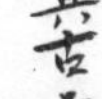，皆不从一。」孫詒讓曰：「⌒象穹隆下覆之形，天象已晐於其中，不必更从一，古文義實允協，殆原始象形字也。」

按：字之甲文作，金文作或，字原象雨自雲下落之形，後世加一，亦可釋為雲層之一，蓋雨時但見雲而不見天，許君就篆文立說，又釋一為天，若所不可見之天亦尚繪之，則其為意象可知，而字亦為指事者矣，許說非。凡言文字之構造，宜以初形為據。

(六)

晶：說文七上晶部：「精光也，从三日。」又「曐，萬物之精，上為列星，从晶从生聲。一曰象形从○，古○復注中，故與日同。，古文。曐或省。」段注：「桑經切，十一部。」

按：星之古文或作，作，作，晶即星之古文，許云从三日者，非是。云「一曰象形，从○，古○或注中，故與日同」是也。謂「象形，从○」者，言从三○也，謂「古○復注中」者，言於○中復加●作⊙也，既象列星，則非三日也明矣。字為象形，然以列星之多，不可悉繪，因繪三○

以象之，以三為多之意也。此三與「百川東到海」、「千山鳥飛絕，萬徑人蹤滅」之百、千、萬同為表「多」之意相類。至晶下之生，則為後世所加，益明其聲也。後世[晶辰]、[晶彡]、[晶彡]、[晶]均从晶或从〇〇〇，或省〇〇〇為〇〇，即其證也。

(七) [申]

申：說文十一下雨部：「電，陰易激燿也，从雨从申。[古文電]，古文電如此。」段注：「堂練切，十二部，讀若陳。」又十四下申部：「神也，七月侌气成體，自申束。从臼，自持也。吏以餔聽事，申旦政也。[古文申]，古文申。[籀文申]，籀文申。」段注：「失人切，十二部。」

按：申字近人顧實謂即古文電字。本師沔陽高勞之先生曰：「許以引申之申為本意，故曰神也。以七月建申，此乃漢曆（行夏之時，故七月建申，若周曆則九月建申，商曆則八月建申。），從緯學家言，故非字之本意。電字原為雲中有閃光之形，故甲文作[甲文申]，金文作[金文申]，後世借為引申、申張之申，或干支之申，乃另加雨頭作電，字遂分化為二。」師說是也。

貳、地理：

91

(一)  山：說文九下山部：「宣也，謂能宣散气，生萬物也，有石而高，象形。」段注：「所閒切，十四部。」王筠曰：「山之上，其峯也。下，其洞穴也。」孫詒讓曰：「金文作 ，龜甲文則作 ，當是原始象形字，與金文略同，但彼象實體，此為匡郭，故有差異耳。」

按：字象山有三峯，孫說是也，「宣也」二字音訓，兼釋其義。

(二)  厂：說文九下厂部：「山石之厓巖人可凥，象形。」段注：「厓，山邊也；巖者，厓也。人可居者，謂其下可居也，屋其上則謂之广，謂象嵌空可居之形。呼旱切，十四部。」王筠曰：「厂之峭直者山之體，橫出者厓之形。」

按：高笏之師云：「此為石岸之岸之本字，象其高峻不崩之形，籀文加干作厈，後世又加山作岸。」

(三)  水：說文十一上水部：「準也，北方之行，象眾水並流，中有微陽之气也。」段注：「火外陽內陰，水外陰內陽，中畫象其陽，云微陽者，陽在內也，微猶隱也，水之文與☵卦略同。式軌切，十五部。」王筠曰：「當作，用作偏旁，則不便書寫，故直之，因并本字而直之，要之，水字象形，試觀繪水者有長

有短，皆水紋也，如論陰陽，則川巛く三字純陽無陰，川字且成乾卦矣，故知水但形無意。」

按：準也，音訓。其餘以王說為是，至「北方之行」、「中有微陽」云云，蓋為陰陽五行之說，不可據以為解字。

(四)丠 丘：說文八上丘部：「土之高也，非人所為也，从北从一。一，地也。人凥在丘南，故从北，中邦之凥，在昆侖東南。」又曰：「一曰四方高，中央下為丘，象形。」

段注：「會意。去鳩切，一部。」

按：字之甲文作，金文作，非从北从一也甚明。高笏之師曰：「丘即小山，大山畫三峯，小山故二峯，所以區別其大小也，隸變以後，形遂迥殊。」今按師說是也，字篆變成丠形，隸變成丘形，遂迷其本源矣。許君說解「在昆侖東南」以上，甚為牽強，「一曰」以下，似尚可信，則字固象形也，然終以師說為最當。

(五)仌 仌：說文十一下仌部：「凍也，象水冰之形。」段注：「謂象水初凝之文理也。筆陵切，六部。」

按：仌為冰之象形文，後世加水作冰，冰行而仌廢，僅可見之於偏旁矣。

(六) 𠂤

𠂤：說文十四下𠂤部：「大陸也，山無石者，象形。」段注：「山下曰：有石而高，象形。此言無石，以別于有石者也。詩曰：如山如阜。山與阜同而異也。釋名曰：土山曰阜。象形者，象土山高大而上平，可層絫而上，首象其高，下象其三成也。房九切，三部。」王筠曰：「𠂤之古文作[字形][字形]，蓋如畫坡陀者然，層層相重累也，𠂤阜是土而非石，層累而高，不能如石山之突然而起，故从[字形]象之，[字形]則疊其文，[字形]又仿[字形]而小變之，遂不象形耳。」孫詒讓曰：「阜亦山也，𠂤𠂤蓋象土山坡陀衺側之形，與山山（山丘）字從橫相變。」

按：字本象土山坡陀之形，與國畫中之「[圖形]」相似，蓋坡陀之上平而層累者也。

(七) 泉

泉：說文十一下泉部：「水原也，象水流出成川形。」段注：「同出而三歧，略似巛形也。疾緣切，十四部。」王筠曰：「許君兼字義字形解之，不得疑其乖牾，然以事實論，言川則必有泉，言泉不必成川，而下方三歧似川字者，既為泉矣，非行潦也，即停泓一區，亦混混而出，有成川之理。」鄭樵云：「泉本錢字，象錢貨之形，借為泉水之泉。」

按：鄭說大謬，不足論矣。甲文作，為出水處，象泉出形，不必成川也，言象形足矣。

(八)

淵：說文十一上水部：「淵，回水也，从水象形。左右岸也，中象水皃。」段注：「下文釋象，左右謂||，中謂。烏縣切，十二部。」又說文淵下云：「，淵或省水。，古文从口水。」

按：淵為淵之初文，高鴻縉之師云：「淵為深潭之水，回旋而不外流，後世又加水旁為意符，作淵，淵行而淵廢矣。」是也。

(九)

川：說文十一下川部：「毌穿通流水也，虞書曰：濬く(畎)巜(澮)距川。言深く巜之水會為川也。」段注：「昌緣切，十三部。」

按：高鴻縉之師云：「甲文作，象兩岸中水流之形，巜為小川，故从川省，く又小巜，故从巜省。」是也。

(十)

田：說文十三下田部：「陳也，樹穀曰田，象形。口十，千百之制也。」段注：「今人謂从口从十，非許意也。此象甫田之形，毛公曰：甫田謂天下之田也。

待年切，古音如陳，十二部。」段又曰：「囗與十合之，所以象阡陌之一從一橫也。」

按：字象田之連畛，毋庸析為囗十也。

(十)火：說文十上火部：「燬也，南方之行，炎而上，象形。」段注：「大其下，銳其上。呼果切，十五部。」顧實曰：「燬也，化也，火能燬物使變化也。」

按：字之甲文作，金文作、，象其光焰上焚之形，「南方之行」為緯學家言，不可據以解字。

叁、人體：

(一)大：說文十下大部：「天大，地大，人亦大焉。象人形，古文也。」段注：「按天之文从一大，則先造大字也。人儿之文，但象臂脛，大文則首、手、足皆具，而可以參天地，是為大。徒蓋切，十五部。」

按：字象正面人形，故原為人字，自借為大小字後，乃另造側面人形作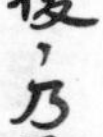。

(二)人：說文八上人部：「天地之性最貴者也，象臂脛之形。」段注：「人以縱生，貴於橫生，故象其上臂下脛。如鄰切，十二部。」

按：字象人側立罄折之形。

（三）女：說文十二下女部：「婦人也，象形。王育說。」段注：「不得其居六書何等，而惟王育說是象形也。蓋象其揜斂自守之狀。尼呂切，五部。」顧實云：金文作，象坐而斂衽形，婦女對言，則處子曰女，適人曰婦，散言無別。」

按：或以為「古者掠婚，故女子之被掠，必縛手於前，形同俘擄，是為女人之象。」今按婦人拘謹自守，乃其常形，故段、顧皆以為象婦女掩斂之形，至謂「古者掠婚，縛手於前，為女子被掠之象」，誠非婦人之常形，即有其事，亦僅一生中之偶然現象，自不可據以造字，若必謂其形甚肖俘擄之被羈繫，則字亦俘擄而已，又何以顯其係掠婚時被俘之女子乎。或說不可從，當以段說較允。

（四）囟：說文十下囟部：「頭會匘蓋也，象形。」段注：「首之會合處，頭髗之覆蓋，內則正義引此云：囟其字象小兒腦不合也。人部兒下亦云：从儿，上象小兒腦未合也。今人楷字譌囟，又改篆體作，所謂小兒腦不合者，不可見矣

。息進切，十二部。」王筠曰：「此字當平看，乃全體象形，後不兼顱，前不兼額，左右不兼日月角，吾嘗執小兒驗之，囟上尖而左右及下皆圓，故繹山碑象其輪郭而為也，其中則筋膜連綴之，故象之以乂也，其空白四區，則未合之處也。」

按：字即小兒頭囟未合處之形，今曰囟門，思、細字从之得聲，腦字从之得義。

(五)  耳：說文十二上耳部：「主聽者也，象形。」段注：「而止切，一部。」王筠曰：「耳當作，外則輪郭，注中者竅也，今引長之，不象形矣。耳之郭有兩層，故字上方疊兩筆，其輪扁平而下垂，故直之不復左轉也。」

按：字純象形，甲文作，金文作，篆則少變矣。

(六)  目：說文四上目部：「人眼也，象形。重童子也。」段注：「象形，總言之。嫌人不解二，故釋之曰：重其童子也。人目由白而盧童，而子，層層包裹，故重畫以象之，非如項羽本紀所云重童子也。」王筠曰：「目之古文，外象目匡，入象眸毛，○象黑睛，●象瞳子。」

按：字之甲文橫寫作，金文作，形尚近于繪事，至篆則改作從寫而為，蓋由形之變以成者也，若純據篆形以解之，則亦不免于牽強矣。

(七)𦣝：說文十二上𦣝部：「顄也，象形。」段注：「此文當橫視之，橫視之則口上口下口中之形俱見矣。與之切，一部。」王筠曰：「𦣝當作，左之圜者頤也，右之突者，頰旁之高起者也，中一筆則𦣝上之紋，狀如新月，俗呼為酒窩，紋深者大戶也，段氏乃欲橫視之乎。」

按：王說係指兩頰而言，許云「顄也」，則王說非矣。顄字今作頷，指口之上下而言，上脣謂之上頷，下脣謂之下頷，下頷者，俗所謂「下巴」也，一象兩脣密合之線狀縫隙，段云「字當橫視」是也。後世加頁作頤，頤行而𦣝廢，僅於偏旁見之矣。

(八)丁：說文十四下丁部：「夏時萬物皆丁實，象形。丁承丙象人心。」段注：「當經切，十一部。」

按：字之甲文作○或□，金文作或○，象人之頭頂形，許之說解悉

為陰陽五行之言，不可據。自丁借為天干第四位之名後，乃加頁旁作頂，而成形聲字矣。說文九上頁部云「頂，顛也，从頁丁聲。」又「顛，頂也，从頁真聲。」今按聲必兼義，則丁聲亦顛義也。後世頂之異形又有䪷、𩠐、顛、顁、題」等，詩麟趾云「麟之定」，言麟之頭頂也。丁之本義今尚可於古書略見者，如唐書食貨志有「租丁」，解作「人口」，他如庖丁、園丁、添丁、丁口等，俱是以人頭代人之義也。

(九)

手：說文十二上手部云「拳也，象形。」段注云「象指掌及擊手也，今人舒之則為手，卷之則為拳，其實一也。書九切，三部。」王筠曰：「手象五指及擊，段氏說是，古文字不足象形，如非奇字，即籀文也。」

按：字為象形，象五指之形，用為偏旁，則略為三指，如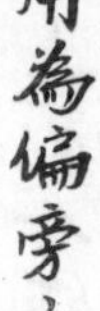是也。

(十)

又：說文三下又部云「手也，象形。三指者，手之列多，略不過三也。」段注云「此即今之右字，不言又(右)手者，本兼𠂇又而言，以𠂇別之，而又專謂右，猶有古文尚書，而後有今文尚書之名。于救切，一部。」

按：字於商、周之間借為有無之有，後復借為「更然」之詞。

(十一)𠂇：說文三下𠂇部：「左手也，象形。」段注：「左，今之佐字，左部曰：左，𠂇手相左(佐)也是也。又(右)手得𠂇手則不孤，故曰左(佐)助之手。臧可切，十七部。」朱駿聲曰：「从反」。

按：𠂇加工會意為左(佐)，言與右手相助可為工也。又部云：「右，助也，从又口。」徐鍇以為取「手口相助」之義，此則今作「佑」字矣，故知左右古皆解作助，惟𠂇又始與今人所謂之左右同義。

(十二)口：說文二上口部：「人所以言、食也，象形。」段注：「言語、飲食者，口之兩大耑。舌下亦曰：口所以言、別味也。苦厚切，四部。」顧實曰：「字當為，篆變而整齊之也。」

按：呼喊等从口而有言意，喫喝等从口而有食意。

(十三)自：說文四上自部：「鼻也，象鼻形。」段注：「疾二切，十五部。」

按：字之甲文作，金文作，皆象形也。

(十四)爪：說文三下爪部：「丮也，覆手曰爪，象形。」段注：「今人以此字為叉甲字，非是。叉甲字見又部。側狡切，二部。」

按：字原為覆手之形，用作後世之「抓」字，其後借為叉甲字，乃另造「抓」以代爪。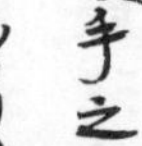从之得義。

（十五）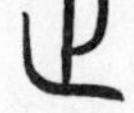

止：說文二上止部：「下基也，象艸木出有阯，故以止為足。」段注：「諸市切，一部。」

按：字之甲文、金文俱作，金文亦有作止者，觀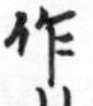之形，則知字原為足之形也甚明，非所謂「艸木出有阯」也，自止借為「止已」「止息」之止，其後乃加足作趾。趾，足也。步字从之得義，甲文步作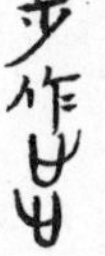，篆文作，左右前後二足成行，故有正反之異，此止為足義之證也。詩云：「麟之止」，言麟之足也。

（十六）

牙：說文二下牙部：「牡齒也，象上下相錯之形。」段注：「五加切，五部。」

按：金文作，象頰輔兩旁之齒形，今者牙齒並稱無別，古者凡在前當唇者謂之齒，在後而居於輔車者謂之牙，今生理學所謂臼齒者，即牙也。許說象上下相錯之形者，僅就小篆立文，非是。

（十七）

心：說文十下心部：「人心，土藏也，在身之中，象形。博士說以為火藏。」段注

：「土藏者，古文尚書說；火藏者，今文家說。息林切，七部。」

按：金文作，象形也。至火臟、土臟云者，緯學家言也，緯書以心屬火，肝屬木，脾屬土，肺屬金，腎屬水，說解云土藏，又云博士以為火藏，則當時之說尚未確定也。心司血液之循環，古者不知，以為凡精神生活之所司，故凡後製之字，有關乎思維意念者，俱从心旁，此與今人所云思維出自大腦迥異矣。

(十八)

呂：說文七下呂部：「脊骨也，象形。」段注：「○○象顆顆相承，中象其系聯也。力舉切，五部。」

按：字後世借為地名，又以地名為姓，其本義幾亡矣。

(十九)

冄：說文九下冄部：「毛冄冄也，象形。」段注：「而琰切，七部。」

按：字象冄頰須形，許訓「毛冄冄也」，是其引申義，後世用為形容詞，乃別作髯以還其原。

(二十)

巳：說文十四下巳部：「巳也，四月昜气出，陰气已藏，萬物見，成彣彰，故巳為它，象形。」段注：「祥里切，一部。」顧實云：「巳，似也，象子在包中形，包字从之，孺子為兒，襁褓為子，方生順出為㐬，未生在腹為巳。」

按：顧說是也，字象胎兒之形，包字从之得義。

(廿一) 子

子：說文十四下子部：「十一月昜氣動，萬物滋，人以為偁，象形。」又：「子，古文子，从巛，象髮也。子，籀文子，囟有髮，臂脛在几上也。」段注：「象人首與手足之形也。即里切，一部。」李陽冰曰：「子在襁褓中，足併也。」顧實曰：「子，孳也，相生蕃孳也，象兒在襁褓中，足併也，通男女之偁。」

按：李、顧之說是也，餘十一月建子云云，皆假借之義。

(廿二) 𠃋

厷：說文三下又部：「厷，臂上也，从又从古文厷。𠃋，古文厷，象形。」段注：「𠃋象曲肱。古薨切，六部。」

按：厷為後起字，𠃋為初文，象肱之形，後世加又作厷，又加肉旁作肱。

(廿三) 百

百：說文九上百部：「頭也，象形。」段注：「書九切，三部。」

(廿四) 首

首：說文九上首部：「古文百也，巛象髮。」

(廿五) 頁

頁：說文九上頁部：「頭也，从百从儿。」段注：「康禮切，十五部，今音轉為胡結切。」

按：以上三字俱為頭之異體字，百之甲文作，金文作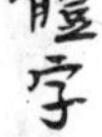；首（隸變作首）之甲文作，金文作；頁之甲文未見，金文作，頁字雖視之為會意字，實則為百首之後起字，可謂之為後起象形字，故百、首、頁實為一字之三體也。頁字後世又加豆為聲作頭，頭亦首也，古聲紐同。

（其）也：說文十二下乀部：「女陰也，从乀象形，乀亦聲。」段注：「此篆女陰是本義，假借為語詞，本無可疑，而淺人妄疑之，許在當時必有所受之，不容以少見多怪之心測之也。余者切，十六、十七部。」

按：字之金文作，亦象女陰之形也，字之音固近於乀，然非亦聲之字，乃純象形也，許云从甚，不必皆成字，如背之从巛，古文子籀文子之从巛，均非字也，乃象髮之形耳。故此字从乀，乀亦非字。蓋文字在前，許之分部在後，既廁也於乀部矣，乃謂从乀，實則亦惟純象形耳。

肆、動物：

(一)  鳥：說文四上鳥部：「長尾禽總名也，象形。鳥之足似匕，从匕。」段注：「鳥足以一該二，能、鹿足以二該四。都了切，二部。」

按：字象鳥側立之形，側立則足併，無所謂一該二也。

(二)  隹：說文四上隹部：「鳥之短尾總名也，象形。」段注：「職追切，十五部。」王筠曰：「隹、鳥，全體象形，其上為頭，頭之左為喙，中為目，隹之目連於背，鳥之目曳長之，惟古籀作點，斯象目矣。右四筆，其一為翁，隹、鳥同也；二三為翼，隹、鳥同也；其四為尾，則隹之尾與翼等，鳥之尾曳長之，足見長短之異也。隹左下之出者，聊以象足形。」孫詒讓曰：「金文隹字最多，作  作  為尤茂密，雖未必原始象形字，而形最近古，蓋目喙羽足，無不完備。」

按：字甲文作 、，金文亦有作  者，後从鳥从隹得義之字往往無別，如雞亦作鷄，鶵亦作雛，是其明驗也。

(三)  烏：說文四上烏部：「孝烏也，象形。」段注：「烏字點睛，烏則不，以純黑故不見其睛也。哀都切，五部。」

按：字為鳥之側立形。

（四）於：說文四上烏部：「，古文烏象形。，象古文烏省。」

按：象鳥之飛形，後世（約秦、漢之際）以同音故，假借以代「于」，久而失其本義。「於，希」古讀「烏乎」，是於烏相同之證也。

（五）舄：說文四上烏部：「舄，䧿也，象形。」段注：「烏、舄、焉皆象形，惟首各異，故合為一部。七削切，五部。」

按：舄本䧿之初文，以後世借為舄履字，乃別造䧿字以還其原。䧿从隹或从鳥，昔聲。

（六）焉：說文四上烏部：「焉鳥，黃色，出於江、淮，象形。」段注：「有乾切，十四部。」餘杭章太炎先生曰：「焉即黃鸜鳥。」（見文始）。

按：字金文作，即頭上有冠毛之黃鳥。

（七）燕：說文十一下燕部：「燕燕，玄鳥也，籋口，布翅，枝尾，象形。」段注：「於甸切，十四部。」

按：字甲文作，原為象形文，其後漸變而从火，則其形不可說矣。

(八)乙:說文十二下乙部:「燕燕,乙鳥也,齊魯謂之乙,取其鳴自呼,象形也。」段注:「既得其聲,而象其形則為乙,燕篆象其籋口、布翅、枝尾,全體之形。乙篆象其于飛之形,故二篆皆曰象形也。象翅開首竦,橫看之乃得。烏拔反,十五部。」王筠曰:「乙之象形也,它字似此者甚少,或倉頡作也,以肊揣之,上古名為乙,中古名為燕,燕字詳密,乙字約略似鳥形耳,篆古字少,是以如此。」

按:燕之形小,乍飛僅見之輪郭而已,然是鳥又羣飛常見,非若雚鸞之少見者,以其常見,故古人象之以,此國畫中常見之遠翔鳥形也,故曰象形,段說是。非於筆切之乙也。

(九)朋:說文四上鳥部:「,古文鳳,象形。鳳飛羣鳥從以萬數,故以為朋黨字。,亦古文鳳。」

按:即今之鵬字,鵬、朋、鳳三者為一物,亦一字之三體也,鳳即後世所傳之大鵬鳥,亦今人所謂之孔雀也,孔者,大也,雀者,鳥也,意同。甲文中有作者,即古朋字也。

(十)羽

羽：說文四上羽部：「鳥長毛也，象形。」段注：「長毛必有耦，故竝彐，几部曰：𠃨，新生羽而飛也。羽，竝𠃨也。王矩切，五部。」

按：孟子曰：「一羽之不舉」，即是物也。

(十一)几

几：說文三下几部：「鳥之短羽，飛几几也，象形。」段注：「市朱切，四部。」

按：王筠說从凡省，非是。此蓋象鳥短羽之形，𠃨下云：「新生羽而飛」，𠃨从單羽，几則从𠃨未全，故云短羽。

(十二)飛

飛：說文十一下飛部：「鳥翥也，象形。」段注：「像舒頸展翅之狀。甫微切，十五部。」

按：段說是也，鳥飛時凡喙、目、身、足皆不易明察，故字作張翼舒翅形。

(十三)虫

虫：說文十三上虫部：「一名蝮，博三寸，首大如擘指，象其臥形。」段注：「象臥而曲尾形。許偉切，十五部。」王筠曰：「文似立形，則是字當橫看也，蟲多身首齊同，或首大於身，故字大首也。」許瀚曰：「虫專為蝮，象其臥形，非凡蟲之象。」孫詒讓曰：「虫，指蝮言之，蓋昂首而蟠曲者，蝮之臥也，非凡蟲之象。」

原始象形字蓋作虫，變易作虫，後定作虫，則整齊之以求茂密。」

朱駿聲曰：「其類有蝮有虺，蝮者長四尺許，首尾相等，俗謂之骨蛇，甚毒。虺者蜥蜴之屬，以注鳴，俗謂之馬蛇子。」

按：字為蛇屬之總名，蟲類之字之所以从虫者，蓋以虫為最毒，而凡蟲多有毒，故从之也。甲文作，金文作。

(十四)它：說文十三下它部：「虫也，从虫而長，象冤曲垂尾形。上古艸居患它，故相問無它乎。」段注：「託何切，十七部。」

按：虫小蛇大，故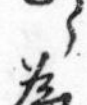為金文虫，為金文它，一以單線繪之，一以雙線繪之，蓋示其大小有別也。

(十五)巴：說文十四下巴部：「蟲也，或曰食象蛇，象形。」段注：「山海經曰：巴蛇食象，三歲而出其骨。伯加切，五部。」

按：巴即今所謂之巨蟒也，巴蟒對轉，而聲紐俱屬封帛系，古蓋同音也。

(十六)魚：說文十一下魚部：「水蟲也，象形。魚尾與燕尾相似。」徐鍇曰：「下火象尾而已，非水火之火字。」段注：「其尾皆枝，故象枝形，非从火也。語居切，五部。」

按：字甲文作，金文作，亦象形也。

(十七)

黽：說文十一下黽部：「鼃黽也，外骨內肉者也。从它，黽頭與它頭同。天地之性，廣肩無雄，黽、鼈之類，以它為雄。象足甲尾之形。」段注：「从它者，象它頭而已，左象足，右象背甲，曳者象尾。居追切，一部。」

按：黽之甲文作，說文所載古文作，皆象形也。許之說解「鼃黽也」為音訓，「象足甲尾」句應作「象首、足、甲、尾之形」。及餘語可刪。

(十八)

易：說文九下易部：「蜥易，蝘蜓，守宮也，象形。」段注：「上象首，下象四足，尾甚微，故不象。羊益切，十六部。」

按：易之甲文作，金文作、作，皆為象形文。蝘蜓、守宮、蠑螈，俱為蜥蜴類之異名，今人謂之四腳蛇者是也。

(十九)

萬：說文十四下厹部：「蟲也，从厹，象形。」段注：「其蟲四足象獸，與虫部蠆同象形。蓋萬亦蠆之類也。無販切，十四部。」顧實曰：「金文作，即蠆字之古文，今俗曰蠍子。」

按：字之甲文作，蓋蠍之象形文也，不从厹也。自借為千萬之萬

後，乃更加虫旁作蠆，左傳云：「蠭蠆有毒，而況國乎？」蜂之毒在尾，蠍亦如之，故左氏連偁二蟲也。

(廿)

禹：說文十四下厹部：「蟲也，从厹，象形。」段注：「亦四足。王矩切，五部。」

按：字之金文作，說文所列古文作，自夏后氏以為名後，乃又加虫旁作蝺，玉篇曰：「蠁，禹蟲也。」爾雅郭注：「今呼蛹為蠁。」廣雅云：「土蛹，蠁蟲。」郝懿行義疏：「今謂之地蛹，如蠶而大，出土中。」列子云：「偊偊而步」，據此推之，禹蟲當是多足緩行之蟲也。

(廿一)

貝：說文六下貝部：「海介蟲也，居陸名猋，在水名蜬，象形。」段注：「象其背穹隆而腹下岐。博蓋切，十五部。」

按：古者貨貝而寶龜，故凡財貨之字皆从貝，然財貨非貝之本義，其本義乃海介蟲耳。甲文作或，金文作，蚌屬也。

(廿二)

牛：說文二上牛部：「事也，理也，像角頭三，封尾之形也。」段注：「牛角與頭而三，封者肩甲墳起之處，字亦作犎，尾者謂直畫下垂像尾也。語求切。」

按：高翁之師云：「象頭角三是也，封尾之形非也，字全像正面牛頭之形（），兩角兩耳一頭。」是也。

（廿三）

羊：說文四上羊部：「祥也，从，象四足、尾之形。孔子曰：牛羊之字以形舉也。」段注：「與章切，十部。」

按：祥也為音訓，字之甲文作，金文作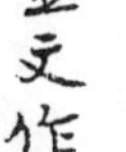，高翁之師曰：「釋形為全體，其誤與釋牛同，其實牛羊皆頭之形也（）。至孔子曰云云，不可據，許書：壬、士、儿、黍、羊、犬、貉、鳥等字皆引孔子曰之言，疑後人所益，非許氏語也。」是也。

（廿四）

犬：說文十上犬部：「狗之有縣蹏者也，象形。孔子曰：視犬之字如畫狗也。」段注：「孔子又謂牛羊之字以形舉，今牛、羊、犬小篆即孔子時古文也。苦泫切，十四部。」王筠曰：「犬有頭、耳、足而無尾者，犬尾行則盤曲而負於尻，蹲則下垂而附於股，字像蹲踞形也。又疑古文簡質，犬字乃側面形。」孫詒讓曰：「金文从犬字有作者，象有縣蹏，形尤較備，然犬原始象形無可考。」顧實云：「橫視之如畫狗也。」

按：字之甲文形或形，金文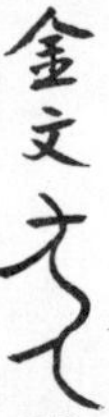形，即顧氏所謂橫視之如畫狗也。字後世加「句」為聲作「狗」，今二字並傳。孔子云不可據。

(廿五)豕：說文九下豕部：「彘也，竭其尾，故謂之豕，象毛足而後有尾，讀與豨同。」段注：「毛當作頭四二字，轉寫之誤。式視切，十五部。」

按：字之甲文作，金文作，橫視之象全體之形，竭其尾，故尾與犬異。後世加「者」為聲作「豬」，今二字並傳。

(廿六)馬：說文十上馬部：「怒也，武也，象馬頭髦尾四足之形。」段注：「莫下切，五部。」

按：怒也，武也為音訓，字之甲文作，金文作，橫視之象馬側立之形，金文舉一目代全頭，示其特徵，以象鬣毛，其餘象足尾之形，此猶今之抽象畫，僅顯其特徵而足也。

(廿七)豸：說文九下豸部：「獸，長脊，行豸豸然，欲有所伺殺形。」池爾切，十六部。

按：高鴻之師云：「此疑後世之豺字。」

附：說文九下豸部：「豹，似虎，圜文，从虎，勺聲。」段注：「北教切，二部。」

按：从虎當是从豸之誤也。甲文中有字，蓋「豹」之原始象形文

也，秦時改為形聲字作「豹」，已屬後起字矣。然「豹」之象形文說文中未見，故附之於此，不作正式之舉例。

（廿八）虎：說文五上虎部：「山獸之君，从虍从儿，虎足象人足也。」段注：「呼古切，五部。」顧實云：「象形，金文作，其形甚肖。說文云象人足，非也。」按：字本象形，許氏之釋，僅就小篆立文，此其致誤之由也。高鴻縉之師曰：「字本象形，割列衣虍（虎頭）與人足，乃就篆文望文生訓之曲解，不可從。」字之甲文作，金文作，橫視之俱極肖似。

（廿九）兕：說文九下兕部：「如野牛，青色，其皮堅厚可制鎧，象形。兕頭與禽离頭同。」段注：「謂上象其頭，下象其足、尾也。徐姊切，十五部。」按：字隸變作兕作兕同也。說文所列古文作「兕」，論語云：「虎兕出於柙」是也，約在秦、漢之際，分為二形，後世又演變為形聲字作「犀」，說文犀下云：「徼外牛，一角在鼻，一角在頂，似豕。」者即兕也。甲文作。

（卅）象：說文九下象部：「南越大獸，長鼻牙，三年一乳，象耳、牙、四足之形。」段注：「徐兩切，十部。」

按：字之甲文作或作，金文作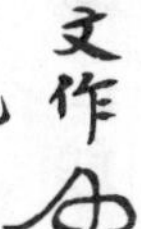，均宜橫視之，蓋側立之形也，象長鼻、大耳、巨身、長牙、尾、二足，許云四足，非是。

(卅一)鹿：說文十上鹿部：「鹿，獸也，象頭角四足之形。鳥、鹿足相比，从比。」段注：「盧谷切，三部。」

按：字之甲文作，金文作，蓋象鹿側立之形，具頭、角、身、尾、二足也。許云四足，非。此外甲文中又有，亦鹿屬之獸，今謂麋也，麋似鹿而角如掌狀，秦、漢人不知已有之字，因制形聲字麋也。又有字，亦鹿之屬，今謂之長頸鹿，有肉角，性慈善，亦象形之字，秦時變為形聲，牡曰麒，牝曰麟。此鹿屬象形文之湮沒者也。

(卅二)廌：說文十上廌部：「解廌，獸也，似山牛，一角。古者決訟，令觸不直者，象形。」段注：「宅買切，十六部。」

按：字金文作，應為兩角。顧實云：「象角、目、足，右末其尾也，或謂从豸省聲，非。」法字古文从廌，故作。

（卅三）㲋：說文十上㲋部：「㲋獸也，似兔青色而大，象形。頭與兔同，足與鹿同。」段注：「丑略切，二部。」

按：字甲文作，金文作，亦象形字也。

（卅四）兔：說文十上兔部：「兔獸也，象兔踞，後其尾形。兔頭與㲋頭同。」段注：「湯故切，五部。」

按：字甲文作，金文作，象形。

（卅五）萈：說文十上萈部：「山羊細角者，从兔足，从苜聲。」段注：「胡官切，十四部。」顧實曰：「山羊細角者，後其尾形。字亦作羱，作𦍩，作羦。」朱駿聲曰：「出今甘肅，大者重百斤，角大盤環，小者角細長。」

按：苜切「模結」，萈切「胡官」，古音亦不同部，許云从苜聲，非是。萈為象形字，今蒙古及西伯利亞等地產羱羊，體大如驢，角盤屈，毛粗短，與朱說正合。或謂羱羊經豢養後即成綿羊。又萈字从此得聲。

（卅六）鼠：說文十上鼠部：「穴蟲之總名也，象形。」段注：「上象首，下象足尾

。書呂切，五部。」

按：字之甲文作，繪其形及所食禾麥，金文則為象，著其齒張大其口，象形也。

（卅七）角：說文四下角部：「獸角也，象形。角與刀魚相似。」段注：「古岳切，三部。」

按：字之甲文作，金文作，外象角形，中仌象其紋理。

（卅八）冎：說文四下冎部：「剔人肉置其骨也，象形。頭隆骨也。」段注：謂上大下小，象骨之隆起也。古瓦切，十七部。」

按：字之甲文作，即骨之象形字也。骨部云：「肉之覈也。」即「肉中硬骨」之意，則隆頭之骨，蓋以此為骨之總名也，骨為後起字，骨行而冎廢矣，僅尚見之於偏旁耳。

（卅九）肉：說文四下肉部：「胾肉，象形。」段注：「如六切，三部。」

按：胾，大臠也。象大塊肉之形，今之屠者，切豕之腹，自脊椎處分豕為二，斷其首、足，到縣，肋骨畢見，則此形也。

伍、植物：

(一) 屮

屮：說文一下屮部：「屮木初生也，象丨出形，有枝莖也。古文或以為艸字。」鄭樵曰：「象艸初生，有二葉附芽而出。」段氏曰：「丨讀若囟，引而上行也。枝謂兩旁。莖，枝柱，謂丨也。丑列切，十五部。」桂馥曰：「當云丨象出形，凵有枝莖也。」

按：字之甲文作，即艸之初文也，故云古文以為艸字。

(二) 艸

艸：說文一下艸部：「百卉也，从二屮。」段注：「倉老切，三部。」顧實云：「象形，與絲、竹同例，非从二屮，芔从二艸，若卉則从三屮也。」

按：字之甲文作，金文作。高笏之師云：「屮與艸，實一字之繁簡二體，象艸生之形。」蓋艸屬之總名也。今人或以「草」字代之，實則「草」僅指一物，非艸屬之總偁也，故草下曰：「草斗，櫟實也。一曰象斗。」今世多用草以為艸字，艸之用已漸寢矣。

(三) 尗

尗：說文七下尗部：「豆也，尗象豆生之形也。」段注：「豆之生也，所種之豆，必為兩瓣，而戴於莖之頂，故以一象地，下象其根，上象其戴生之形。式竹切，三部。」王筠曰：「尗之中一為地，丨之上下通者，上為莖，下為根、根之左右當作圓點，不可曳長，並生直根，左右纖細之根不足象，惟細根之上，生豆纍纍，故篆文象之，然尗字上半則反象初生之時，菽帶甲而生，其項曲，異於他穀，故象之。」

按：段說是也，王說成理而嫌累贅。孟子滕文公注五穀云：「稻、黍、稷、麥、菽」，此中惟菽為今人所謂之「雙子葉」植物，尗之原始象形當作，其象豆也甚明。一為地之通象，字亦可以入指事，然終以形為重，故本篇廁於象形中。

(四)竹：說文五上竹部：「冬生艸也，象形。下垂者，箁箬也。」段注：「象丽丽並生，恐人未曉下垂之恉，故言之。陟玉切，三部。」王筠曰：「艸竹皆叢生，故丽之以象其形，不似二木便為林也，乃有屮字而無字者，事出偶然。」

按：字象竹葉之形，金文作，國畫中亦作，象形也。

(五)瓜：說文七下瓜部：「蓏也，象形。」段注：「古華切，五部。」徐鍇曰：「外象其蔓，中象其實。」鄭樵曰：「象葉芘其實也。」

按：徐說是也，⺇非葉也，瓜類今植物學謂為攀緣植物，⺇象攀緣絲，即徐云之蔓也。若象葉，則自可作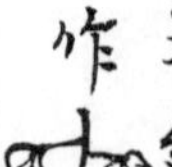形矣。

(六)木：說文六上木部：「冒也，冒地而生，東方之行，从屮，下象其根。」段注云：「屮象上出，⺢象下來。莫卜切，三部。」顧實曰：「冒也，冒地而生，下象其根。」

按：高鴻縉之師曰：「冒也為音訓，東方之行為緯學家言，可刪，餘釋形極確。」今按字為象形，甲文作，金文作，亦象形也。

(七)禾：說文七上禾部：「嘉穀也，以二月始生，八月而孰，得之中和，故謂之禾。禾，木也，木王而生，金王而死，从木，象其穗。」段注：「下从木，上筆𠂹者象其穗。戶戈切，十七部。」王念孫曰：「禾與莠絕相似，雖老農不辨，及其吐穗，則禾穗必屈而倒𠂹，莠穗不𠂹，可以識別。」

按：「木王而生」云云為緯學家言，「得之中和」云云為儒家言，俱非釋「禾」之本義，至「从木」云者，亦許之不密，禾為艸本，木乃木本，二者不類，字原象禾有葉、根、莖、穗之形，蓋全體象形也，非合體之字也。字之甲文作、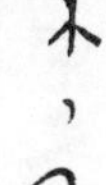則金文也。

(八)

𠂹：說文六下𠂹部：「艸木華葉𠂹，象形。」段注：「象其莖、枝、華、葉也。是為切，十七部。」

按：字象形也，引申之則凡為下𠂹之偁矣。甲文作，金文作。

(九)

來：說文五下來部：「周所受瑞麥，來麰也，二麥一夆，象其芒朿之形。天所來也，故為行來之來。詩曰：詒我來麰。」段注：「洛哀切，一部。」

按：字為「麥」之象形文，甲文作，金文作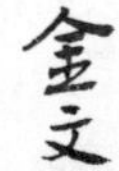。其後借為行來之來，又以為不妥，乃加夊為意符，明其有行走之意，夊之原形為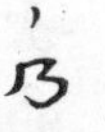，乃足趾向後行。故「麥」字為「从夊來聲」者，然後世又誤以「麥」為稻麥之麥，而仍以「來」為行來之來，實則「來」為稻麥字，「麥」為行來字也，蓋誤易之耳。朱駿聲曰：「往來之來正是『麥』，菽麥之麥正是『來』，三代以來，承用互易」是也。

(十)米

米：說文七上米部：「粟實也，象禾黍之形。」段注：「米謂禾黍，故字象二者之形。四點者，聚米也，十其間者，四米之分也，篆當作四圍點以象形，今作長點誤矣。莫禮切，十五部。」

按：字金文作，象七米從橫之形，篆已變形，故段說失之矣。

(十) 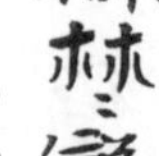 𣏟：說文七下𣏟部：「葩之總名也。𣏟之為言微也，微纖為功，象形。」段注：「朩謂析其皮於莖，𣏟謂取其皮而細析之也。匹卦切，十六部。」王筠曰：「古麻字。」

按：葩謂麻實，釋語以葩名麻，以部份名全體之法也。段云「葩」之上當有「治」字，今按王筠謂「古麻字」，顧實云：「象形，字與絲竹造字同例。」則不當有「治」字，有「治」則非象形字矣。

陸、服飾：

(一) 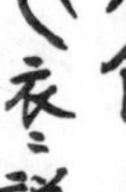 衣：說文八上衣部：「依也，上曰衣，下曰常，象覆二人之形。」段注：「於稀切，十五部。」

按：衣下非二人，宜全體視之，則上象首弁，中象兩袖，下象襟背下垂之形，故顧實云：「字象上衣之形」，甲文作，金文亦作，象形。

(二) 冖　冖：說文七下冖部：「覆也，从一下垂。」段注：「莫狄切，十六部。」

(三) 𠔼　𠔼：說文七下𠔼部：「重覆也，从冖一。」段注：「莫保切。」

(四) 冃　冃：說文七下冃部：「小兒及蠻夷頭衣也，从冖，二其飾也。」段注：「莫報切，三部。」

按：顧實云：「𠔼冃當為同字，以雙聲音轉，讀音稍異耳。」今按冖𠔼冃同為一字，俱頭衣也，今人謂之帽，以邃古物簡，頭衣亦陋，非必蠻夷之頭衣也，其後人事進化，乃有冠冕之制，冖𠔼冃三字順序演進，冖簡無飾，冃繁而多飾，此其沿革也。冖為頭衣，冠字用為偏旁可證；𠔼為頭衣，冡（蒙）冕字用為偏旁可證；冃為頭衣，則冕字用為偏旁可證。後世復加目（目表頭）於其下作冒，又加巾為偏旁作帽，此其演變之跡也。

(五) 衰　衰：說文八上衣部：「衰，艸雨衣，秦謂之萆，从衣象形。衰古文衰。」段注：「穌禾切，十七部。」

按：字原象形，小篆變為从衣，衰象衰之形，後世借為盛衰字，乃復加艸旁作蓑。

(六)求：說文八上裘部：「裘，皮衣也，从衣象形，與衰同意。，古文裘。」段注：「巨鳩切，一部。」

按：字之甲文作，金文作。十者獸頭，ㅊ者象毛之下垂，此甲文之象也。至金文則象衣外有毛，小篆變作會意，古文近於甲文，除小篆外，皆象形也。

(七)巾：說文七下巾部：「佩巾也，从冂，丨象糸也。」段注：「有系而後佩於帶。居銀切，十二部。」

按：字為巾屬之總名，非佩巾而已也，冂之形，高笏之師以為象形，蓋巾之摺疊也，冂上之丨象系是也。

(八)市：說文七下市部：「韠也，上古衣蔽前而已，市以象之。天子朱市，諸侯赤市，卿大夫葱衡。从巾，象連帶之形。」段云：「卿大夫下當有赤市二字，奪文也。」青謂之葱，衡為佩玉之衡，三命赤韍葱衡。分勿切，十五部。」

按：一象帶，巾即上系於帶之韍也，象形。韍為後起字，篆文市也。

(九) 糸　糸：說文十三上糸部：「細絲也，象束絲之形。」段注：「莫狄切，十六部。」

(十) 絲　絲：說文十三上絲部：「蠶所吐也，从二糸。」段注：「息茲切，一部。」

按：二字實乃一字，其造字方式與屮艸同例，金文、甲文俱作絲、糸形，蓋一物之繁簡二文耳。

柒、宮室：

(一) 宀　宀：說文七下宀部：「交覆深屋也，象形。」段注：「象兩下之形。武延切，十二部。」

按：字之甲文作宀，金文作宀，象尻屋之形，故今字之从宀為偏旁者，皆有尻屋之意。

(二) 广　广：說文九下广部：「因广為屋也，从厂，象對刺高屋之形。」段注：「謂對面高屋森聳上刺也，首畫象巖上有屋。魚儉切，八部。」王筠曰：「此堂皇之形，前面無牆。」

按：顧實云：「說文據字形為說，非必从厂，王說是也。」今按金文作广形，从厂之說非也，王說是。

(三) 門　門：說文十二上門部：「聞也，从二户，象形。」段注：「此如鬥从二丮，不必有反聞字也。莫奔切，十三部。」
按：實為全體象形，非从二戶也，字之甲文作 ，象雙扇門也。

（四）

戶：說文十二上戶部：「護也，半門曰戶，象形。」段注：「侯古切，五部。」
按：門有雙扇，單扇之異，此中外古今皆然者也，門乃雙扇大門，戶則單扇小門也。「護也」為音訓。

（五）

囪：說文十下囪部：「在牆曰牖，在屋曰囪，象形。」段注：「此皆以交木為之，故象其交木之形，外域之也。楚江切，九部。」
按：金文作 ，象形也。今或作窗，又譌作匆。，古文囪。

（六）

瓦：說文十二下瓦部：「土器已燒之總名，象形也。」段注：「象卷曲之狀。五寡切，十七部。」鄭樵曰：「象甃瓦之形。」王筠曰：「詳審瓦字之形，外則區曲，中則界畫，蓋象其初為圜箭時也，許君二句說字義字形不相貫注，似可變例乙轉之，瓦單指屋瓦，乃有象可象，後始用為總名耳。」
按：字金文作 ，本象屋瓦之形，用為總名，當如王說乃後起者。

(七)井

井：說文五下井部：「八家為一井，象構韓形，●甕象也。古者伯益初作井。」段注：「韓，井上木欄也，其形四角或八角，又謂之銀牀。子郢切，十一部。」顧實云：「外象構韓形，中●象井穴也。」

按：井即鑿地取水之井，至八家一井，乃指井田之制，借用井字之形以分田耳。井象井上木欄，●則井穴之形也。唐張打油雪詩云：「井上黑窟窿」，蓋遠視井口，乃一黑窟窿也。

(八)㐭

㐭：說文五下㐭部：「穀所振入也，宗廟粢盛，蒼黃㐭而取之，故謂之㐭，从入，从回，象屋形，中有戶牖。」段注：「舍下云：口象築，此云象屋者，屋在上者也，㐭之戶牖多在屋。力甚切，七部。」徐鍇曰：「戶牖以防蒸熱也。」

按：振謂收入，蒼黃㐭而取之者，倉下云：蒼黃取而藏之，謂匆遽取而藏之也，㐭通作懍，凜，蓋謂凜以收取時懍懍然而戒慎之至也。倉取藏音近以釋之，㐭取懍音近以釋之也。字本象屋形，中有戶牖，㐭之牖異於屋之囪，故特顯示之，後世加禾旁作稟，自借為𩫏告字後，乃又加广作廓。

(九)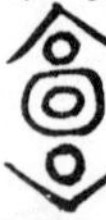𩫏：說文十三下土部：「墉，城垣也，从土庸聲。，古文墉。」段注：「余封切，九部。」

按：字之甲文作，金文作，象城上小屋之形，小篆不傳，故另造形聲字作墉，故書云：「射雉於高墉之上」，謂在城樓上也。

捌、器用：

(一)鬲：說文三下鬲部：「鼎屬也，實五觳，斗二升曰觳，象腹交文三足。，鬲或从瓦。䰙，漢令鬲从瓦麻聲。」段注：「上象其口，乂象腹交文，下象三足也。郎激切，十六部。」

按：爾雅釋器：「鼎款足者謂之鬲。」漢郊祀志：「鼎空足曰鬲。」款足即空足。字本象形，𤮼、䰙為後起字。字之金文、，象形。

(二)鼎：說文七上鼎部：「三足兩耳，和五味之寶器也，象析木以炊，貞省聲。昔禹收九牧之金，鑄鼎荊山之下，入山林川澤者，螭魅蝄蜽莫能逢之，以協承天休。易卦巽木於下者為鼎，古文以貝為鼎，籀文以鼎為

貝。」

按：鼎之初文象貝，蓋上古或原用貝殼為食器故也，其後以土陶為之，再後又以銅鐵為之，既為食器又兼烹器，甲文作、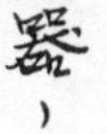、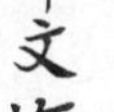即貞字，甲文貞鼎一字。金文作、，象兩耳三足之形。

(三)

豆：說文五上豆部：「古食肉器也，从口象形。，古文豆。」段注：「徒候切，四部。」

按：豆為籩豆之豆，象豆有蓋，古文尤為肖侶，原為食器，其後又為祭器。爾雅：「木豆謂之豆，竹豆謂之籩」是也。

(四)

皿：說文五上皿部：「飲食之用器也，象形。與豆同意。」段注：「上象其能容，中象其體，下象其底也，與豆略同而少異。武永切，十部。」王筠曰：「皿蓋盆盎之屬，廣而庳者也，上口圜，下底平，中以象腹。」許瀚曰：「鐘鼎作，疑本作，象其耆也，屢改成耳。」

按：字屬象形，王說是也。

(五)

酉：說文十四下酉部：「就也，八月黍成可為酎酒，象古文酉之形也。，

古文酉，从丣，丣為春門，萬物已出；丣為秋門，萬物已入，一，閉門象也。」

段注：「與久切，三部。」

按：字為古酒器之名，甲文作酉，金文作酉，象斂頸侈口圓底之形。酉之上或其旁有點滴形者，皆「酒」字，如酒酒等是也。酉後借為「酋長」字，而酒又改水旁作酒矣。酋置架上曰「奠」，設酉以祭曰「尊」，此有關乎酒之字也。

(六)壺

壺：說文十下壺部：「昆吾圜器也，象形。从大象蓋也。」朱駿聲曰：「昆吾雙聲連語，壺之別名。」段注：「戶姑切，五部。」

按：玉篇：「壺，盛飲器也。」聘禮注曰：「壺，酒尊也。」字本象形，上大象蓋形，非「大」字也。

(七)缶

缶：說文五下缶部：「瓦器，所以盛酒漿，秦人鼓之以節謌，象形。」段注：「字象器形。方九切，三部。」

按：字蓋象器形也，史記：「於是相如前進缶，因跪請秦王。」即是器也。字或从瓦作缻。

(八)  斗：說文十四上斗部：「十升也，象形。有柄。」段注：「上象斗形，下象其柄也。斗有柄者，蓋象北斗。」當口切，四部。」

按：字金文作，正如北斗之形，本為挹注之器，小篆尚去象形遠甚，蓋非原始象形也，若金文則肖似矣。字後世借為量器之名，故許云「十升也」。

(九)  𧯛：說文十四上金部：「⿰金𧯛，酒器也，从金，𧯛象器形。𧯛，⿰金𧯛或省金。」段注：「大口切，四部。」徐灝曰：「按此字當先有𧯛，象形，然後加金旁。」

按：徐說是也，「太白斗酒詩百篇」斗即𧯛也，字為飲酒器名，其用如今之酒杯。

(十)  甾：說文十二下甾部：「東楚名缶曰甾，象形也。」段注：「口大而頸少殺。側詞切，一部。」

按：缶之屬也，然形略有異於缶者，東楚之缶也。象器形。

(十一)  匕：說文八上匕部：「相與比敘也，从反人。匕亦所以用比取飯，一名柶。」段注：「匕即今之飯匙也。卑履切，十五部。」

按：方言曰：「匕謂之匙。」蘇林注漢書：「北方人名匕曰匙。」玄應曰：「匕或謂之匙。」檀弓曰：「非刀匕是供。」今按字本象湯匙之形，後世加「是」旁為聲，故又作「匙」，匕匙實一字也。

(十二)

刀：說文四下刀部：「兵也，象形。」段注：「刀者，兵之一也。都牢切，二部。」王筠曰：「周禮五兵無刀，考工記以鄭之刀與斤削劍並數，亦不盡是兵器，疑或鸞刀之類，惟公羊傳：孟勞，魯之寶刀也，可以殺敵。則是兵矣。」

按：字為象形，古來作用具者多，作兵器者少，故王云周禮五兵無刀也。

(十三)

主：說文五上丶部：「主，鐙中火主也，主象形，从丶，丶亦聲。」段注「之庾切，四部。」孔廣居曰：「正譌謂丶即古主字，象火主形，小篆作主，上从丶，下象燈器，俗作炷，非。」

按：丶下云：「有所絕止，丶而識之也。」孔意以為丶與主是一字，說頗可疑，且亦無徵，丶縱象火主之形，然說文中用為偏旁而相似之形甚多，如壺蓋象「大」字，衣下象二人是也，然其所表之意則各自有異，且許君謂「丶而識之」，當有所受，不容後人以肊改易，若有徵有據，自當別論，然丶之為火主，吾未見其有甲骨、鐘鼎之文可為明證也。主上之丶為火主，然丶而識之之丶，則又一事也。

(十四) 凵

凵：說文五上凵部：「凵盧，飯器，以柳作之，象形。𥫱，凵或从竹去聲。」段注：「下侈上斂。去魚切，五部。」

按：字為簞屬之物，象形也。

(十五) 丌

丌：說文五上丌部：「下基也，荐物之丌，象形。」段注：「平而有足，可以薦物。居之切，一部。」

按：字為薦物之基，奠字从此。

(十六) 几

几：說文十四上几部：「凥几也，象形。周禮五几：玉几、雕几、彤几、鬃几、素几。」段注：「象其高而上平，可倚，下有足。居履切，十五部。」顧寶田曰：「坐所以凭也，按古者席地而坐，正如今之日本，日本語曰『次苦歐己』，即所凭之机也。」

按：高鴻縉之師曰：「几，古人坐席上時所凭，今日本人猶用之，字本象形，凥、處字皆从其意，俗加木旁作机。」是也。

(十七) 

其：說文五上箕部：「箕，所以簸者也，从竹𠀠象形，丌，其下也。𠀠，古文箕。，亦古文箕。，亦古文箕。，籀文箕。，籀文箕。」段注：「居之切，一部。」

按：𠀠為箕之初文，象籐竹所編之形，後加丌為薦，且以丌為聲，故其字作「其」，其後「其」又借以為語詞或代名詞，乃再加竹頭作箕。

(十八) 

帚：說文七下巾部：「所以糞也，从又持巾埽冂內。古者少康初作箕帚、秫酒。少康，杜康也，葬長垣。」段注：「糞當作叁，土部曰：叁，埽除也。不言埽言叁者，叁亦埽也。支手切，三部。」羅振玉曰：「卜辭帚字从ヨ木，象帚形。木，其柄末所以卓立者，與金文戈字之木同意。其从冂者，象置帚之架，埽畢而置帚於架上倒卓之也。許君所謂从又，乃ヨ之譌，从巾，乃木之譌，謂冂為門內，乃架形之譌，亦因形失而致誤也。」

按：羅說是也。

(九)斤：說文十四上斤部：「斫木斧也，象形。」段注：「橫者象斧頭，直者象柄，其下象所斫木。舉欣切，十三部。」王筠曰：「斤之刃橫，斧之刃縱，其用與鋤钁相似，不與刀鋸相似，故云斫也。」

按：甲文中依唐立庵氏考定「析　新」二字，取其偏旁「斤」字作，象其柄及其刃之所向之形。今臺灣木匠尚持用此物，驗諸王說，分毫不差。至斤兩之斤，則其借義耳。

(十)矛：說文十四上矛部：「酋矛也，建於兵車，長二丈，象形。」段注：「考工記謂之刺兵，其刃當直，而字形曲其首，未聞。直者象其柲，左右蓋象其英，矛有英飾也。莫浮切，三部。」孫詒讓曰：「以形察之，與刺兵不相似，金文矛字未見，其見於偏旁者皆作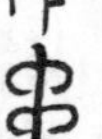，以諸文參互考之，矛本形當作，上象刺兵之鋒，中象英飾，下象人手持之，說文古文从，變為糾曲三折形，小篆又變其上出而為，則成句兵，而非刺

兵，其筭作，亦遠失本形。」

按：許云刺兵，當有所受，惟篆形衍變已失象形之真，而金文則又未見，故本形已難考知，惟依驗之，孫說似較近實。

(廿一)

戈：說文十二下戈部：「平頭戟也，从弋，一衡之，象形。」段注：「古禾切，十七部。」顧實云：「金文作，象形，較肖。」

按：篆變已失象形之真，許亦曲說難通。顧說是也。

(廿二)

戊：說文十四下戊部：「中宮也，象六甲五龍相拘絞也，戊承丁象人脅。」段注：「莫候切，三部。」顧實曰：「按：戊戌當即一字，以雙聲音變，分而為二，朱駿聲說戊即矛之古字，未確。」

按：干支之字，各有本義，而為干支之用，皆假借為之者，故疑顧說為是，許謂「中宮」云云，皆緯學家言，用以解字，謬無可取。高鴻縉之師以為戊即斧之初文，斧蓋後起之形聲字，存參。

(廿三)

戉：說文十二下戉部：「大斧也，从戈乚聲。司馬法曰：夏執玄戉，殷執白戚，周ナ杖黃戉，又把白髦。」段注：「王伐切，十五部。」顧實曰云：「大斧也，同鉞，金文作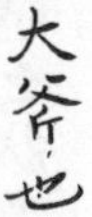形甚肖。」

按：顧說是也，鉞為後起字。

(二十四)

癸：說文十四下癸部云：「冬時水土平，可揆度也，象水從四方流入地中之形。癸承壬象人足。」段注云：「居誄切，十五部。」顧實曰：「兵也，金文作，即戣之古文，籀文作。」

按：許釋干支字皆泥於陰陽五行之用，而采緯學家言為解，故多不可信。癸為兵器，參顧說易了。

(二十五)

乂：說文十二下丿部云：「乂，芟艸也，从丿乀相交。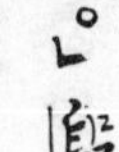，乂或从刀。」段注云：「魚廢切，十五部。」顧實曰：「象兩刀交割，說文或體从刀作刈，即其證。一說乂刀如今之剪刀，今俗曰軋，即乂之古音也。」

按：高鴻縉之師云：「乂當即剪之初文，象形，名詞。芟艸也者，乃其用，為其假借之意，動詞，更引申而有治理之意。」今按師說是也，惟作動詞用亦引申之意耳。

(二十六)

午：說文十四下午部云：「啎也，五月陰气啎逆，易冒地而出也，象形。此與矢同意。」段注：「矢之首與午相似，皆象貫之而出也。疑古切，五部。」又說文六上木部：「杵，舂杵也，从木午聲。」段注：「舂，擣粟也，其器曰杵，繫辭曰：斷木為杵，掘地為臼，臼杵之利，萬民以濟。昌與切，五部。」顧實曰：「或說午即杵之古文，舂、秦字从此可證。」

按：高笏之師曰：「午杵古今字，許釋杵是，釋午用曆數家言，非制字本源。午之初形，直象杵，兩耑粗壯，中央細小。兩耑壯則重而有力，中央細則便於執手，今山地之民，仍用此形之杵。」今按午之甲文作或，象杵形也。戴侗曰：「斷木為午，所以舂也，亦作杵，借為子午之午，所以知其為午臼之杵者，从午从臼，此明證也。」說文舂下亦曰：「从持杵以臨臼。」則明言午為杵矣。

(廿七)

臼：說文七上臼部：「舂臼也，古者掘地為臼，其後穿木石，象形。中象米也。」段注：「或穿木或穿石，臼象木石臼也。其九切，三部。」

按：字象臼形，高笏之師以為中四點附於臼壁，並非米形，當是臼內壁粗糙之狀。說亦通。

(廿六)

因

因：說文六下口部：「就也，从口大。」段注：「於真切，十三部。」江永曰：「因象茵褥之形，即茵之古文，中象縫線文理。」林義光曰：「按口大無因字意，訓因為茵是也，古作因。㢢篆从西，古从因，宿篆从西，古从因。因亦因字，並當為茵，於形意方合。廣雅：西，席也。西亦即因字。說文云：西，舌皃，从谷省，象形。讀若三年導服之導。按西為舌皃，無他證。㢢、宿皆从因，古當無西字。」按：席之古文作⿸厂因，石省聲，因即茵之意。宿之甲文作⿰亻因，从人臥因上，此即江永所謂有縫線文理之茵矣。因自借為因襲、原因之因，遂失其本義。

(廿七)

壴

壴：說文五上壴部：「陳樂，立而上見也，从屮从豆。」段注：「中句切，四部。」徐鍇曰：「壴，樹鼓之象，屮其上羽葆也，象形。」戴侗曰：「壴，樂器，艸木籩豆，非所取象，其中蓋象鼓，上象設業崇牙之形，下象建鼓之虡。」侗曰：疑此即鼓字，鼓，擊鼓也，故从攴。」徐灝曰：「按楚金、仲達說是也，鼓、鼚、彭皆从壴，是其明證。」

按：壴即鼓字，名詞。鼓為擊鼓，則為動詞，从手持丨以擊鼓也。壴之上屮為其飾，其下之业為壴架，中○為壴形。

(卅)

琴：說文十二下琴部：「禁也，神農所作，洞越，練朱五弦，周加二弦，象形。，古文琴从金。」段注：「象其首身尾也，上圓下方，故象其圜。巨今切，七部。」

按：字象形，為古七弦琴之耑首形，珡象雁柱，所以繫弦者也。徐灝曰：「隸變从今聲，，古文異體，从古文瑟，金聲。」是也。

(卅一)

瑟：說文十二下琴部：「庖犧所作弦樂也，从珡必聲。，古文瑟。」段注：「玩古文琴瑟二字，似先造瑟字，而琴从之。所櫛切，十二部。」徐灝曰：「庖犧造瑟，在神農造琴之先，故古文瑟从古文瑟，今瑟之小篆从珡者，後制之字耳。」白虎通禮樂篇曰：「瑟者嗇也，閑也，所以懲忿窒欲，正人之德也。」爾雅釋樂：「大瑟謂之灑。古文象形。」

按：瑟之古文為象形，兩耑各二十五弦，合之則為五十弦，兩手鼓瑟，左右手各操二十五弦以合和其音。史記封禪書云：「太帝使素女鼓五十弦瑟，悲，帝禁不止，故破其瑟為二十五弦。」此言雖記神仙之事，而瑟之形制，可據以想像也。就琴瑟之古文言之，宜是瑟字在前，琴字从之，段、徐之說是也。

(廿二)

龠：說文二下龠部云：「樂之竹管，三孔，以和眾聲也，从品侖，侖，理也。」段注云：「以灼切，二部。」徐灝曰：「龠、籥古今字，公羊宣八年傳云：『籥，所吹以節舞也。』三孔蓋象形，非品字。」

按：高笏之師云：「龠之為器，乃編管為之，故其形為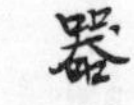，甲文、金文从二口，小篆从三口，二口三口皆所以象管耑之孔，周禮、禮記鄭注、爾雅郭注並同曰三孔，惟毛傳云六孔，廣雅云七孔，是籥者編多管以成也，不必三管。字本象形，後又加亼(音集)為聲符，故作龠，後又加竹為意符作籥，詩簡兮：左手執籥，右手秉翟。」今按字之甲文作，金文作，是象形也。

(廿三) 王

玉：說文一上玉部：「石之美有五德者，潤澤以溫，仁之方也；䚡理自外可以知中，義之方也；其聲舒揚，尃以遠聞，智之方也；不撓而折，勇之方也；銳廉而不忮，絜之方也。象三玉之連，丨，其貫也。」段注：「魚欲切，三部。」羅振玉曰：「卜辭亦作丰，丨或露其兩耑也……金文皆作王，無作玊者。」

按：三即璧之側面形，平視之作◎形，側視之作一形。古以玉為錢幣之用，中有孔，或圓或方，後世以金、銀為之，仍沿其形制，以丨毌之，象形也。許云玉有五德諸語，虛玄無當於解字，可刪。

(廿四) 舟

舟：說文八下舟部：「船也，古者共鼓貨狄刳木為舟，剡木為楫，以濟不通，象形。」段注：「共鼓貨狄堯舜閒人，貨狄即疑化益，化益即伯益也。職流切，三部。」

按：字為舟之象形文，即篆文視之，其形尚肖，與船為古雙聲，一語之轉也。

(廿五) 車

車：說文十四上車部：「輿輪之總名也，夏后時奚仲所造，象形。」

𨏥，籒文車。」段注：「象兩輪一軸一輿之形，此篆橫視之乃得。古音居，五部，今音尺遮切。」

按：金文車作，象有轅及兩輪之形，段以⊖為輿，以十為兩輪一軸，非矣。⊕蓋象輪之形。

（卅六）

冊：說文二下冊部：「符命也，諸侯進受於王者也。象其札，一長一短，中有二編之形。，古文冊从竹。」段注：「後人多假策為之，蔡邕獨斷曰：策，簡也，其制長者一尺，短者半之，其次一長一短，兩編下附。札，牒也，亦曰簡。編，次簡也，次簡者，竹簡長短相間，排比之，以繩橫聯之，上下各一道，一簡容字無多，故必比次編之，乃容多字。楚革切，十六部。」徐灝曰：「凡簡書皆謂之冊，不獨諸侯進受於王也，此舉其大者而言，符冊亦二事也。」商承祚曰：「金文冊作，古文所从𠓜，殆由而譌也。」

按：此即書籍字之象形文，古者無紙，以竹簡為書，一簡不容多字，乃編簡為之，至「策」則為「馬箠」字，鞭馬之具也，以音與冊同，故假借以代之也。

（廿七）叀：說文四下叀部：「小謹也，从幺省，从屮。屮，財見也。田象謹形，屮亦聲。，古文叀。，亦古文叀。」段注：「職緣切，十四部。」徐灝曰：「叀即古專字，寸部專亦曰紡專，紡專所以收絲，其制以瓦為之。小雅斯干：載弄之瓦。毛傳：瓦，紡塼也。是也。今或以竹為之。象紡專之形，上下有物毌之，今云从屮从幺省者，望文為說耳。專从寸，與又同，蓋取手持之意，叀訓小謹，與專同義，其形亦相承，本為一字無疑也。」

按：徐謂叀即紡專之象形文，極是。至專則為「轉」之初字，甲文作或，象用手轉動紡專之形，故曰字為轉之初字。其後專為專心、專權之用，乃更增車旁作「轉」耳。

（廿八）爾：說文三下㸚部：「麗爾，猶靡麗也。从冂㸚，㸚，其孔㸚，从尒聲。此與爽同意。」段注：「兒氏切，周十五部，漢十六部。」王筠曰：「麗爾，字鑑引作爾爾。」嚴氏曰：靡麗當作麗廔，據下

其孔爻爻知之。」林義光曰：「按古作，作，實爾之古文，絡絲架也，象形。下象絲之糾繞，易：繫於金柅。以柅為之。說文云：「尒，詞之必然也，从入、丨、八，八象气之分散。按入丨八非義，尒即爾之省，不為字。」

按：林說絡絲架是也。後世加木旁作檷，而爾則因與女、汝同聲而借為第二人稱代名詞矣。

(廿九)

壬：說文十四下壬部：「位北方也，陰極易生，故易曰：龍戰于野。戰者接也，象人褢妊之形，承亥壬以子生之敘也。壬與巫同意。壬承辛象人脛，脛，任體也。」段注：「如林切，七部。」林義光曰：「按壬與人懷妊形不類，古作、作，即縢之古文，機持經者也，象形。縢壬雙聲旁轉，故禮記戴勝，爾雅釋鳥作戴鵀，亦作戴𩿧。巠為經之古文，古作，正象縢持絲形，从壬。」

按：林說成理，可從。

(四十)

予：說文四下予部：「推予也，象相予之形。」段注：「余呂切，五部。」

顧實曰：「或說古文杼字，象梭形。」又說文六上木部：「杼，機持緯者，从木予聲。」徐灝曰：「杼，俗作梭，聲轉而異其文也，」廣韵又作[illegible]。」

按：予之甲文作，篆變作，杼之初文也，象持緯之器及緯線自器中出之形，今臺灣之梭尚類此形，甌越之梭則兩端銳而中肥大作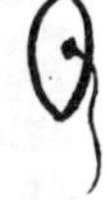形矣。推予為引申義。

(四二)

网：說文七下网部：「庖犧氏所結繩，以田以漁也。从冂，下象网交文。，网或加亡。，或从糸。，古文网从冂亡聲。，籀文从冂。」段注：「㐅象网目。文紡切，十部。」顧實曰：「按，象网形，不从冂，龜甲古文有作者，可證。」

按：字為全體象形，至罔、䋄及今之網，皆後起字也。

(四三)

華：說文四下華部：「箕屬，所以推棄之器也，象形。」段注：「此物有柄，中直象柄，上象其有所盛，持柄迫地推而前，可去穢納於其中，箕則無柄，而受穢一也，故曰箕屬。北潘切，十四部。」

按：字為象形，段說是也。

(四三) 冓

冓：說文四下冓部：「交積材也，象對交之形。」段注：「冓造必鉤心鬥角也。古候切，四部。」朱駿聲曰：「以木相加也，古算經：壤生冓，冓生澗。用以紀數。古觚算亦取橫直交加之象。」

按：此即冓造字之初文，象眾材交積，以成鉤心鬥角之狀也。

(四四) 勿

勿：說文九下勿部：「州里所建旗，象其柄，有三游，襍帛，幅半異，所以趣民，故遽偁勿勿。𣃦，勿或从㫃。」段注：「象其柄，謂右筆也。有三游，謂彡也。三游，別於旂九游、旟七游、旗六游、旐四游。雜帛，幅半異。司常曰：通帛為旜，襍帛為物。所以趣民，趣者疾也。色純則緩，色駁則急，故雜帛所以促民。文弗切，十五部。」

按：此祇象旗之三游從風之形，未著其柄，著之當為勿形矣。後世借勿為否定禁制之詞，久而成習，乃另加㫃（音偃，小篆變作㫃形）旁作𣃦。

乙、合體象形例

合體象形例：謂合體象形者，言僅形不能顯著其為何物，因加他形他體或同類之字以足之也，如：果从木而以⊗象其實之形，⊗非字也，附於「木」上，合而象之，故曰合體象形。

(一)果

果：說文六上木部：「木實也，从木，象果形在木之上。」段注：「謂⊞也。古火切，十七部。」王筠曰：「推古人作果字之初，必作○象果形圓也，然圓物多矣，則于中加十象其坼紋。」孫詒讓曰：「金文果又从，蓋象果實中含子人形，亦即小篆从⊞之濫觴，若然，古文果蓋本象果有人而著木閒，與朿束略同，或小篆始變之與。」

按：字為合體象形，木為既成之文，⊞宜附木上，始得明示其為木之實，否則，僅畫⊞形，其義難了。全字象果生木上，或作者，則尤肖似矣。

(二)㕯

㕯：說文三上㕯部：「口上阿也，从口，上象其理。」段注：「口上阿謂口吻以上之肉，隨口卷曲。其虐切，五部。」王筠曰：「物有其形可象，而惟繪事乃能象之者，則加會意以定之，㕯字是也。口之上齶有理，左右分別似仌，然與仌凌字同，故以口定之。」

按：此合體象形字也，口為既成之文，仌則象形而不成文，乃附於口成之。若以繪事表之，宜作八形，是口上之阿也。

(三) 

石：說文九下石部：「山石也，在厂之下，口象形。」段注：「常隻切，五部。」王筠曰：「石與果一類，本以口象石形，而此形多矣，乃以厂定之。」

按：徒口易混於羽非切之口，故合以既成文之厂，王云「以厂定之」是也。此字亦合體象形。

(四) 

書：說文十四上車部：「車軸耑也，从車象形。」段注：「謂以○象轂耑之孔，而以車之中直象軸之出於外。于濊切，十五部。」王筠曰：「車之中直即軸也，于軸之耑作○，象書正圓之形也，且兼轄形象之矣，而小徐曰指事，誤。」

按：此亦合體象形字也，車為既成之文，而以不成文之○附於車軸處以象其軸耑。

(五) 

為：說文三下爪部：「為，母猴也，其為禽好爪，下腹為母猴形。」王肖曰：爪，象形也。」段注：「腹當作複，上既从爪矣，其下又全象母猴頭目身足之形也。蓮支切，十七部。」王筠曰：「為字象形兼會意者，不以爪表之，不可指為猴也，有頭有腹，短尾四足，此等物頗多，惟以丿象其援攫不安靜之形，而復以爪表之，是真猴矣。」

按：王說是也，爪為既成之文，其餘為象形而未成文，亦合體象形也。

（六）

能：說文十上能部：「熊屬，足似鹿，从肉，㠯聲。能獸堅中，故偁賢能，而彊壯偁能傑也。」段注：「奴登切，一部。」王筠曰：「動物之象形而兼意與聲者，能與龍是也。能之比象足，而从肉㠯聲，蓋獸類象形者多，不能一一畢肖，故有所兼以成之也，顧能字即就聲意以為形，非如他字截然為二為三也。以能之字皆截然為三，其作者近是，部首作善矣，惜少一畫，惟嶧山碑作，無可訾議，說云足似鹿，鹿亦有此一畫，不過微長耳。能獸堅中，則其骨有異，何以字从肉。蓋能乃熊類，熊羆之蟄也，必登木

自頂以柔其骨，蘇而復上，必不能復上而後入穴，則一身柔輭皆如肉矣，故字从肉也，抑即以㔾象其頸，以⺼象其胸腹，就此意聲為其形矣。」

按：能之為獸，高笏之師云：「即許書熊下所云『似豕山居，冬蟄』，蟄用舐掌，名曰蹯，味中最美，煑之難孰者也。以其足掌特異，故其字先繪足掌，以其似豕多肉，故其字从肉，以聲。此獸名也。至於『熊』乃火光燿盛之形容詞，从火能聲，西山經：『其光熊熊』，注：『光氣炎盛，相煇燿之皃』是也。後世借獸名之『能』以為賢能、能傑等義，乃通假火盛之『熊』以為山居冬蟄之獸名，數典忘祖，不但人莫知其朔，即許君說字亦沿經典習用，而未能辨之也。」今按師說是也。

(七) 龍

龍：說文十一下龍部：「鱗蟲之長，能幽能明，能細能巨，能短能長，春分而登天，秋分而潛淵。从肉，𦚏肉飛之形，童省聲。」段注：「力鍾切，九部。」王筠曰：「龍之𦚏象蜿蟺鱗爪飛騰之形，龍為神物，於法當象形，然此乃文字，非繪事也，如作首尾四足形，何以別於蜥易。即增角，亦恐嫌於鹿形，故兼聲、意以象之，六十年骨全則蜕，故从肉也。」

按：龍之為合體象形，與能同例，蓋徒[glyph]不足以盡顯龍之為物，故以聲、意合之以全其義也。

(八) [glyph]

齒：說文二下齒部：「口齗骨也，象口齒之形。止聲。」段注：「𠚕者象齒，餘凵字也。昌里切，一部。」許瀚曰：「段說非也，口字上為上脣，下為下脣，今上脣之上有二齒，非情也。此字當从口犯切之凵，口張齒乃見也，中一乃上下齒中間之虛縫耳。」王筠曰：「齒字象形而兼意與聲，印林說是也，許君言象口齒之形，不言从口，亦可徵也。古文[glyph]字从凵明白，衹有下脣者，口之張也下脣獨侈；六之者，牝為牙，牡為齒，當口上下八齒皆牡，虎牙則牡而兼牝，六之則兼舉虎牙也。篆文四之者，第指當中上下四齒也，[glyph]第舉下齒而上齒可倒見也。」

按：上下屬可無論矣，文字焉得畢肖實物，非繪事也，肖其大槩可矣。為象形，兼聲、意以足之，是合體象形也。

(九)巢：說文六下巢部：「鳥在木上曰巢，在穴曰窠，从木象形。」段注：「象其架高之形。鉏交切，二部。」王筠曰：「巢在木之上，故从木，巛則鳥形，臼則巢形，三鳥者，況其多耳，且皆謂雛也，蓋鳥惟家雀秋冬依人屋宇，其它率露宿，至春將抱卵，乃作巢，雛能飛則率之以去，不歸巢矣。故巢象羣鳥在上之形。」

按：徒巛臼不足以象鳥巢之形，又足之以木字，故曰合體象形。

(十)身：說文八上人部：「躳也，从人申省聲。」大徐本說文「躳也」下有「象人之身」四字。鄭樵曰：「人身從，禽獸身衡，此象人之身。」段注：「失人切，十二部。」王筠曰：「身字就意、聲以為形，乃象形之極變，身即背也，說解又曰象身之形者，乃以身全字象身形也。身字面向左，匈在左，背在右，猶恐其不分明也，則一足向左以明之，故所从之義與聲皆其形也。惟大徐作厂聲，似不合，韻會引作申省聲是也。𦥑下云：「象人要自臼之形，則身从𦥑省聲亦兼意。」

按：王說所从聲、意皆形是也，惟舉「𦥑象人要自臼之形」之說不碻，𦥑為古要字，無身要之義，申聲與身聲同，故申聲即含身義，且其省形全聲附之於人，則亦兼有身之形義矣，故曰合體象形字。

丙、變體象形例

所謂變體象形者，即取一象形字，或變其位置，或損其筆畫，以狀寫物類之變態者，王筠所謂「變橫為直之形，省多為少之形」皆屬之。

(一)

虍：說文五上虍部：「虍，虎文也，象形。」段注：「荒烏切，五部。」徐鍇曰：「象其文章屈曲也。」鄭樵曰：「此象虎而剟其肉，象其皮之文。」王筠曰：「虎本全體象形，虍字省之，仍象虎文，蓋虎皮固無損也。儿在內，虍在外，去其在內者，猶去骨肉而存皮也。許君謂虎从虍，說頗倒置。」

按：證之甲骨鐘鼎，高鴻縉之師以為「虍虎」為「虎」之一字遭後人割裂而成者，虎本象形字，有甲文金文可徵，至汪氏云省虎以成虍，故謂其字爲虎文，其說自亦可通。省之仍爲象形，故謂之爲變體象形。

(二)

彑：說文九下彑部：「豕之頭，象其銳而上見也。」段注：「象形也。居例切，十五部。」王筠曰：「㣇字全體象形，彑字即截其上半爲之，猶丫即羊之上半，甶即鬼之上半耳。」

按：㣇爲長豪豕屬之獸，㣇、豕頭相若，故省㣇字可爲豕之頭也。

(三)

丫：說文四上丫部：「羊角也，象形。讀若乖。」段注：「知爲羊角者，於羊字知之也。工瓦切又乖買切，十六、十七部。」玉篇曰：「兩角皃。」廣韻曰：「羊角開皃。」王筠曰：「丫象羊角形，角兩而四之何也？本兩筆，斷爲四也。下垂者何也？曰兩筆相合之處引長之也。他部中古文之从丫者，皆从𠆢𠆢，是篆文之本形也。」

按：省羊以爲羊角，故曰變體象形。

(四)

尸：說文八上尸部：「陳也，象臥之形。」段注：「此字象首俯而曲背之形。式脂切，十五部。」包咸論語注：「尸者偃臥四體，布展手足，佀死人。」鄭樵曰：「主所祭之神而託於人，故象人之形。」王筠曰：「人死則為尸，尸字象橫陳之人，長眠而不起也。」

按：「人」為立形，「尸」為偃臥之形，就「人」字變置位置以成「尸」字，不必死人也。死人自有从「死尸」會意之「屍」字。

(五) 尢

尢：說文十下尢部：「尣也，曲脛人也，从大，象偏曲之形。」段注：「謂人大而象一脛偏曲之形也。烏光切，十部。」九經字樣：「大字象人形，曲其右足為尢，尣曲脛人也。」王筠曰：「由大字而變之，跛者足不同，故尢曲其一足也。」

按：字為屈曲筆畫之變體象形文，觀各家說，其義尤易了然。

(六) 夨

夨：說文十下夨部：「傾頭也，从大象形。」段注：「象頭不直也。阻力切，十一部。」王筠曰：「此當云象形不正也，蓋夨是左右傾側，非謂頭傾於左。」

按：字為變體象形，其義亦顯。

(七) 夭

夭：說文十下夭部：「屈也，从大象形。」段注：「象首夭屈之形。於喬切，二部。」

按：字為屈曲大字之首以為變體象形之字，其義甚顯。與夭同例。

(八) 交

交：說文十下交部：「交脛也，从大象交形。」段注：「謂从大而象其交脛之形也。古爻切，二部。」

按：字為變體象形，象大(人)交其脛也。引申為凡交之意。

(九) 匚

匚：說文十二下匚部：「受物之器，象形。讀若方。」段注：「此其器蓋正方，文如此作，橫視之耳。直者其底，橫者其四圍，右其口也。府良切，十部。」王筠曰：「匚訓受物之器，而如是以象其形，蓋匚以避凵作此形也，凵蓋已避口犯切之凵，而弇上以別之，匚字更無避法，側之而已。」

按：王說是也，此為變體象形之又一例。

(十) く

く：說文十一下く部：「水小流也。周禮匠人為溝洫，枱廣五寸，二枱為耦，一耦之伐，廣尺深尺謂之く，倍く謂之遂，倍遂曰溝，倍溝曰洫，倍洫曰巜。𤰝，古文く从田川。畎，篆文く从田犬聲。」段注：「姑泫切，十四部。」

(十一)

巜

巜：說文十一下巜部云：「水流澮澮也，方百里為巜，廣二尋，深二仞。」段注云：「古外切，十五部。」

按：ㄑ巜均為省文變體象形字，巛為川，省川為巜，省巜為ㄑ，高鴻縉之師云：「巜為小川，故从川省，ㄑ又小巜，故从巜省，川字原象兩岸之中有水流之形，故甲文作巛。」是也。

第二節 指事

一、指事總論

許氏說文解字敘曰：「指事者，視而可識，察而見意，丄丅是也。」今按「可」者僅詞，「識」字自來多解作認識，識別之識，近人顧實以為若解作認識，則上文已知之矣，下文自不當再言「察」，故顧氏解識為「記」，記者，「誌」也，「表識」也，古曰表識，今曰符號，指事即表識也，表識雖簡，其意則深遠，故曰「察而見意」也。本師沔陽高翁之先生以為指事之符號凡有二端，一指部位，二表意象。指部位者，如本末之字，係以點畫之符號指明木之根、杪處也。表意象者，凡聲、氣、思想之概念，不得其形以繪之者，俱以符號表明之，如乃牟一二八入之屬是也。指事取意象，象形取形象，此二者之所以別也。段玉裁曰：「指事之別於象形者，形謂一物，事該眾物，專博斯分，故一舉日月，一舉丄丅，丄丅所該之物多，日月衹一物，學者知此，可以得指事、象形之分矣。」鄭樵曰：「指事類乎象形，指事，事也，象形，形也，指事，文也，會意，字也。獨體為文，合體為字，形可以象者曰象形，非形不可象者，指其事，曰指事，此指事之義也。」今考說文中有指事亦稱象形者，惟一指意象，屬虛；一指形象，屬實，有異耳。指事易混於象形與會意，故凡獨體之文，須察其虛實之辨，事、形之分。合體之字，無論二體、三體之相合者，須知其各體皆自成文者，則為會意；其體各不成文，或一成文、一不成文而屬意象者，則為指事。明乎此，則指事之界說可知矣。

二、指事字舉例

甲、獨體指事例：

(一)𠄞 丄：說文一上上部：「高也，此古文上，指事也。丄，篆文上。」段注：「時掌、時亮二切，十部。」

(二)𠄟 丅：說文一上下部：「底也，从反𠄞為𠄟。丅，篆文下。」段注：「胡雅、胡駕二切，五部。」

段注：「凡指事之文絕少，故許君顯白言之。象形者，實有其物；指事者，不泥其物而言其事。天地為形，天在上、地在下，則皆為事。」又云：「有在一之上者，有在一之下者，視之而可識為上下，察而見上下之意，是指事也。」

王筠曰：「𠄞𠄟二字，短一縱橫惟意，長一可橫不可縱者何也？此小大之辨也。博者必厚，其縱數不待表而著，小物則或博而卑，或狹而高，要為大物之所能覆載而已。試觀天之下、地之上，山嶽則巍然峙也，是丄丅之形也；邱陵則逶迆相屬也，是𠄞𠄟之形也。」黃以周曰：「上下兩字，古文祇上下其畫以為別，其字上作一，下作一，其後又嫌上下其畫，難以區別，故于畫之上●以識之為●一，畫之下●以識之為一●，又引其●而長之，為𠄞𠄟，為丄丅，而指事之上下字當作●一一●，不作𠄞𠄟亦可知矣，其所指之●本非字也。」程瑤田曰：「●一一●，指事，指其上下而已，篆文則歧其所指之畫，求六書之義於小篆，已如耳孫之於鼻祖，知其名而不可以得其貌矣。」桂馥曰：「上本作●一，書家取勢，竪其上畫，非古文本體也。」

按：上下為指事字，其義易了，覩諸家之說，則理尤明矣。

(三)一

一：說文一上一部：「惟初太極，道立於一，造分天地，化成萬物。」段注：「一之形于六書為指事，許君不於一下言之者，一之為指事，不待言也。於悉切，十二部。」王筠曰：「一之所以為數首者，非曰此字祇一畫即可見一之意也，果爾，則一畫成字者為部首者十八字，列部中者二字，何者不可以為一字哉？此即畫卦之畫，乃一畫開天之意，故平置之。」

按：王說甚是，可從。

(四)

丨丨：說文一上丨部：「下上通也，引而上行讀若囟，引而下行讀若退。」段注：「引可上可下，故曰下上通，凡字之直，有引而上、引而下之不同，若至字當引而下，不字當引而上，又若才屮木生字皆當引而上之類是也。古本切。」桂馥曰：「引而上行，若艸木之出土上通也；引而下行，若艸木之生根下通也。」王筠曰：「丨字不著一物，是事也。」

按：丨為指事，王說是也。

(五)

丶丶：說文五上丶部：「有所絕止，丶而識之也。」段注：「此於六書為指事，凡物有分別，事有可不，意所存主，心識其處皆是，非專謂讀書止輒乙其處也。知庾切，四部。」朱駿聲曰：「今誦書點其句讀，亦其一端。」

按：段為廣汎之說，然終以句讀之逗之義為主，亦以句讀之逗為具體易了，充而言之，雖義無不通，然究失所歸，亦嫌鑿空。

(六)

㐅

五：說文十四下五部：「古文五如此。」段注：「古文象陰陽午貫之形，小篆益之以二耳。疑古切，五部。」王筠曰：「㐅，指事，言交午即其義，五午同音借也。」

按：字為指事，陰陽交午乃事之屬也。

(七)

入

入：說文五下入部：「內也，象從上俱下也。」段注：「內者自外而中也，上下者外中之象。人汁切，七部。」王筠曰：「出入皆事也，入之形向內，出之形向外，是指事也。」林義光曰：「按从上俱下無入意，象銳耑之形，形銳乃可入物也。」

按：林說是也，字象銳耑可入於物者之形，然非實象，故為指事。

(八)

厶

厶：說文九上厶部：「姦衺也，韓非曰：倉頡作字，自營為私。」段注：「公私本如此，自營為厶，六書之指事也。息夷切，十五部。」王筠曰：「營者環也，其文曲如環也，然環而不交何也？公無阻隔，循環無端矣。厶者祇欲自利，其曲如鉤，不能通達無阻硋也。」

按：王說是，字為指事也。

(九)

八

八：說文二上八部：「別也，象分別相背之形。」段注：「此以雙聲疊韵說其義，今江、浙俗語，以物與人謂之八，與人則分別矣。博拔切，十一部。」王筠曰：「此指事字而云象形者，避不成詞也，事必有意，意中有形，此象人意中之形，非象人目中之形也，凡非物而解云象形者皆然。」

按：林義光曰：「八 分雙聲對轉，實本一字。」說文分下曰：「別也，从八从刀，刀以分別物也。」今按說文中凡言「八」者，多可解作「分」，蓋八分原為一字，以八之借以為數字也，乃另造分字以還其原。

(十)

冂

冂：說文五下冂部：「邑外謂之郊，郊外謂之野，野外謂之林，林外謂之冂，象遠介也。」段注：「丨丨象遠所聯亙，一象各分介畫也。古熒切，十一部。」王筠曰：「冂與口同意，祇畫其三面者，與口相避也，口非物是指事，故此亦為指事。」

按：冂象有邊界之形，與口同意，王說是也，指事。

(十一)

丩

丩：說文三上丩部：「相糾繚也，一曰瓜瓠結丩起，象形。」段注：「謂瓜瓠之縢，緣物纏結而上，象交結之形。居虯切，三部。」王筠曰：「實指事也，山有山形，水有水形，惟其為物也，ㄐ是何物而有形哉？且其說曰：相糾繚也，糾，繩三合也。繚，纏也。則是糾象繩形也。一曰瓜瓠結糾起，則ㄐ又象瓜瓠形也，且部中茻字說云：艸之相ㄐ者，是凡物之糾纏者，無不可用ㄐ也，況云相ㄐ，是作動字用矣。乃許云象形者，凡物相ㄐ必有形也，篆但有糾之之物之形，而無所糾之物之形，故其糾也不交，但據所見而已。」

按：字為指事，王說是也。

(十一)

囗：說文六下囗部：「回也，象回帀之形。」段注：「回，轉也，帀，周也。羽非切，十五部。」朱駿聲曰：「圓匝也，篆當作◯，古方圓字為匚◯，圜圓一聲之轉。」

按：此亦取萬物之象以繪其共態，非象特定之物也，故為指事。

(十二)

爻：說文三下爻部：「交也，象易六爻頭交也。」段注：「繫辭：爻也者，效天下之動者也。胡茅切，二部。」王筠曰：「爻也者，言乎變者也，交則變矣，故象其交，必兩交之者，象貞悔也。」

按：顧實云：「案金文有作爻者，正即象六爻頭交矣。」今按顧說是，爻為指事，蓋取支變之義也。

（十四）克：說文七上克部：「肩也。象屋下刻木之形。」段注：「上象屋，下象刻木彔彔形，木堅而安居絜刻之，能事之意也，相勝之意也。苦得切，一部。」王筠曰：「克下所云，余未能解，但知說為指事耳。」

按：人為屋，口為棼橑之端首，乙為肩負棼橑之物，以巨而厚之木刻之，或刻猛虎乳幼，或刻獅子滾球，皆彔彔精工而可觀，以外貌多作形，故松陽人謂之為牛腿者。以其物之能負棟也，故取其形之略以為符號，而表示「能」「勝」之義，以所言者事也，故非象形之文。

（十五）凶：說文七上凶部：「惡也。象地穿交陷其中也。」段注：「此為指事。許容切，九部。」王筠曰：「凶字上承臼部，臼是掘地，凵與其外相似，故得地穿之義。云交陷者，交以釋乂，陷同臽，臽在臼部末，故取以為義，但彼是陷阱，故从人从臼皆實象，此是凶惡，特假象以明之，乂非五之古文，凵非口犯切之凵。」

按：王說甚是，從之。

（十六）回：說文六下口部：「轉也。从口，中象回轉之形。㘬，古文。」段注：「中當作口

、外為大口，内為小口，皆回轉之形也，如天體在外，左旋，日月五星在内，右旋是也。古文象一气回轉之形。戶恢切，十五部。」顧實曰：「古文回象回轉形，今隸或作回，即出古文。回从古文回變，非从口象形。」

按：顧說是也，字非从口，惟象回轉之形耳，段說嫌於玄虛。

(十七) 

曲：說文十二下曲部：「象器曲受物之形也。或說曲，蠶薄也。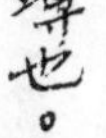、古文曲。」段注：「區玉切，三部。」朱駿聲曰：「字亦作凵，今讀如窅，音謑。」

按：此非特定之物形，蓋為凡曲者之偁耳。蠶薄為別一義。

(十八) 

ㄥ：說文十二下ㄥ部：「匿也，象迟曲隱蔽形。讀若隱。」段注：「象逃亡者自藏之狀也。於謹切，十三部。」

按：字之為象，甚不可了，姑从段說。

(十九) 

乃：說文五上乃部：「曳詞之難也，象气之出難也。」段注：「气出不能直遂，象形。奴亥切，一部。」顧實曰：「案此蓋象難意耳，乃難一聲之轉。張行孚曰：乃為難之本字。」

按：字為气出之難，引申為難易之難。

(廿)

己：說文十四下己部：「中宮也，象萬物辟藏詘形也。己承戊象人腹。」顧實曰：「紀也，釋名曰：有定形可紀識也。案己紀古今字，紀，別絲也，別絲者，作表識以別之，己即表識之象也。機匠織綢布，著色為記號，以別多少，曰若干紀，猶其遺語。」居擬切，段氏古音在第一部。

按：今吳蜀機匠猶有是言，與顧說合。

(廿一)

乙：說文十四下乙部：「象春艸木冤曲而出，侌气尚彊，其出乙乙也，與丨同意。乙承甲象人頸。」段注：「於筆切，十二部。」

按：字即萬物抽軋而出之乙，古人以出訓乙，則乙即抽出之象矣。

(廿二)

丿：說文十二下丿部：「右戾也，象ナ引之形。」段注：「戾者，曲也，右戾者，自右而曲於左也，故其字象自左方引之。丿音義略同擎，書家八法謂之掠。房密切，又匹蔑切，十五部。」

按：或謂丿乀二文从八省，各為八之半體，非是。

(廿三)

乀：說文十二下丿部：「左戾也，从反丿，讀與弗同。」段注：「自左而曲於右，故其字象自右方引之，乀音義略同拂，書家八法謂之磔。分勿切，十五部。」

按：礫俗曰捺，造字之意同丿。凡獨體指事中之反、倒字，與變體指事中之反、倒指事有別，此所謂从反某者，與原未反之文之字義無關，雖反之而字之義仍相近、甚或相同者。至變體指事中之反、倒字，其字義亦必取原未反之字之義以反之者，如反丂為𠀀，反正為乏，反大為屰之類，其字形因反之矣，其字義亦因而反之者，故儕之為反體之變體指事。

(廿四) 𠂆 𠂆：說文十二下𠂆部：「抴也，明也，象抴引之形。」段注：「按虒字从虎而以為聲。余制切，十六部。」朱駿聲曰：「與曳抴略同。」

按：𠂆乀之所象，與丿乀同意，特其引之不同耳。

(廿五) 乀 乀：說文十二下乀部：「流也，从反𠂆，讀若移。」段注：「弋支切，十六部。」

按：乀，沿也，液體之流曰沿，物體之動曰移，移、沿一聲之轉。

(廿六) 亅 亅：說文十二下亅部：「鉤逆者謂之亅，象形。讀若橜。」段注：「象鉤自下逆上之形。衢月切，十五部。」顧實云：「橜亅非象形，乚讀若窡，亅乚皆鉤識也。今俗讀書用鉤識，謂亅曰窡，謂乚曰橜，與古讀適互易。」

按：亅乚俱非曲金鉤，特為表識之鉤識耳，指事也。讀書鉤識為其一端。

(廿七) 
乚：說文十二下丿部：「鉤識也，从反亅，讀若罬。」段注：「居月切，十五部。」
按：字爲指事，其說見前。

(廿八) 
二：說文十三下二部：「地之數也，从耦一。」段注：「而至切，十五部。」顧實云：「耦數之始也，指事。或說从耦一，會意。」
按：字爲耦數之始，獨體指事，不當視爲合體。

(廿九) 
文：說文九上文部：「錯畫也，象交文。」段注：「象兩紋交互也。無分切，十三部。」
按：交錯之畫，非象特定之物，故爲指事。

(卅) 
小：說文二上小部：「物之微也，从八，丨見而八分之。」段注：「八，別也，象分別之形，故解从八，爲分之丨才見而輒分之，會意也。凡概物分之則小。私兆切，二部。」
按：字象積眾小之形，金文作，篆文變作，非从八，至「丨見而八分之」說解亦非。

(卅一) 
叕：說文十四下叕部：「綴聯也，象形。」段注：「陟劣切，十五部。」
按：字表綴聯之象，指事。

(廿二)出：說文六下出部：「進也，象艸木益滋上出達也。」段注：「尺律切，十五部。」王筠曰：「出入皆事也，入之形向內，出之形向外，是指事也。」

按：表凡物之上出達之象，無所謂向內向外者。以其象上出達之通象，故為指事。

(廿三)彳：說文二下彳部：「小步也，象人脛三屬相連也。」段注：「三屬者，上為股，中為脛，下為足，單舉脛者，舉中以該上下也，脛動而股與足隨之。丑亦切。」

按：小步為事，舉脛而行，則字為動詞，故為指事字。

乙、合體指事例

合體指事例：合體指事與合體象形之製字方式相同，大抵先設一文而後加點畫以指其形，明其意者是。亦有以一不成文之象形物，加點畫以為指事者，此蓋象形兼指事也，亦為合體指事之一類。此與會意不同者，會意之各體皆成文，合體指事則所加之點畫為不成文之符號也。

(一)本：說文六上木部：「本，木下曰本，从木从丅。，古文。」段注：「布忖切，十三部。」徐鍇曰：「一記其處也，本、末、朱皆同義。」

按：金文本作，亦指其部位也，無論▽▽▽、⋯、一，均為指其部位為根之符號，从丅者非是。

(二)末：說文六上木部：「木上曰末，从木从上。」段注：「莫撥切，十五部。」

按：末為木梢，以一指其處，从上者非是。

(三)朱：說文六上木部：「赤心木，松柏屬，从木，一在其中。」段注：「赤心不足象，故以一識之。章俱切，四部。」王筠曰：「朱者禮注所謂黃腸，吾鄉謂之紅心者也，亦以一記之而已，以藏于木中之黃腸而著于外，且橫亙於其腰，豈物之情哉，然使人一望而知也，故為指事。」

按：朱之為指事，與本末同例，段氏六書故所引唐本，本字从丅，末字从丄，未必是。

(四)示：說文一上示部：「天垂象見吉凶，所以示人也。从二（古文上。），三垂，日月星也，觀乎天文，以察時變，示神事也。」段注：「言天縣象著明以示人，聖人因以神道設教。神至切，十五部。」徐鍇曰：「示字之說，以觀示為義，觀示則事也，大觀在上，故从二，而川則觀示之狀也。」

按：天所縣象，乃不可見者，今以川象之，是虛象也，故示為指事字。

(五)刃：說文四下刃部：「刃，鋻也，象刀有刃之形。」段注：「而振切，十三部。」

王筠曰：「有形不可象，轉而為指事者，乃指事之極變，刃字是也，夫刃以刃為用，刃不能離刀而成體，顧刀之為字，有柄有脊有刃矣，欲別作刃字，不能不从刀而以丶指其處，謂刃在是而已，刃豈突出一鋒乎。」

按：王說極是，刃亦以丶指明其部位也，其製字之意亦與本末朱同。

（六）

亼：說文五下亼部：「三合也，从入一，象三合之形。」段注：「許書通例，其成字者必曰从某，如此言入一是也，从入一而非會意，則又足之曰三合之形，謂似會意而實象形也。秦入切，七部。」王筠曰：「合自是事，而許云象形者，物合必有形也，不言指三合之事，避不成文也，吾所以知為指事者，以三筆合之作亼形，以三畫合之亦作亼形，豈如日月山川之有定形哉。」

按：三合之形，以一既成之入，加一而合之也，一不必為一二之一，特配入能成三合之形之記識耳，故字為指事。

（七）

立：說文十下立部：「侸也，从大在一之上。」段注：「鉉曰：大，人也；一，地也，會意。力入切，七部。」

按：凡會意字各體俱成文，一既為地，則為一不成文之符號，且人在地上為立，立者，事也，故字為會意，而為指事字。

（八）

又：說文三下又部：「手指相錯，从又，象叉之形。」段注：「謂手指與物相錯也，凡布指錯物閒而取之曰叉。初牙切，十六部。」王筠曰：「夫錯則五指皆錯矣，即叉字省為三指，亦當有三指相錯，今乃一指者，聊以見指中有相錯者耳。」

按：歧首之具皆曰叉，从又（手）而以丶指明其部位，言二指之閒即名曰叉也，故首笄亦曰叉，今作釵，魚部鱟下云：「大如叉股」是也。

（九）

寸：說文三下寸部：「十分也，人手卻一寸動脈謂之寸口，从又一。」段注：「卻猶退也，距手十分動脈處謂之寸口，故字从又一，會意也。倉困切，十三部。」

按：肉部肘下云：「臂節也，从肉从寸，寸，手寸口也。」高鴻之師曰：「寸即古肘字，从又，而以一指明其為肘之部位，故為指事字。」今按師說是也，字从又而非从一，一為表識，可長可短，甚而以一點指明之亦可者。

（十）

尹：說文三下又部：「治也，从又丿，握事者也。」段注：「又為握，丿為事。余準切，十三部。」王筠曰：「握以說又，事以說丿，然十二篇丿乀二字皆無事義，恐丿非字，祇是以手有所料理之狀。」

按：丿非字，祇是表事之意象而已，故字為指事。

（十）亦　亦：說文十下亦部：「人之臂亦也，从大，象兩亦之形。」段注：「謂左右兩直，所以象無形之形。羊益切，五部。」王筠曰：「掖固有形，而形不可象，乃於兩臂之下點記其處，若以為象形也，未見臂下生此贅疣也。」

按：字亦作掖、腋，以兩直記識腋下之所在部位，故為指事，自借為「人云亦云」之亦後，乃為借意所專，另造腋、掖之字以代之矣。

（十一）夾　夾：說文十下亦部：「盜竊褱物也，从亦有所持。俗謂蔽人俾夾是也。弘農陝字从此。」段注：「失冉切，七部。」徐灝曰：「夾與閃音同意近，門部：『閃窺頭門中也』。盜竊褱物慮為人所見，行蹤隱蔽謂之夾，古通作陝，亦作閃。」

按：字从亦（腋）有所持，所褱不拘為何物，僅以八表識之而已，盜竊褱物為事，八非象形，故為指事字。

（十二）㡀　㡀：說文七下㡀部：「敗衣也，从巾，象衣敗之形。」段注：「此敗衣正字，自敝專行，而㫄廢矣。毗際切，十五部。」王筠曰：「言敗即事也，知此字㫄巾之外，其四畫皆破壞之狀也。」

按：字為指事，王說是也。

(十四)  畺：說文十三下畕部：「界也，从畕，三其介畫也。」段注：「居良切，十部。」王筠曰：「田與田比，中必有界，以一象之，而上下各有一者，田無窮則界亦無窮，以兩田見其毗連之意，而三界以見田外之田且無數也。」

按：畕下云：「比田也，从二田。」段氏曰：「會意。」則知畺字蓋就會意字為指事也。

(十五)  𣎴：說文六下𣎵部：「止也，从𣎵，盛而以一橫止之也。」段注：「會意。即里切，十五部。」王筠曰：「一無止義，祇是有止之者耳。」

按：字為指事，𣎵為象形字，一非字，而為止之之符號。段云會意，非。

(十六)  欠：說文八下欠部：「張口气悟也，象气从人上出之形。」段注：「去欽切，八部。」王筠曰：「即字，下半明是人字，說解不曰从人气，而曰象气从人上出之形者，人之欠伸，大抵相連，印首張口而气解焉，气不循其常，故

反之以見意也。」

按：反則非字，僅為表示出气之符號耳，且欠伸為事，故字為指事。

（十七）豖

豖：說文九下豕部：「豖絆足行豖豖也。从豕繫二足。」段注：「豖豖，蹣行之皃，此以豕而象形也。丑六切，三部。」王筠曰：「此以疊字形容，知為指事矣。」

按：字从豕而以丶表其意，許君以行訓豖，行即事也，故為指事字。

（十八）宜

宜：說文七下宀部：「所安也。从宀之下一之上，多省聲。宜，古文宜。宜，亦古文宜。」段注：「一猶地也，此言會意。魚何切，十七部，今魚羈切。」

按：字為指事之兼意與聲者，一非字，畫一以為地之符號耳。

（十九）喦

喦：說文二下品部：「多言也，从品相連。春秋傳曰：次于喦北，讀與聶同。」段注：「會意。尼輒切，七部。」王筠曰：「喦字以會意為指事者也。易曰：品物流形，品乃分別之意，非多言之意，惟其相連，是紛拏糾結也。」

按：字非从品，乃从三口耳，多口即多言意也，而以凵之符號連三口，故為指事字。

（二十）牽

牽：說文二上牛部：「引而前也，从牛，冂象引牛之縻，玄聲。」段注：「苦堅切，十二部。」王筠曰：「牽字指事而兼形、意與聲，以吾思之，聲非徒聲也，从叀之古文叀，非从玄。叀部疐下云：「疐者如叀馬之鼻，从冂，此與牽同意」，不特兩字皆从冂為同，疐从篆文叀，牽从古文叀亦同也，蓋牛性之順者，以繩繫其兩角而牽之，其不馴擾者，異鄉穿牛鼻中隔之肉為孔，以大頭木橫貫而牽之，吾鄉以鐵為之，名曰鼻鉤，下為兩玦相對，入牛鼻孔，其上長股，繫於兩角，別以繩繫長股中央以牽制之，故叀在牛上者，以鉤制鼻之狀也，冂在叀字腰中者，以繩繫鉤股之狀也，故牽字从叀，意兼聲，非徒聲也。」

按：王說牽字从叀，余以為可從，然叀即牽牛之繩索，所以引而前者也。冂，高笏之師以為係表牛前進之符號，謂之為「動象」，非引牛之縻，蓋為虛象耳，故字為指事。

(廿二) 疐（篆） 疐：說文四下叀部：「礙不行也，从叀引而止之也，叀者如叀馬之鼻，从冂，此與牽同意。詩曰：載疐其尾。」段注：「今補从冂者，象挽之使止，如牽字，冂象牛縻，可引之使行也，故曰此與牽同意。陟利切，十一部。」

按：牽字之冂既為前行之虛象，則疐字之冂亦宜同然。既引而前矣，復又止之使不能行，故許云「礙不行」也。此指事之兼會意者也，亦可以為會意兼事之例。段云叀馬之鼻，馬當作牛是也。

(廿二) 

馬：說文十上馬部：「馬一歲也，从馬一，絆其足，讀若弦，一曰若環。」段注：「絆其足三字蓋衍文，祇當云从馬一而已。戶關切，十四部。」

按：高笏之師云：「字从馬，而一歲不可象，姑以一畫點識其意象，故為指事。就字形察之，乀非一二之一也。」今按師說是也，馬字之一非一字，馵字之二亦非二字，其理同然。隸變應作馬，作馬者略耳。

(廿三) 

馵：說文十上馬部：「馬後左足白也，从馬，二其足，讀若注。」段注：「謂於足以二為記識，如馵於足以一為記識也，非一二字，變篆為隸，馵既作馬則馵作馵，與篆大乖矣，石經作馵。之戍切，三部。」王筠曰：「釋畜：『後右足白，驤；左白，馵。』又曰：『郝上皆白惟馵。』許所未用。」

按：字亦指事，二非一二之二，高笏之云：「字从馬而以〃表假象以識後左足白而已，既非一二字，亦無由定其必指後左足之部位，故列假象以示為指事而已。」師說是也。

（廿四）久

久：說文五下久部：「從後灸之也，象人兩脛後有距也。周禮曰：久諸牆以觀其橈。」段注：「舉有切，一部。」

按：久，留也，象人後有拄之之物，稽留以憩也。拄之者為物之通象，非特定物象，故為指事字。

（廿五）父

父：說文三下又部：「巨也，家長率教者，从又舉杖。」段注：「扶雨切，五部。」

按：字為指事，所舉非特定物形，故段引學記夏楚二物亦可為證，蓋為鞭箠之屬，其意在明其率教而已。

（廿六）叉

叉：說文三下又部：「手足甲也，从又象叉形。」段注：「側狡切，三部。」

按：叉為通手足之甲，字雖从又，然仍及於足者，以丶指明甲之部位，古文有作叉者，意同。今人已以覆手之爪代叉矣，故叉字僅見於偏旁中，如蚤字之从此是也。

（廿七）刅

刅：說文四下刃部：「傷也，从刃从一。創，刅或从倉。」段注：「楚良切，十部。」徐鍇曰：「一，刃所傷，指事也。」

按：顧實云：「案非从一，作丶作一無異耳。」今按顧說是也，一非一二之一，僅表創傷之記識而已。

(廿八)  西：說文十二上西部：「鳥在巢上也，象形。」段注：「先稽切，古音讀如詵，如僊，十二、十三部。」

按：顧實云：「案下⊠象巢形，上乚象鳥形，然通言之鳥，從無如是狀者，不類極矣，故為指事。」今按顧說是也。

(廿九)  巛：說文十一下川部：「害也，从一雝川，春秋傳曰：川雝為澤，凶。」段注：「祖才切，一部。」徐鍇曰：「指事。」

按：此為水災之災之初文，以一壅川，一不必為字，乃壅之之物之記識耳。

(卅)  丏：說文九上丏部：「不見也，象壅蔽之形。」段注：「彌兗切，十二部。」徐灝曰：「从丏之字：眄，目偏合也；宧，冥合也；皆與壅蔽義近。」饒炯曰：「指事，丏篆次於面下，當是象面壅蔽之形，以示不見之意。」林義光曰：「篆作丏者，从乃，即人之變，乚象有物在其上及前壅蔽之。」

按：饒林之說是，乚為壅蔽物之象，乃為人，故為指事字。

(卅一) 毌 毌：說文七上毌部：「穿物持之也，从一橫田，田象寶貨之形。」段注：「古丸切，十四部。」

按：一非字，為穿毌之物之通象，田象寶貨之通象，合二不成文之符號，以成合體之指事字。毌，事也，故云然。

(卅二) 血 血：說文五上血部：「祭所薦牲血也，从皿，一象血形。」段注：「呼決切，十二部。」

按：一為代表血之符號，非字也，故曰指事。

(卅三) 兀 兀：說文八下儿部：「高而上平也，从一在儿上，讀若敻，茂陵有兀桑里。」段注：「兀音月，十四部，今音五忽切。」

(卅四) 元 元：說文一上一部：「始也，从一兀聲。」段注：「愚袁切，十四部。」顧實曰：「兀元同字，軏髡亦作軏髡，皆其證。」高勞之師曰：「元兀意為人之首也，名詞。而以●（金文兀作⿱●兀）或二指明其部位，故為指事字。」

按：左傳僖公三十三年：「狄人歸其元。」孟子滕文公：「壯士不忘喪其元。」元皆訓首，則高師之解或可從乎。

(卅五) 夫 夫：說文十下夫部：「丈夫也，从大一，一以象兂。周制八寸為尺，十尺為丈，人長八尺，故曰丈夫。」段注：「甫無切，五部。」

按：漢制八尺為八十寸，周制一丈為八十寸，故曰：「人長八尺，故曰丈夫。」夫部成年男子之偁，古者，童子披髮，至二十歲始結髮行冠禮，結髮必有簪，故夫之異於童子者在簪，字乃从大(人)上有簪，一非字也，為表簪之通象，故為指事。然簪之類固多，亦宜為特定之物，一既為特定之物象，則字亦可以為合體象形。

(卅)

毋：說文十二下毋部：「止之詞也，从女一，女有奸之者，一禁止之，令勿奸也。」段注：「會意。武扶切，五部。」

按：一非字，為禁止奸者之象，故為指事。漢世毋母同字而無別，後世以之字分為母毋二體。甲文生育字作，其偏旁每，每之偏旁母作，象女有乳也。又甲文乳字作，則象母以乳乳其子也，故母字宜作「母」以別於「毋」。

(廿)

甘：說文五上甘部：「美也，从口含一，一，道也。」段注：「古三切，七部。」徐鍇曰：「甘者五味之美，一者，味也。」

按：一非字，朱說味也是也，指事字。

（卅六）卯 卯：說文十四下卯部：「冒也，二月萬物冒地而出，象開門之形，故二月為天門。丣，古文卯。」段注：「莫飽切，三部。」

按：高鴻縉之師曰：「卯即剖之初文，从八（分）一物為二，物不知何物，合之為○，分之為（），乃物之通象也，故卯為指事字，動詞。甲文「剖十牛」俱作「卯十牛」，自卯借為地支第四位之名，久假不歸，乃另造剖字。說文：「剖，判也，从刀咅聲。」是即卯之初誼矣。說解就其借義而言，又採曆數家語，既曰冒地，又曰開門，支離不可從，所載古文丣，亦無考。」師說是也，有甲文可證。

（卅七）音 音：說文三上音部：「聲生於心，有節於外，謂之音。宮商角徵羽，聲也；絲竹金石匏土革木，音也。从言含一。」段注：「含一，有節之意也。於今切，七部。」

按：一非字，表所發音之記識也，樂記曰：「禽獸知聲而不知音。」惟能言之人類有之，故从言含一，指事也。聲，天籟自然之聲屬之；音，能自控制，有節度，多變化，能仿傚者屬之。

（四十）寽：說文四下𠬪部：「五指寽也，从𠬪，一聲，讀若律。」段注：「聲疑衍，一謂所寽也。呂戌切，十五部。」朱駿聲曰：「一，指事。」

按：朱說是也，一非字，爲所持之物，今作「捋」，捋，五指緊持所持之物，引而取之是也。廣韻曰：今寽禾是也。字从𠬪，上爲爪（手）下爲又（手），後世不知，又加手旁作捋，則因隸變失其原形故也。

（四一）聿：說文三下聿部：「所以書也，楚謂之聿，吳謂之不律，燕謂之弗，从聿一。」段注：「余律切，十五部。」顧實曰：「案秦以後作筆，从聿。一，指筆也。案聿聿同字。」

按：聿部云：「从又持巾。」實爲从又持卜（筆也），聿字又加一橫，一非字，蓋謂指明部位之符號，謂所指處即是筆也，此與本末字之指明木根木梢同例，故聿爲指事字。

（四二）王：說文一上王部：「天下所歸往也，董仲舒曰：古之造文者，三畫而連其中謂之王，三者天地人也，而參通之者，王也。孔子曰：一貫三爲王。

，古文王。」段注：「雨方切，十部。」

按：「天下所歸往也」云云，皆就借義解說，不可從。今按篆書三畫，一上兩橫緊接，下一橫疏隔，古文作，則非一貫三可知。茲考金文王作，火字作，顧實以為王者煌也，為火旺本字，二畫指其火旺處也，故為指事字。

(四三)馽：說文十上馬部：「絆馬足也，从馬，○其足。」段注：「○象絆之形。陟立切，七部。」

按：○不拘為何物，僅為絆其足之表識而已，故字為指事。

(四四)牟：說文二上牛部：「牛鳴也，从牛，厶，象其聲气從口出。」段注：「莫浮切，三部。」

按：聲气非實象，故字為指事。

(四五)曰：說文五上曰部：「詞也，从口乚，象口氣出也。」段注：「王代切，十五部。」

按：乚象气出，虛象也，故為指事。

(四六)曶：說文五上曰部：「出气詞也，从曰，象氣出形。」段注：「呼骨切，十五部

。俗作曶。」

按：此字後世不行，所見為俗體曶字。字為指事，與曰同例。

(四七) 丂

丂：說文五上丂部：「气欲舒出，ㄣ上礙於一也。」段注：「ㄣ者气欲舒出之象，一其上，不能徑達。苦浩切，三部。」

按：字為指事，亦可視為獨體指事，蓋ㄣ上之一亦非字故也，一為所礙物之通象，故云然。

(四八) 尺

尺：說文八下尺部：「十寸也，人手卻十分動脈為寸口，十寸為尺。尺，所以指尺規榘事也，从尸从乙，乙，所識也。周制寸、尺、咫、尋、常、仞，諸度量皆以人之體為法。」段云：「會意。昌石切，五部。」

按：字非會意，乙，所識也，所識者乃一符號，故為指事字。

(四九) 芈

芈：說文四上羊部：「羊鳴也，从羊，象气上出，與牟同意。」段注：「綿婢切，十六部。」

按：字為指事，與牟同例。

(五十) 丑

丑：說文十四下丑部：「紐也，十二月萬物動用事，象手之形，日加丑亦擧手時也。」段注：「从又而聯綴其三指，象欲為而凓冽气寒，未得為也。敕九切，三部。」

按：字為指事，蓋為「扭」之初文，扭俗作捏。紐，扭雙聲，故訓曰「紐也」，今人謂「扭緊拳頭」，即字之本意也，从又而以丿為識，指明捏拳處即所識處也。扭捏說文不見，蓋後起字也。丑，今已為干支字所專，本義幾亡，許君所解多曆數家言，不可取，唯「紐也」可從耳。

(五一)八丂 兮：說文五上兮部：「語所稽也，从丂，八象气越于也。」段注：「越亏皆揚也，八象气分而揚也。胡雞切，十六部。」

按：八非字，惟象气之上揚耳，指事。

(五二)京 京：說文五下京部：「人所為絕高丘也，从高省，丨象高形。」段注：「舉卿切，十部。」

按：丨為指其高之所在之符號，非字也，故京為指事字。

(五三)亯 亯：說文五下亯部：「獻也，从高省，曰象孰物形。孝經曰：祭則鬼亯之。」段注：「許兩切，十部。」

按：⊖象孰物形，然孰物非特定之物，為孰物之通象而已，故字為指事。

(五四) 畐 畐：說文五下畐部：「滿也，从高省，象高厚之形。讀若伏。」段注：「象高厚之形謂⊕也。芳逼切，一部，今音房六切。」

按：⊕為高厚之形之通象，指事也。腹滿曰偪，又作逼，引申而有「壅迫」之義。

(五五) 才 才：說文六上才部：「艸木之初也，从丨上貫一，將生枝葉也。一，地也。」段注：「昨哉切，一部。」林義光曰：「按古作十，从一，一，地也。十，艸木初生形，象種。」

按：凡植物之生，先根而後莖葉，多冒其種子而上達於地面者，林說非也，字篆文作才，从丨，引而上行也，一為地之通象，丿象根之初生者，故為指事。引申之則凡為初始之意。

(五六) 乇 乇：說文六下乇部：「艸葉也，上毌一，下有根，象形字。」段注：「在一之下者根也，一者地也。陟格切，五部。」林義光曰：「按乇不類艸葉，本義當為艸木根戍，毌地上達，一，地也。」

按：一為地，故為指事，然亦可以為象形，蓋形兼事者也。

(七七)□

亥：說文十四下亥部：「荄也，十月微陽起接盛陰，从二，二，古文上字，一人男一人女也。从乚，象裹子咳咳之形也。□，古文亥。」段注：「胡改切，一部。」饒炯曰：「案亥即荄之本字，下象艸木根荄，或萌而歧上出，或萌而歧下引，皆象奇耦亂竄之形。」

按：亥之甲文作□、□、□、□、□、□。金文作□、□、□、□、□、□。說文荄下云：「艸根也，从艸亥聲。」釋艸及方言郭注：「今俗謂韭根為荄。」證以甲文、金文，則知饒說為可從者矣。亥蓋象植物根也，非根為植物根之一耑，字取地平線以下之形，為事形兩兼之字，其上从一从二均可，皆地之通象而已。許君釋干支字，多舉曆數家言為說，而遺其本義於不知，此例甚多，非釋亥一字然也。

(七八)□

韭：說文七下韭部：「韭菜也，一種而久生者也，故謂之韭，在一之上，一，地也，此與耑同意。」段注：「舉友切，三部。」

按：韭葉最多，故以非象之，一為地之通象，亦事形兩兼者也，字亦可為象形之例。

(五九) 耑

耑：說文七下耑部：「物初生之題也，上象生形，下象根也。」段注：「多官切，十四部。」

按：一為地之通象，故為指事，然亦可以為象形，蓋形兼事也。凡形事兩兼之字，沔陽高先生俱列入指事，以為純指事之例，本篇則視其形事之輕重，而有部份列入象形者，此類字多以一為地，而有形在地之下者，亦有形在地之上者，亦有地之上下兼有形者，然其以一為地之通象則無二致者也。

(六十) 𠦬

𠦬：說文十二上𠦬部：「背呂也，象脅肋形。」段注：「古懷切。」

(六一) 𦟝

脊：說文十二上𠦬部：「背呂也，从𠦬从肉。」段注：「資昔切，十六部。」

徐灝曰：「𠦬𦟝古今字，隸變作脊，戴仲達謂𠦬脊為一字是也。」

按：字象脅肋之形，而以一指明背呂之部位，一非字，故為指事，其後又加肉旁作𦟝，𠦬𦟝實一字也。亦兼象形。

(六二) 而

而：說文九下而部：「頰毛也，象毛之形。」段注：「如之切，一部。」

按：段改頰毛為須，非是。高郵之師曰：「而之本意為兩頰下垂之毛，其可以上理之長鬚則稱髯毛，『而』乃短不能上理，故只下垂作而形，今以一為界，指其處之下，言此下之毛即而也，若在此上則非而，而為髯毛矣，故『而』

「為指事字。」今按師說是也。

(六三) 止　之：說文六下之部：「出也，象艸過屮，枝莖益大，有所之，一者，地也。」段注：「止而切，一部。」羅振玉曰：「案卜辭亦从止从一，人所之也。爾雅釋詁：之，往也。當為之之初誼。」

按：羅說是也，字甲文作止，非艸之事也。高師之師曰：「字从止从一，一為出發點，通象。止為足，有行走意，故有往義，指事字。」是也。

(六四) 朿　朿：說文六下朿部：「縛也，从囗木。」段注：「書玉切，三部。」

按：囗非字，蓋束薪之繩也，朿為事，囗為通象，故為指事字。

(六五) 旦　旦：說文七上旦部：「明也，从日見一上，一，地也。」段注：「得案切，十四部。」

按：一為地之通象，早旦為事，故為指事。

(六六) 𠑹　𠑹：說文八下𠑹部：「廱蔽也，从儿，象左右皆蔽形。讀若瞽。」段注：「公戶切，五部。」

按：儿，古文奇字人，匚コ象廱蔽之物，指事。

(六七) 氐　氐：說文十二下氐部：「至也，本也，从氏下箸一，一，地也。」段注：「都奚切，十五部。」

按：氐柢古今字，故解曰本也，至也，本之引申義。一為地之通象，指事字。

(六八) 土

土：說文十三下土部：「地之吐生萬物者也。二象地之下，地之中；｜，物出形也。」段注：「它魯切，五部。」

按：字之甲文、金文作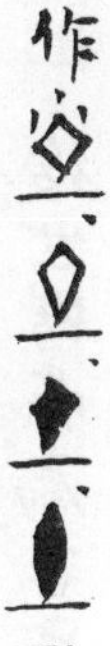形，蓋象土塊之形，一為地之通象，指事。亦可以為象形，事形相兼之字也。

(六九) 

勹：說文十四上勹部：「枓也，所以挹取也，象形，中有實，與包同意。」段注：「時灼切、之若切，二部。」王筠曰：「象形謂也；中有實謂一也；與包同意謂包之象子在胞中，移與勹之一，象酒在勹中形，均非字也，竊謂與甘同意，之中，皆非一二之一，祇是其中有物耳。」

按：勹中之物不拘為水為酒為湯，祇象其中有物之通象，故為指事。

(七〇) 

且：說文十四上且部：「所以薦也，从几，足有二橫，一，其下地也。」段注：「子余切，又千也切，五部。」

按：字為薦物之几，一非字，為地之通象，指事。

(七一) 

靁：說文十一下雨部：「霒昜薄動生物者也，从雨，畾象回轉形。，古文靁。，古文靁。，籀文靁。閒有回，回，靁聲也。」段注：「魯回切，十五部。」

按：字之甲文作，金文作，凡⊞之形，非田字也，蓋象鼓形。雷之為物，可聞其聲而不可見其形，電則可見其光而不可聞其聲，蓋雷、電一為聲一為光，自古即已判為二事，然有雷必有電，故雖判而不可分者也，是以甲文金文之字皆有之形者，蓋象電光之閃耀也。雷之聲不可繪，而以發聲相似之鼓形以表示之，然獨以⊞形易與田混，因配以電光之形以明示之，其从三⊞四⊞者，蓋雷聲之緊，纍纍如連鼓之聲也。凡繪聲之象為虛象，故字為指事。至加「雨」頭者，蓋雷雨相承，以雨會其意耳。

(十二)

弗：說文十二下丿部：「矯也，从丿乀，从韋省。」段注：「分勿切，十五部。」

按：高笏之師曰：「弗即拂之初文，其意為『矯枉』，从八，象不平直之兩物，而以己束之，使之平直，八為兩不平直物之通象（不拘何物），故弗為指事字。」今按師說是也，後世借弗為否定詞，故另造拂字以還其原。

(十三)

中：說文一上丨部：「內也，从口，丨，上下通也。，古文中。」段注：「陟弓切，九部。」

按：段云：「囗音圍」，丨為上下通之象，非字也，自囗之中心通其上下，故丨之形不拘，古文中作𠁧即其證，甲文、金文中有作[古文字形]者，俱自囗之中心穿透之，故字為指事。

(十四) [篆文] 弋：說文十二下厂部：「厥也，象折木衺銳著形，厂象物挂之也。」段注：「與職切，一部。」孔廣居曰：「弋木橛之卓于地而繫物者，俗所謂椿也。丨象弋之幹，丿象弋首小枝，厂象繫物之索也。幹何為而衺？卓弋衺則繫物固也。首何為而枝？首有枝則起弋易也。其起弋奈何？別將一木橛，橛著小鐵環，以環貫于弋之枝，橫其橛而轉之，一轉而弋起矣。」

按：弋本為橛，即今人所謂椿者也，後世借以為矰繳之弋（弋為弋射之本字），故有「弋射」之偁，於是乃加木為意符作杙，以還橛之原。高鴻縉師曰：「弋之本意為歧首之椿，故原作[古文字形]（金文作[古文字形]），象其物形，復以●符號指明其部位，言此即椿也，所以指明之符號，初為一點，後變為一斜畫，既非象物，亦非繫物之索也，惟其為符號，故弋為指事字。」師說是也。

(五五)
引：說文十二下弓部：「開弓也，从弓丨。」段注：「余忍切，十二部。」丁福保曰：
「案慧琳音義三卷六頁：『引』注引說文：『古文从人作𢎗，或从手作扔
』，蓋古本有重文，今二徐本奪，宜補。」林義光曰：「按丨引之象，
說文云：『丨，下上通也，引而上行讀若囟，引而下行讀若退。』按經
傳未見，當即引之偏旁，不為字。」
按：引字之偏旁丨，宜非字也，蓋為引弓之虛象也，指事。

(五六)
𥃩：說文四上䀠部：「目圍也，从䀠丿，讀若書卷之卷。古文以為醜字。」段
注：「𥃩與眷顧義相近，故讀同書卷。居倦切，十七部。」林義光曰：「眷顧之
眷當以此為本字。」
按：高笏之師曰：「皇矣：『乃眷西顧』，廣雅：『眷，嚮也』，由此嚮彼而視也。
眷既為由此嚮彼而視，故其初文𥃩从䀠，而以乚表目之動象，故𥃩為指
事字。」按：金文字之偏旁即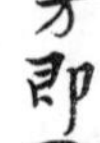字也，眷為𥃩之後起字，大東：「
睠言顧之」，「言」為虛字，可解作「而」，即「眷而顧之」也，是眷又變
作睠矣。

(七七) 犮：說文十上犬部：「犬走皃，从犬丿之，曳其足則剌犮也。」段注：「蒲撥切，十五部」

按：人跋曰癶(癶)，犬跋曰犮，犮从犬，而以丿表前跋之動象，故為指事字。後世通用跋字，癶、犮俱不行。剌犮今作躐跋，義同。

(七八) 卒：說文八上衣部：「隸人給事者為卒，古以染衣題識，故从衣一。」段注：「从一者，象題識也。臧沒切，十五部。」王筠曰：「卒為衣名，故入衣部，其衣名卒，而衣此衣者即謂之卒。」

按：王說卒為衣名是也，一象題識，非字也，故為指事。

(七九) 爭：說文四下受部：「引也，从受丿。」段注：「凡言爭者，皆謂引之使歸於己。側莖切，十二部。」徐鍇曰：「丿，所爭也，指事。」

按：金文爭作[illegible]、[illegible]，丿為所爭之事物之假象，从爪(手)又(亦手)相爭也，故為指事字。

(八十) 耴：說文十二上耳部：「耳垂也，从耳，乙下垂，象形。」段注：「陟葉切，八部。」

按：字从耳，以乙表下垂之假象，故字為指事。

(八一) 乎：說文五上兮部：「語之餘也，从兮，象聲上越揚之形也。」段注：「謂首筆也，象聲气上升越揚之狀。戶吳切，五部。」

按：丂象气上升越揚，故為指事字。

(八二) 只

只：說文三上只部：「語已詞也，从口，象气下引之形。」段注：「語止則气下引也。諸氏切，十六部。」

按：八非字，象气下引之虛象，指事字。

(八三) 屯

屯：說文一下屮部：「難也，屯，象艸木之初生，屯然而難，从屮貫一屈曲之也。一，地也。」段注：「陟倫切，十三部。」

按：古文、金文作屯而尾不曲。一，地也，故為指事，然亦兼形者也。

(八四) 或

或：說文十二下戈部：「邦也，从口，戈守其一，一，地也。域，或或从土。」段注：「既从口，从一矣，又从土，是為後起之俗字。于逼切、廣韻域切雨逼，或切胡國，非。」

按：一非字，為地之通象，故字為指事。或、域、國為古今字，後始各別為三。

(八五) 亙

亙：說文六上木部：「柦，竟也，从木恒聲。亙，古文柦。」段注：「舟在二之間，絕流而竟，會意也，恆之本字从心从亙。古鄧切，六部。」

按：二非字，乃舟所絕流之兩岸之通象也，故亙為指事字，隸變作亙。

丙、變體指事例

：此與變體象形相似，凡字之變易位置者，如橫其字、反其字、倒其字者，又屈曲者，引曳而變形者，增損筆畫者均屬之。指事取獨體、會意取合體，然少數合體之反、倒字，仍視為獨體，如比从反从，抑从反印，𠂢从反永，㡭从反𢇍之類，所謂反者，謂反其完整之一字，故以獨體目之，此猶「寒」字从宀从人从茻从仌為四體，若就中之茻析為四屮，則寒為七體相合矣，然說文固以四體目之，視茻為獨體之例也。變體指事之異於變體象形者，凡變他字以明形，且所指為特定物形者，謂之為變體象形。而變他字以顯意，且其意之所含甚廣，與特定物形不類，且又不能視為合體之會意者，均為變體指事。變體指事字之列入於會意者，大有人在，本篇取象形、指事為文，形聲、會意為字之理以分類，故會意必須以兩成文之文合之（三體以上同），一成文一不成文即非會意，故有變體指事之例。變體指事中之反、倒字與純指事（獨體指事）中之反、倒字例不同，其說見前（獨體指事字例（廿三）乀字下按語）。

(一) 

𠫓：說文十四下𠫓部：「不順忽出也，从到子。易曰：突如其來。如不孝子突出不容於內也。即易突字也。」段注：「倒子會意。謂凡物之反其常，凡事之逆其理，突出至前者皆是也，不專謂人子。子之不順者謂之突如，造文者因有𠫓字，施諸凡不順者。他骨切，十五部。」徐鍇曰：「反爲人子之道，故文从反子。」

按：字爲獨體，雖曰會意，實指事也。觀段注知變體指事之文可注用者。

(二) 

㐬：說文十四下𠫓部：「㐬，(𠫓)或从倒古文子。」

(三) 

帀：說文六下帀部：「周也，从反㞢而帀也。」段注：「反㞢謂倒之也，凡物順屰反復，則周徧矣。子荅切，七、八部。」

(四) 

匕：說文八上匕部：「變也，从到人。」段注：「人而倒，變化之意也。呼跨切，十七部。」王筠曰：「人不可倒，倒之以見其爲化去，故真字訓爲仙，真人斯从匕矣。」

按：字與𠫓同例，从到文以見意，指事也。

（五）幻：說文四下予部：「相詐惑也，从反予。」段注：「倒予字也，使彼予我，是為幻化詭誕惑人也。胡辦切，十四部。」

按：予為古杼字，梭可出線縷以織布，引申之為推予之義，幻為後起字，據引申義「推予」以反其意，故段云幻化詭誕惑人。此亦倒文指事之例也。

（六）県：說文九上県部：「到首也，賈侍中說，此斷首到縣県字。」段注：「此亦以形為義之例。古堯切，二部。」

按：首不可到，到之以見其為斷去，以形為義之反倒指事字也。

（七）㫗：說文五下㫗部：「厚也，从反亯。」段注：「倒亯者，不奉人而自奉㫗之意也。胡口切，四部。」

按：亯下云：「獻也，从高省，象孰物形，則亯乃合體指事字，㫗則从倒亯以指事也。

（八）屰：說文三下干部：「不順也，从干下凵，屰之也。」段注：「魚戟切，五部。」

按：甲文有作者，說者謂屰从到大是也，大者人也，到人則不順矣，篆變為从，宜从到大為是。

(九)

吕：說文十四下吕部：「用也，从反巳。賈侍中說，巳，意巳實也，象形。」段注：「云象形者，巳篆上實下虛，吕篆上虛下實，由虛而實，指事亦象形也。羊止切，一部。」朱駿聲曰：「巳字引申為止，故反巳為吕，巳者，止也，息也；吕者，用也，行也。」

按：吕之義，朱說甚了，亦到文指事之字也。

(十)
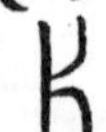
片：說文七上片部：「判木也，从半木。」段注：「謂一分為二之木，判以疊韻為訓，判者，分也。从半木，木之半也。匹見切，十四部。」

按：判乃事也，从木而減損其筆畫以為指事。

(十一)

夕：說文七上夕部：「莫也，从月半見。」段注：「莫者，日且冥也，日且冥而月且生矣，故字从月半見。旦者，日全見地上；莫者，日在茻中；夕者，月半見，皆會意象形也。祥易切，五部。」徐鍇曰：「月字之半也，月初生則莫見西方，故半月為夕。」

按：旦為合體指事，莫為會意，夕為省體指事，三者不可混淆，段氏於此三字之分類，無明確之準則，故有淆亂之嫌。

（十二）

凵：說文二上凵部：「張口也，象形。」段注：「口犯切，八部。」王筠曰：「張口乃事也，祇有下脣者，人之張口，下脣獨奢也。口字象形，凵則省口以指事。」

按：王說是也。

（十三）

非：說文十一下非部：「韋也，从飛下翄，取其相背也。」段注：「謂从飛省而下其翄，翄垂則有相背之象，故曰：非，韋也。甫微切，十五部。」

按：此亦省體指事字。

（十四）

卂：說文十一下卂部：「疾飛也，从飛而羽不見。」段注：「飛而羽不見者，疾之甚也，此亦象形。息晉切，十二部。」

按：卂亦从飛省，指事也。

（十五）

禾：說文六下禾部：「木之曲頭，止不能上也。」段注：「古兮切，十五、十六部。」王筠曰：「禾字从木而少增之以指事。」

按：字為屈曲其體以指事，非少增之也。廣韻：禾，木曲頭不出，通作稽。稽字从禾，而訓為留止，即从禾字之義衍出者。

（十六）

勹：說文九上勹部：「裹也，象人曲形，有所包裹。」段注：「布交切，三部。」廣韻

：「勹，包也，象曲身皃。」王筠曰：「蓋从人字曲之而為勹字，形則空中以象包裹，本部首列匑匍匊皆曲身字，無包裹意，故知是借人形以指之也。」

按：字亦屈曲其體之變體指事字。

(十七)  永：說文十一下永部：「水長也，象水巠理之長永也。詩曰：江之永矣。」段注：「巠者水脈，理者水文。于憬切，十部。」王筠曰：「永字仍是水字，屈曲之以見其長耳。」

按：巠非水脈，蓋涇之借字，莊子秋水曰：「涇流之大」，釋為通流，理為脈理，巠蓋經之古文，釋見象形舉例。其餘則以王說為是，亦屈曲指事字也。

(十八)  卩：說文九上卩部：「瑞信也，象相合之形。」段注：「子結切，十二部。」顧實曰：「禮節也，从人。金文作ㄗ，即屈厀為禮節也，今日本行鞠躬最敬禮，猶以手接於厀。說文謂象瑞信相合之形，非是。」

按：顧說是也，字亦屈曲變體指事字，蓋禮節之節之本字，節者「竹約也」，用為禮節字蓋借耳。

(九) 臣

臣：說文三下臣部：「牽也，事君者，象屈服之形。」段注：「牽也，以疊韻釋之。植鄰切，十二部。」顧實曰：「古金文作，即屈身為臣也，古文正反不分。」

按：顧說是也，字亦屈曲變體指事字。

(廿) 无

无：說文十二下亡部無字下：「奇字無也，通於元者，虛无道也。王育說天屈西北為无。」武夫切，段氏古音五部。

按：據王育說，則字為屈曲天字以為指事者，莊子庚桑楚：「天門者无有也。」亦為屈曲天字之變體指事字之證，至「通於元」云云，說不可通。或謂「无九一聲之轉，无亦九字，特古借為無字耳。」存參。

(廿一) 

𠂢：說文十一下𠂢部：「水之衺流別也，从反永。」段注：「流別者，一水歧分之謂。流別則其勢必衺行，故曰衺流別。𠂢與水部派音義皆同，派蓋後出耳。衺流別則正流之長者較短，而亞理同也，故其字从反永。匹卦切，十六部。」

按：永為屈曲水字以為指事，𠂢為反永字以為指事，亦反到指事之一例也。

(廿二) 司

司：說文九上司部：「臣司事於外者，从反后。」段注：「外對君而言，君在內也，」

臣宣力四方在外，故从反后，惟反后乃鄉后矣。息茲切，一部。」鄭樵曰：「从反后，非也，司向后者也。」

按：后為合體象形字，从人以口宣令於四方。司則反之以指事，鄭說不可從。

(廿三) 比：說文八上比部：「密也，二人為从，反从為比。」段注：「毗二切，十五部。」

按：比為相親密之意，引申之有俌也、及也、次也、校也、例也、類也、頻也、擇善而從之也、阿黨也等義。字為反體指事，與辰、司同例。

(廿四) 丸：說文九下丸部：「圜也，傾側而轉者，从反仄。」段注：「圜則不能平立，故从反仄以象之，仄而反復，是為丸也。胡官切，十四部。」

按：丸藥之圓為丸之一耑耳。字亦反體之指事也。

(廿五) 㐆：說文八上㐆部：「歸也，从反身。」段注：「此如反人為匕，反从為比。於機切，十五部。」朱駿聲曰：「釋氏書有㐆依字，㐆字疑當从反身作𨈏，即㐆之俗。」

按：字為反體指事，反身為歸也。

(廿六) 㔾：說文九上㔾部：「㔾也，闕。」段注：「按玉篇曰：說文云闕，蓋本祇有闕字、其形反卩，其義其音則蓋闕，今本說其義云卩也，說其音云則候切，皆肊為之，非許意。」朱駿聲曰：「从反卩，今讀如奏，或用以為卩奏字」。

按：字之音義已闕，不可考矣。蓋亦反體指事字也。

（廿七）

𨛜：說文六下邑部：「从反邑，䢼字从此，闕。」段注：「闕謂其音闕也。」

按：字為反體指事，䢼下云：「鄉邑也。」竊意「鄉邑」即𨛜字之義，蓋邑為「己邑」，反己之邑則為他邑。𨛜者，他邑而鄉於己之邑也。

（廿八）

抑：說文九上印部：「按也，从反印。」段注：「用印者必下向，故緩言之曰印，急言之曰归。十二部，归即印之入聲。」

按：反體指事也，用印必向下按之，故曰按也，俗从手从归，今誤作抑。

（廿九）

旡：說文八下旡部：「歙食屰气不得息曰旡，从反欠。」段注：「居未切，十五部。」

按：說解易明，反體指事字也。

（卅）

𠬜：說文三上𠬜部：「引也，从反𠬞。」段注：「按今字皆用攀，則𠬜為古字，𠬜亦小篆也。象引物於外。普班切，十四部。」

按：𠬜下云：「𢷾，𠬜或从手从樊。」樊益聲也，古無輕脣音，樊攀音同。𠬜，反體指事字也。

(三一)𢇍

𢇍：說文十三上糸部：「繼，續也。𢇍，繼或作𢇍，反㡭為𢇍。」段注：「古詣切，十五部。」

按：𢇍為繼之古文，㡭為絕之古文，絕者，斷絲也，反之則不斷，亦即繼也。字為反體指事字。

(三二)𠀀

𠀀：說文五上丂部：「反丂也，讀若呵。」段注：「虎何切，十七部。」

按：字即呵之義，丂字為气上出礙於一，反於丂，則呵欠自如矣。反體指事。

(三三)乏

乏：說文二下正部：「春秋傳曰：反正為乏。」段注：「左傳宣十五年文，此說字形而義在其中矣。不正則為匱乏，二字相鄉背也。禮：受矢者曰正，拒矢者曰乏，以其禦矢謂之乏，以獲者所容身謂之容。房法切，七部。」

按：正即今謂之靶，反正則為拒矢，其名曰乏，故字从反正，反體指事也。

(三四)夊

夊：說文五下夊部：「行遲，曳夊夊也，象人兩脛有所躧也。」段注：「通俗文：履不著跟曰屣，屣同躧。屣躧古今字也，行遲者，如有所拖曳然，故象之。楚危切，玉篇思佳切，十五部。」

按：夂、夊均為倒止之變，夂金文作，夊則特引長其畫，當是作，以見其行遲而曳夊夊之義也。字為引曳筆畫之變體指事字。

(三五)世：說文三上卅部：「三十年為一世，从卅而曳長之，亦取其聲。」段注：「亦取其乀為聲，讀如曳也。舒制切，十五部。」

按：字亦引曳筆畫之變體指事字。

(三六)廴：說文二下廴部：「長行也，从彳引之。」段注：「引長之也。余忍切，十二部。」

按：字為引曳變體指事字。

(三七)不：說文十二上不部：「鳥飛上翔不下來也，从一，一猶天也。象形。」段注：「象形謂也，象鳥飛去而見其翄尾形。甫九切，一部。」

(三八)至：說文十二上至部：「鳥飛從高下至地也，从一，一猶地也。象形。不上去而至下來也。」段注：「象形謂也，不象上升之鳥，首鄉上；至象下集之鳥，首鄉下。脂利切，十二部。」

王筠曰：「不至二字，借象形以為指事也，云一猶天，一猶地，不似他字直訓爲天地，則有鳥高飛，不必傅于天，而已不可得也。飛鳥依人，而已爲至也。故此二字並非以會意定指事，然象形則象形矣，何以謂之指事，蓋人此兩字者，無涉于鳥義之字，則本字不謂鳥明矣。不即由不然、不可之語而作之，則字之由來者事也，而此事殊難的指，故借飛鳥不下之形以象之，乃能造爲此字，至字放此推之。」

按：汪氏以此二文所孳乳之字，俱無涉鳥義，故確定此二文之製造乃起于事，然以事之抽象而不易製此字，乃借飛鳥之上下以造爲此二字，此論確切而可取，因從其說。然此二字異於所分之各類，姑附之于此變體指事一類中，細較之，實亦變體指事字也。

第三節 會意

一、會意總論

許氏說文解字敘曰：「會意者，比類合誼，以見指撝，武信是也。」段氏曰：「會者，合也，合二體之意也。一體不足以見其義，故必合二體之意以成字，比合人言之誼，可以見必是信字；比合止戈之誼，可以見必是武字，是會意也。會意者，合誼之謂也。凡會意字，曰从人言，曰从止戈，人言、止戈二字皆聯屬成文，不得曰从人从言，从戈从止，然亦有本用兩从字者，固當分別觀之。有似形聲而實會意者，如拘鉤笱皆在句部，不在手金竹部，莽莫葬不入犬日死部，𦬁糾不入艸糸部之類是也。」鄭樵曰：「象形、指示，文也；會意，字也，文合而成字，文有子母，母主義，子主聲，一子一母為諧聲，諧聲者，一體主義，一體主聲。二母合而為會意，會意者，二體俱主義，合而成字也。」王筠曰：「會者合也，合誼即會意之正解。說文用誼，今人用義，會意者，合二字三字之義以成一字之義，不作會悟解也。」又曰：「凡會意字或會兩象形字以為意，或會兩指事字以為意，或會一形一事以為意，或會一象形一會意，或會一指事一會意，皆常也。然亦有會形聲字已為意者。又有兩體皆形聲字者，至展轉而從形聲字者不計，已幾及會意字十之一，蓋形聲字上古即有之，如五岳四瀆之名，縱曰禹平水土，主名山川，亦在唐虞之世，李斯作小篆，即合古之形聲字以為會意，亦理之自然者矣。」今按鄭氏以「文」與「字」為「形、事」與「聲、意」之大界，此論自確，其言會意與形聲之別亦明，惟以子母之說，分主聲、義，雖亦言之成理，仍不免為立異，徒增繳繞耳。段王皆以會意即合誼，王氏且謂不作會悟解，是會意專屬「字」之本體。然唐賈公彥周禮保氏疏謂「會合人意，故云會意」，則又有會悟之義，竊意比者竝也，二體比列曰比類，比類言字形，合誼言字義，指撝謂指向，段氏云指撝即指麾，謂所指向也。比其形，合其義，而觀其字義之所在，故曰會意，則雖解為會悟，亦可通矣。惟可云以人意會字意，不可云會合人意耳。

二、會意字舉例

甲、純會意例：

壹、同文比類：

二體同文平列例：

(一)雔 雔：說文四上雔部：「雙鳥也，从二隹。讀若醻。」段注：「市流切，三部。」

(二)玨 玨：說文一上玨部：「二玉相合為一玨。」段注：「古岳切，三部。」按：字或作瑴。

(三)祘 祘：說文一上示部：「明視以筭之，从二示。逸周書曰：士分民之祘，均分以祘之也。讀若筭。」段注：「明示，故从二示。蘇貫切，十四部。」

(四)吅 吅：說文二上吅部：「驚嘑也，从二口。讀若讙。」段注：「況袁切，十四部。」

(五)誩 誩：說文三上誩部：「競言也，从二言。讀若競。」段注：「渠慶切，十部。」

(六)𢪈 𢪈：說文三上廾部：「揚雄說廾从兩手。」居竦切，在段氏古音三部。
按：𢪈為廾之別體。

(七)䀠 䀠：說文四上䀠部：「左右視也，从二目。讀若拘，又若良士瞿瞿。」段注：「九遇切，五部。」

(八)𢆶 𢆶：說文四下𢆶部：「微也，从二幺。」段注：「二幺者，幺之甚也。於虯切，三部。」

(九)皕 皕：說文四上皕部：「二百也。讀若逼。」

(十)㸚 㸚：說文三下㸚部：「二爻也。」段注：「力几切。」朱駿聲曰：「象交文麗爾之形，實即古文爾字。」

(十一) 虤

虤：說文五上虤部：「虎怒也，从二虎。」段注：「此與狀、㹜犬相齧也同意。五閑切，十四部。」

按：犬為相齧，虎爲相鬥也。

(十二) 甡

甡：說文六下生部：「甡，眾生並立之皃，从二生，詩曰：甡甡其鹿。」段注：「所臻切，十二部。」大雅毛傳：「甡甡，眾多也。」

按：詩或借詵詵、駪駪、侁侁、莘莘爲之。

(十三) 林

林：說文六上林部：「平土有叢木曰林。从二木。」段注：「力尋切，七部。」

(十四) 賏

賏：說文六下貝部：「頸飾也，从二貝。」段注：「駢貝為飾也。烏莖切，十一部。」朱駿聲曰：「駢貝為飾，實即嬰之古文。」

按：駢貝不必限於二，僅以二表多耳。

(十五) 棘

棘：說文七上朿部：「小棗叢生者，从並朿。」段注：「己力切，一部。」

(十六) 秝

秝：說文七上秝部：「稀疏適秝也，从二禾。」段注：「禾之疏密有章也。郎擊切，十六部。」

(十七) 㼌

㼌：說文七下瓜部：「本不勝末微弱也，从二瓜。」段注：「以主切，四部。」

(十八) 从：說文八上从部：「相聽也，从二人。」段注：「聽引申爲相許之偁。疾容切，九部。」

按：此即一人前行，一人後從之意也。

(十九) 兟：說文八下兟部：「兟兟，銳意也，从二先。」段注：「子林切，七部。」

按：兟之俗字作尖。

(二十) 䪾：說文九上頁部：「選具也，从二頁。」段注：「二頁，具之意也。士戀切，十四部。」朱駿聲曰：「此字實即𠨍字之異體。」

按：䪾之古文作選。

(廿一) 𠨍：說文九上卪部：「二卪也，選从此，闕。」大徐、廣韻並「士戀切」。

(廿二) 覞：說文八下覞部：「竝視也，从二見。」段注：「古莧切，十四部。」

(廿三) 𢑚：說文九下希部：「希屬，从二希。」段注：「息利切，十五部。」

(廿四) 豩：說文九下豕部：「二豕也，豳从此，闕。」段注：「古音當在十三部。」大徐：「伯貧切，又呼關切。」

(廿五) 㹜：說文十上㹜部：「兩犬相齧也，从二犬。」段注：「語斤切，十三部。」

(廿六)㚘：說文十下夫部：「並行也，从二夫，輦字从此。讀若伴侶之伴。」段注：「薄旱切，十四部。」

(廿七)竝：說文十下竝部：「併也，从二立。」段注：「蒲迥切，十一部。」

按：字今隸作「並」。

(廿八)赫：說文十下赤部：「大赤也，从二赤。」段注：「呼格切，五部。」

按：字或作「赩」，作「焃」。

(廿九)臸：說文十二上至部：「到也，从二至。」段注：「會意，至亦聲。人質切，十二部。」

(卅)聑：說文十二上耳部：「安也，从二耳。」段注：「會意，二耳之人首，帖妥之至者也，凡帖妥當作此字，帖其假借字也。丁帖切，八部。」

(卅一)沝：說文十一下沝部：「二水也，闕。」段注：「其讀若不傳，今之壘切。」

(卅二)龖：說文十一下龍部：「飛龍也，从二龍。讀若沓。」段注：「徒合切，八部。」

(卅三)奻：說文十二下女部：「訟也，从二女。」段注：「訟者，爭也。女還切，十四部。」

(卅四)弜：說文十二下弜部：「彊也，重也，从二弓。」其兩切。

按：弓久而彈力不足，乃重二弓為之，故曰彊也，重也。或謂弼之初文，存參。

(廿五)

蚰：說文十三下蚰部：「蟲之總名也，从二虫。讀若昆。」段注：「古魂切，十三部。」

(廿六)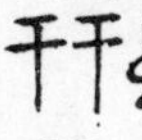

幵：說文十四上幵部：「平也，象二干對構上平也。」段注：「幵从二干，古音仍讀如干，干即竿之省。古賢切，十四部。」

按：字依段說从二干，故為會意字。

(廿七)

所：說文十四上斤部：「二斤也，闕。」段注：「大徐語斤切，質字从此。」朱駿聲曰：「此字當讀如質，即椹質之質也。」

(廿八)

辡：說文十四下辡部：「辠人相與訟也，从二辛。」段注：「會意。方免切，十二部。」

三體同文平列例：

(一)

㐺：說文八上㐺部：「眾立也，从三人。讀若欽崟。」段注：「魚音切，七部。」國語：「人三為眾。」

按：字从三人會意，三同體之文宜相竝，既訓眾立，則此字可竝而不可重，重則為𠈌，未有人立於人上者也。眾字从此。

(二)

州：說文十一下川部：「水中可凥者曰州，水匊繞其旁，从重川。昔堯遭洪水」民凥水中高土，故曰九州。詩曰：在河之州。一曰：州，疇也，各疇其土而生也。」段注云：「人各耕治以為生，此說州之別一義。職流切，三部。」王筠曰：「水中可居曰州，其為指字之空地尤明了也。」

按：此為「字外見意」之會意，州字从重川，可居之地指字之空白處也。

二體同文重疊例：

(一) 

𠔁：說文二上八部云：「分也，从重八。孝經說曰：故上下有別。」段注云：「此即今兆字。治小切，二部。」顧實曰：「段玉裁說即兆字，大誤。」

按：段說洋洋，俱未必可信，竊謂許氏引孝經說云故上下有別，或即「別」字之異體乎？顧野王玉篇八部有「𠔁」音「兵列切」，則「𠔁」之音亦與「別」音同矣，其是乎？

(二) 

友：說文三下又部云：「友，同志為友，从二又相交。」段注云：「二又，二人也，善兄弟曰友，亦取二人而如左右手也。云久切，三部。」

(三) 

哥：說文五上可部云：「聲也，从二可。古文以為歌字。」段注云：「古俄切，十七部。」

朱駿聲曰：「發聲之語，如可而平，今以為倘兄之詞。」

(四)夕夕多：說文七上多部：「重也，从重夕，夕者相繹也，故為多。重夕為多，重日為疊。」段注：「相繹者，相引於無窮也，抽絲曰繹，夕繹疊韵，說从重夕之意。得何切，十七部。」

(五)朿朿棗：說文七上朿部：「羊棗也，从重朿。」段注：「子皓切，三部。」沈括夢溪筆談曰：「棗與棘相類，皆有刺，棗獨生高而少橫枝，棘列生庳而成林，以此為別，其文皆从朿，朿芒刺也。朿而相戴立生者棗也，朿而相比橫生者棘也，不識二物者，觀文可辨。」

按：沈說甚明，觀其文棗棘可辨矣。

(六)火火炎：說文十上炎部：「火光上也，从重火。」段注：「會意。于廉切，八部。」

(七)魚魚鱻：說文十一下鱻部：「二魚也。」段注：「此即形為義，故不言从二魚，二魚重而不竝，易所謂貫魚也，魚行必相隨也。語居切，五部。」朱駿聲曰：「易剝曰貫魚以，蓋連行之意。」

(八)戈戈戔：說文十二下戈部：「賊也，从二戈。周書曰：戔戔，巧言也。」段注：「會意。昨干切，十四部。」朱駿聲曰：「即殘之古文。」

按：殘訓賊，戔亦訓賊，故朱云如此，古殘賊字作殘，殘餘字作歺，朱謂殘之之古文，係殘賊之殘之古文。

(九)圭

圭：說文十三下土部：「瑞玉也，上圜下方，从重土。」段注：「从重土者，土其土也。古畦切，十六部。」

按：瑞者，以玉為信也，天子封諸侯，執此玉以守其土，以圭其土田山川，故段云土其土也。

(十)畕

畕：說文十三下畕部：「比田也，从二田。」段注：「比田者，兩田密近也。讀如敶列之敶，所謂陳陳相因也。」

三體同文重疊例：

(一)芔

芔：說文一下艸部：「艸之總名也，从艸屮。」段注：「三屮即三艸也，會意。許偉切，十五部。」朱駿聲曰：「三屮亦眾多意。」

(二)品

品：說文二下品部：「眾庶也，从三口。」段注：「人三為眾，故从三口會意。丕飲切，七部。」

(三)譶　譶：說文三上言部：「疾言也，从三言。讀若沓。」段注：「大徐引唐韵徒合切。」

(四)羴　羴：說文四上羴部：「羊臭也，从三羊。羶，羴或从亶。」段注：「臭者气之通於鼻者也，羊多則气羴，故从三羊，今經傳多从或字。式連切，十四部。」

(五)雥　雥：說文四上雥部：「羣鳥也，从三隹。」段注：「徂合切，七部。」

(六)森　森：說文六上林部：「木多皃，从林从木，讀若曾參之參。」段注：「所今切，七部。」

按：謂从三木亦通。

(七)皛　皛：說文七下白部：「顯也，通白曰皛，从三白。讀若皎。」段注：「烏皎切，二部。」

(八)毳　毳：說文八上毳部：「獸細毛也，从三毛。」段注：「毛細則叢密，故从三毛，眾意也。此芮切，十五部。」朱駿聲曰：「今蘇俗謂之底絨。」

(九)磊　磊：說文九下石部：「眾石皃，从三石。」段注：「落猥切，十六部。」

按：字亦作磥、作礧、作礌。

(十)驫　驫：說文十上馬部：「驫，眾馬也，从三馬。」段注：「甫虯切，三部。」

(十一)麤　麤：說文十上麤部：「行超遠也，从三鹿。」段注：「鹿善驚躍，故从三鹿，引申之為鹵莽之偁。篇韵云：不精也，大也，疏也。皆今義也。倉胡切，五部。」

按：俗作麁，作麄。

(十二) 猋 猋：說文十上犬部：「猋，犬走皃，从三犬。」段注：「此與驫、麤、䨲同意。甫遙切，二部。」

(十三) 䨲 䨲：說文十上兔部：「疾也，从三兔。」段注：「兔善走，三之則更疾矣。芳遇切，三部」

(十四) 焱 焱：說文十下焱部：「火華也，从三火。」段注：「凡物盛則三之。以冉切，八部。」

(十五) 奰 奰：說文十下大部：「奰，壯大也，从三大三目。二目為䀠，三目為奰，益大也。一曰：迫也。讀若易虙羲氏。詩曰：不醉而怒謂之奰。」段注：「今音平祕切。」

(十六) 惢 惢：說文十下惢部：「心疑也，从三心。讀若易旅瑣瑣。」段注：「古音十六部，今音才規、才累二切。」

按：「心疑」猶今人言「多心」也。

(十七) 鱻 鱻：說文十一下魚部：「鱻，新魚精也，从三魚，不變魚也。」段注：「驫、麤、猋等皆謂其生者，鱻則謂其死者，死而生新自若，故曰不變。相然切，十四部。」

(十八) 灥 灥：說文十一下灥部：「三泉也，闕。」段注：「凡積三為一者，皆謂其多也。今音詳遵切。」

(十九) 耳 聶 聶：說文十二上耳部：「附耳私小語也，从三耳。」段注：「尼輒切，八部。」

(二十) 女 姦 姦：說文十二下女部：「厶也，从三女。」段注：「三女為姦，是以君子遠色而貴德。古顏切，十四部。」

(廿一) 虫 蟲 蟲：說文十三下蟲部：「有足謂之蟲，無足謂之豸，从三虫。」段注：「人三為众，虫三為蟲，蟲猶眾也。直弓切，九部。」

(廿二) 土 垚 垚：說文十三下垚部：「土高皃，从三土。」段注：「吾聊切，二部。」

(廿三) 力 劦 劦：說文十三下劦部：「同力也，从三力。山海經曰：惟號之山，其風若劦。」段注：「會意。胡頰切，本音戾，力制切，十五部。」

(廿四) 車 轟 轟：說文十四上車部：「轟轟，羣車聲也，从三車。」段注：「呼宏切，十二部。」

按：字或作輷、作軥、作䡓。

(廿五) 子 孨 孨：說文十四下孨部：「謹也，从三子。讀若翦。」段注：「旨沇切，十四部。」

四、體同文重疊例：

(一) 㠭 㠭：說文五上㠭部：「極巧視之也，从四工。」段注：「工為巧，故四工為極巧，極巧視之，謂如離婁之明，公輸子之巧，既竭目力也。凡展布字用此，展行而㠭廢矣。知衍切，十四部。」

按：字亦作搌。

(二) 茻 茻：說文一下茻部：「眾艸也，从四屮。讀若冈同。」段注：「模朗切，十部。」

按：經傳艸莽之莽即用茻字。

(三) 㗊 㗊：說文三上㗊部：「眾口也，从四口。讀若戢。一曰呶。」段注：「阻立切，七部。」

同文同字例：

(一) 艸 艸：說文一下艸部：「百芔也，从二屮。」段注：「倉老切，三部。」

按：艸屮同為一字，此在象形已言之矣。

(二) 余 𩑋：說文二上八部：「二余也，讀與余同。」朱駿聲曰：「𩑋即余之籀文。」

(三) 𣗥 𣗥：說文六上東部：「二東，曹从此，闕。」

按：或說同東。

(四) 𠄎：說文五上乃部：「籀文乃。」

(五) 入入：說文五下入部：「二入也，㒳从此。闕。」

按：或說同入。

(六) 玆：說文四下玄部：「黑也，从二玄。春秋傳曰：何故使吾水玆。」段注：「胡涓切，十二部。」

按：字與玆益之玆迥異，不可混為一字。或說同玄。

(七) 兟：說文八下先部：「進也，从二先。贊从此。闕。」段注：「今所臻切，十三部。」

按：或說同先。

(八) 屾：說文九下屾部：「二山也，闕。」段注：「今音所臻切，恐是肊說。」

按：或說同山（說見正字通）。

(九) 沝：說文十一下沝部：「二水也，闕。」段注：「今之壘切者以意為之。」

按：或說同水（王玉樹說）。

(十) 絲：說文十三上絲部：「蠶所吐也，从二糸。」段注：「息玆切，一部。」

按：糸部云：「細絲也，象束絲之形。」「絲」亦束絲之形，惟二之耳。糸、絲為一字，後始分化為二者。

同文聯合例：

(一) 廿

廿：說文三上十部：「二十并也，古文省多。」段注：「省多者，省作二十兩字為一字也。人汁切，七部。」

(二) 卅

卅：說文三上卅部：「三十并也，古文省。」段注：「古音先立切，七部。今音蘇沓切。」

平列相對例：

(一) 

廾：說文三上廾部：「竦手也，从屮又。」段注：「居竦切，三部。」朱駿聲曰：「與拲(今作捧)略同，與拱別。」

按：沔陽高笏之師以為字即拱手之拱之初文。朱謂與拲略同。段云此字謂竦其兩手，以有所奉也。今按拲、捧、奉為古今字，有所捧即拱手之形也，師說亦通。

(二) 

鬥：說文三下鬥部：「兩士相對，兵杖在後，象鬥之形。」段注：「當云爭也，兩丮相對，象形。謂兩人手持相對也。都豆切，四部。」

按：字之甲文作，金文作，故羅振玉曰：「自字形觀之，徒手相搏謂之鬥。」蓋為兩人徒手相鬥之象，非兵杖在後也。

(三)卯：說文九上卯部：「事之制也，从卪卩，闕。」段注：「今說文去京切，此蓋淺人肊以卿讀讀之。」

按：字之甲文作，作；金文作，俱象二人相嚮之形，故羅振玉曰：「此為嚮背之嚮字，象二人相嚮，猶象二人相背，許君謂為事之制者非也。」今按羅說是也，說文既闕音矣，則據羅說宜音「許亮切」也。

(四)𨺅：說文十四下𨺅部：「兩𨸏之閒也，从二𨸏。」段注：「似醉切，按此字不得其音，大徐依隧讀也。廣韻、玉篇扶救切，又依𨸏音讀也。」

按：高笏之師云即古隧字，存參。

平列相背例： 按：古文正反無異，故此反文非變體。

(一)癶 癶：說文二上癶部：「足刺癶也，从止𣥂。讀若撥。」段注：「隸變作癶，北末切，十五部。」

(二)臦 臦：說文三下臣部：「乖也，从二臣相違。讀若誑。」段注：「居況切，十部。」

(三)舛 舛：說文五下舛部：「對卧也，从夊𡗜相背。」段注：「昌兖切，十三部。」

按：字或作踳，作僢。

(四)𨛜 𨛜：說文六下𨛜部：「鄰道也，从邑从𨙨，闕。」段注：「道當為邑字之誤也。大徐云胡絳切，依鄉字之音，非有所本。」

按：今鄉(巷)、鄉字皆从此。

(五)北 北：說文八上北部：「乖也，从二人相背。」段注：「博墨切，一部。」

按：此即違背之背之初文，自借為南北之北後，乃另以背字代之。

重疊相背例：

(一)步 步：說文二上步部：「行也，从止𣥂相背。」段注：「止𣥂相隨者，行步之象，相背猶相隨也。薄故切，五部。」

按：字甲文作，正象左右二足前後行步之象也。

(二)夅：說文五下夊部：「服也，从夊㐄相承，不敢竝也。」段注：「凡降服字當作此，降字行而夅廢矣。下江切，九部。」

按：字之古文當作，从兩足下降，陟為上登，夅為下降，而夅降為古今字，至降服云者，字之引申義耳，蓋降者下也，抑爾志使在我之下，謂之為降服也，豈兩足相承得有降服之義者乎？

重疊相對例：

(一)𦥑：說文三上𦥑部：「共舉也，从臼廾。讀若余。」段注：「以諸切，五部。」

按：此為四手對舉，與、興字从此。

正倒平列重疊例

(一)歰：說文二上止部：「不滑也，从四止。」段注：「色立切，七部。」桂馥曰：「一切經音義：歰者不滑也，字从四止，四止即不通利，字義也。」

按：止者足也，足與足相逆故云不滑。字从四止，二順二倒，蓋形義兼取之會意也。

貳、異文比類：

二體異文相合例：

(甲)自上順下例（順下）：

(一)天　天：說文一上一部：「顛也，至高無上，从一大。」段注：「至高無上，是其大無有二也，故从一大。於六書爲會意，凡會意合二字以成語，如一大、人言、止戈皆是。他前切，十二部。」王筠曰：「凡言从者，從其義也，一大連文，不可言从一从大，不可言从大一，此與人言爲信，止戈爲武，同爲正例。」

(二)皇　皇：說文一上王部：「大也，从自王。自，始也。王者，三皇，大君也。自讀若鼻，今俗以作始生子爲鼻子是。」段注：「始王天下，是大君也，故號之曰皇，因以爲凡大之偁。此說字形會意之指，并字義訓大之所由來也。胡光切，十部。」

(三)公：說文二上八部：「平分也，从八厶。韓非曰：背厶為公。」段注：「八厶，背厶也。古紅切，九部。」

按：高鴻縉之師以為八即分之初文，厶為所分之物，故甲文、金文或作○、口者，是許云平分也之由。今按師說係據「平分也」為解，說亦通。

(四)半：說文二上半部：「物中分也，从八牛，牛為物大，可以分也。」段注：「博幔切，十四部。」

按：二分一牛，故曰半。

(五)名：說文二上口部：「自命也，从口夕。夕者，冥也。冥不相見，故以口自名。」段注：「故从夕口會意。武并切，十部。」

(六)局：說文二上口部：「促也，从口在尺下復局之。」段注：「促以疊韻為訓，尺所以指斥規矩事也，口在尺下，三緘其口之意。渠錄切，三部。」

(七)是：說文二下正部：「直也，从日正。」段注：「十日燭隱則曰直，以日為正則曰是，从日正會意，天下之物莫正於日也。承旨切，旨當作紙，十六部。」桂馥曰：「从日者，猶古文正从上。」

(八)䒦：說文一下艸部：「艸得風皃，从艸風，風亦聲。讀若婪。」段注：「盧含切，七部。」

按：字為純會意，然亦可以為兼聲會意。

(九)孚：說文三下爪部：「卵即孚也，从爪子。」段注：「芳無切，三部。」

按：字為俘擄之初字，从爪(手)俘擄子(人)也。

(十)𦘔：說文三下聿部：「聿飾也，从聿从彡。俗語以書好為𦘔。讀若津也。」段注：「將鄰切，十二部。」

(十一)堅：說文三下臤部：「土剛也，从臤土。」段注：「古賢切，十二部。」

(十二)翟：說文四上羽部：「山雉也，尾長，从羽从隹。」段注：「徒歷切，二部。」

按：凡「臤土」、「羽隹」、「雀，小隹」之屬，皆順遞成語以見意者，謂之「順成結合」，其餘則以「並列」而見意者，謂之為「並列結合」，凡會意皆不出此二例。

(十三)雀：說文四上隹部：「依人小鳥也，从小隹。讀與爵同。」段注：「即略切，二部。」

(十四)瞢：說文四上首部：「目不明也，从苜从旬，旬，目數搖也。」段注：「苜、旬皆不明之意。木空切，六部。」

按：首下云：目不正也。旬為目數搖，不正而又數搖，是以不明。並列結合。

(十五) 走：說文二上走部：「趨也，从夭止。夭者，屈也。」段注：「子苟切，四部。」

(十六) 美：說文四上羊部：「甘也，从羊大。」段注：「羊大則肥美。無鄙切，十五部。」

(十七) 叡：說文四下𣦼部：「深堅意也。从𣦼从貝，貝堅實也。讀若概。」段注：「深意故从𣦼，堅意故从貝。古代切，十五部。」

(十八) 集：說文四上雥部：「羣鳥在木上也，从雥木。」段注：「秦入切，七部。」

(十九) 索：說文六下𣎵部：「艸有莖葉可作繩索，从𣎵糸。」段注：「蘇各切，五部。」

(二十) 㕡：說文四下𣦼部：「溝也，从𣦼从谷。讀若郝。」段注：「穿地而通谷也。呼各切，五部。」

按：𣦼訓殘穿，故段云穿地通谷。順成結合也。

(廿一) 𠬪：說文四下𠬪部：「物落也，上下相付也。从爪又。讀若詩摽有梅。」段注：「以覆手與之，以手受之，象上下相付，凡物隊落皆如是觀。平小切，二部。」

(廿二) 奞：說文四上奞部：「鳥張毛羽自奮奞也。从大隹。讀若睢。」段注：「大其隹也，張毛羽故从大。息遺切，十五部，又先晉切。」

按：「大其隹」言張大其隹之毛羽，欲翔之勢也。

(廿三) 
号：說文五上号部：「痛聲也，从口在丂上。」段注：「胡到切，二部。」

(廿四) 
蒐：說文一下艸部：「茅蒐，茹藘。人血所生，可以染絳。从艸鬼。」段注：「人血所生者，字所以从鬼也，會意。所鳩切，三部。」

(廿五) 
猒：說文五上甘部：「飽也，足也。从甘肰。」段注：「肰，犬肉也，此會意。於鹽切，七部。」

按：善食者謂犬肉甘美，故食之易於猒足，會意。

(廿六) 
虐：說文五上虍部：「殘也，从虍爪人，虎足反爪人也。」段注：「虎反爪鄉外攫人是曰虐。魚約切，二部。」

按：字隸變作虐，無人。今按虎本象形字，其下雖似奇字儿字，實為金文字之變形，非「人」字也，甲文作，尤為肖似，小篆變作从人，非矣。以是觀之則「虐」字亦唯「从虎爪」會意而已，非从虎爪攫人也，考之如此。

(廿七) 
甚：說文五上甘部：「尤安樂也，从甘匹。匹，耦也。」段注：「常枕切，七部。」

按:甘則美,美而為匹為耦,則倍之矣,故解曰:「尤安樂也」。

(廿八)啚:說文五下亩部:「嗇也,从口从亩,亩,受也。」段注:「口音圍,口猶聚也。方美切,十五部。」

按:啚謂愛濇之意,亩所以受穀,口謂聚之,聚而受之,愛濇之意也。

(廿九)桀:說文五下桀部:「磔也,从舛在木上也。」段注:「渠列切,十五部。」

按:毛詩:「雞棲於杙為桀。」蓋从舛(二足)乘木也,會意,並列結合。

(卅)嗇:說文五下嗇部:「愛濇也,从來亩,來者,亩而藏之,故田夫謂之嗇夫。」段注:「來亩者,會意。所力切,一部。」

(卅一)杲:說文六上木部:「明也,从日在木上。讀若稾。」段注:「日在木上,旦也。古老切,二部。」

(卅二)香:說文七上香部:「芳也,从黍从甘。」段注:「會意。許良切,十部。」

按:字原从黍甘,隸變後黍已省作禾矣。

(卅三)采:說文七上禾部:「禾成秀,人所收者也。从爪禾。」段注:「此與采同意。徐醉切,十五部。」

(卅四) 同：說文七下冃部：「會合也，从冃口。」段注：「口在所覆之下，是同之意也。徒紅切，九部。」

(卅五) 宰：說文七下宀部：「辠人在屋下執事者，从宀从辛，辛，辠也。」段注：「作亥切，一部。」

(卅六) 宂：說文七下宀部：「㪚也，从宀儿。人在屋下無田食也。周書曰：宮中之宂食。」段注：「而隴切，九部。」

(卅七) 昆：說文七上日部：「同也，从日从比。」段注：「古渾切，十三部。」

按：从日比者，言今日同昨日也。

(卅八) 眾：說文八上㐺部：「多也，从㐺，目眾意。」段注：「之仲切，九部。」

按：目眾意者，言目之多也，猶今言眾目睽睽也。

(卅九) 尾：說文八下尾部：「微也，从到毛在尸後。」段注：「無斐切，十五部。」

按：方言云：「尾，盡也。尾，梢也。」末梢為尾。字从尸，蓋人之變；倒毛，蓋毛之變。亦可以為變體會意。

(四十) 塵：說文十上麤部：「鹿行揚土也。从麤土。」段注：「直珍切，十二部。」

按：字隸變後从鹿土。

(四一) 毚：說文十上毚部：「狡兔也，兔之駿者。从毚兔。」段注：「狡者，少壯之意，駿者，良才者也；兔之大者則為毚。士咸切，八部。」

按：段注言之甚明，此蓋毚兔會意之理也。

(四二) 逸：說文十上兔部：「失也，从辵兔。兔謾訑善逃也。」段注：「謾訑皆欺也，兔善逃，故从兔辵。夷質切，十二部。」

按：字當从兔辵順遞以見意，段云：「善逃，故从兔辵」是也。

(四三) 赤：說文十下赤部：「南方色也，从大火。」段注：「昌石切，五部。」

按：南方色云云為五行之說，與解字無涉，字从大火順遞見意，義易了。以其為「大火」故為「赤」也，此之謂「順成結合」。

(四四) 䨣：說文十一下雨部：「雨濡革也，从雨革。讀若膊。」段注：「雨濡革則虛起。匹各切，五部。」

按：雨濡革則虖然虛張而起，是為「並列結合」以見意也。

(四五) 堇：說文十三下堇部：「黏土也，从黃省，从土。古文堇。」段注：「黃土多黏也。巨斤切，十三部。」

按：古文黃不省，小篆可入變體會意。

(四六)  里：說文十三下里部：「凥也，从田从土。」段注：「有田有土而可居矣。良止切，一部。」

(乙) 自下逆上例（逆上）：

(一)  苗：說文一下艸部：「艸生於田者，从艸田。」段注：「武鑣切，二部。」

按：字為自下逆上之「順成結合」，宜謂「从田艸」，田艸者，苗也，从艸田者非是。

(二)  分：說文二上八部：「別也，从八刀，刀以分別物也。」段注：「甫文切，十三部。」

按：字从刀八會意，八者，高笏之師以為即分之初文。刀八者，刀以分之也。

(三)  悉：說文二上釆部：「詳盡也，从心釆。」段注：「會意。息七切，十二部。」

按：釆下云：「辨別也。」心辨別之，則詳盡而明矣，故字从心釆。

(四)  弄：說文三上廾部：「玩也，从廾玉。」段注：「盧貢切，九部。」

(五)  兵：說文三上廾部：「械也，从廾持斤并力皃。」段注：「補明切，十部。」

(六)戒：說文三上廾部：「警也，从廾从戈，持戈以戒不虞。」段注：「居拜切，十五部。」

(七)及：說文三下又部：「逮也，从又人。」段注：「及前人也。巨立切，七部。」

(八)隻：說文四上隹部：「鳥一枚也，从又持隹，持一隹曰隻，持二隹曰雙。」段注：「之石切，五部。」

(九)杳：說文六上木部：「冥也，从日在木下。」段注：「烏皎切，二部。」

(十)旅：說文七上㫃部：「軍之五百人，从㫃从从，从，俱也。」段注：「力舉切，五部。」

按：高笏之師云：「字與侶同意，古之外行者每結伴執旗以屬人耳目，以免遭受襲擊，故从二人執旗會意。」今按金文作，是从二人執旗也，故為「自下逆上」之例。

(十一)屍：說文八上尸部：「終主也，从尸死。」段注：「死者終也，尸者主也，故曰終主。式脂切，十五部。」

按：尸為僵臥之形，死表尸之無生，字从「死尸」順遞見意，自下逆上之例也。

(十二)兄：說文八下兄部：「長也，从儿从口。」段注：「口之言無盡也，故从人口為滋長之意。許榮切，十部。」

按：高勞之師以爲兄乃祝之初字，祝爲贊禮之官，故从人从口，兄長爲其借義，後加示旁作祝。今按此說有理而無徵，存參。

(十三)兒：說文八下兒部：「頌儀也，从儿白象面形。」段注：「上非黑白字，乃象面也。莫教切，二部。」

按：高勞之師以爲白亦黑白字，蓋古不知人種有黑、白、黃、紅、棕諸色之別，蓋文化未及於歐、非、美洲故也，故古人以中國人爲白色，而人以兒爲最顯，兒之色爲白，故字从人白會意。

(十四)見：說文八下見部：「視也，从目儿。」段注：「用目之人也，會意。古甸切，十四部。」

按：言人舉目以望物也，字爲逆上之會意字，當作「从儿目」，且「⿱目大」爲「大視」而从大目，「見」爲「人視」，自亦當从人目也。

(十五)冤：說文十上兔部：「屈也，从冂兔，兔在冂下不得走益屈折也。」段注：「於袁切，十四部。」

按：字从兔在冂下，逆上之例也。

(十六)岳：說文九下山部：「岳，古文(嶽)象高形。」五角切，段氏古音三部。

按：字从山上丘，益山上有山之意也。

（十七）狊：說文十上犬部：「犬視皃，从犬目。」段注：「古闃切，十六部。」

（十八）戾：說文十上犬部：「曲也，从犬出户下，犬出户下為戾者，身曲戾也。」段注：「郎計切，十五部。」

（十九）臭：說文十上犬部：「禽走臭而知其跡者犬也。从犬自。」段注：「尺救切，三部。」

按：自為鼻之古文，字从犬鼻會意。

（廿）然：說文十上火部：「燒也，从火肰聲。」段注：「如延切，十四部。」

按：高明之師以為字為純會意，从火燒肰會意。今按當入「聲兼意」類中。

（廿一）焚：說文十上火部：「燒田也，从火林。」段注：「廣韻符分切，十三部。」

按：田者獵也，言燒林以為田獵也，故从火燒林會意。

（廿二）灾：說文十上火部：「烖……灾或从宀火。」祖才切，段氏古音一部。

按：字為烖之或字，从火燒宀（屋）成災會意。

（廿三）光：說文十上火部：「明也，从火在儿上，光明意也。」段注：「古皇切，十部。」

按：字為从人舉火會意，逆上之例也。

(卅四)炙：說文十下炙部：「炙肉也，从肉在火上。」段注：「之石切，五部。」

按：字為从火烤肉會意，宜逆上言之。

(卅五)臭：說文十下大部：「大白也，从大白。古文以為澤字。」段注：「古文以為澤字，此說古文假借也。古老切，二部。」

(卅六)武：說文十二下戈部：「楚莊王曰：夫定功戢兵，故止戈為武。」段注：「文甫切，五部。」

按：功成兵收，故為武意。

(丙)自右順左例(左行)：

(一)琀：說文一上玉部：「送死口中玉也，从玉含，含亦聲。」段注：「胡紺切，七部。」

按：字从含玉順遞見意，含玉者，言人死口中所含之玉也，此之謂順成結合。

(二)吠：說文二上口部：「犬鳴，从口犬。」段注：「符廢切，十五部。」

按：字當自右順左，口以發聲，故宜云犬口，口表聲者也。

(三)唬：說文二上口部：「虎聲也，从口虎。」段注：「呼交切，五部。」

按：口以表聲，字與吠同例，宜云从虎口，自右以順左也。

(四)

孰：說文三下丮部：「食飪也，从丮𦎫。」段注：「飪，大孰也，可食之物大孰，則丮持食之。殊六切，三部。」

(五)

取：說文三下又部：「捕取也，从又耳。周禮：獲者取左耳。」段注：「七庾切，四部。」

(六)

牧：說文三下攴部：「養牛人也，从攴牛。」段注：「會意。莫卜切，一部。」

按：攴下云：「小擊也。」蓋从手持鞭以擊牛也，擊牛者管牛之意，故牧可引申為治。

(七)

相：說文四上目部：「省視也，从目木。易曰：地可觀者，莫可觀於木。詩曰：相鼠有皮。」段注：「息良切，十部。」

(八)

雊：說文四上隹部：「雄雌鳴也，雷始動，雉乃鳴而句其頸。从隹句，句亦聲。」段注：「古候切，四部。」

按：字亦可以為兼聲會意。若以「聲必兼意」之義觀之，亦可以為純形聲。

(九)

鳴：說文四上鳥部：「鳥聲也，从鳥口。」段注：「武兵切，十一部。」

按：字與吠、唬之會意同例，許於吠云「口犬」，於唬云「口虎」，於此又云「鳥口」，是用語之未密，於吠唬二字則廁於口部，於鳴字則又廁於鳥部，是則分部之未密，宜皆正之，使歸於一也。

(十) 肰

肰：說文四下肉部：「犬肉也，从肉犬。讀若然。」段注：「如延切，十四部。」

按：字从犬肉左行順遞以見意。

(十一) 鼓

鼓：說文五上鼓部：「郭也，春分之音，萬物郭皮甲而出，故曰鼓。从壴，从屮又，屮象𠂹象，又象其手擊之也。」段注：「工戶切，五部。」

按：高鴻縉之師以為壴為鼓之本字，名詞，支當作攴，與牧之攴當作攴同例，牧从又持丨（棍）管牛，鼓則从又持丨擊鼓，故「鼓」為動詞，會意字。今鼓鐘、鼓琴尚用作動詞可證。至「壴」則為象形文，㞢象鼓上有飾，下䒑為置鼓之架，中〇為鼓之橫斷面形。今按師說成理，故錄其意並廁鼓字於此存參。若依許君之解，則字為合三體會意，自不當廁鼓字於此矣。

(十二) 析

析：說文六上木部：「破木也，一曰折也，从木从斤。」段注：「先激切，十六部。」

按：字為左行之「並列結合」會意字，蓋从斤析木之意也。

(十三) 剌

剌：說文六下束部：「戾也，从束从刀，刀束者，剌之也。」段注：「既束之則當藏弃之矣，而又以刀毀之，是乖剌也。盧達切，十五部。」

按：字為从刀毀束會意，乖戾之意也。

(十四)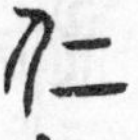

仁：說文八上人部：「親也，从人二。」段注：「如鄰切，十二部。」

按：字从二人相耦會意，為自右順左之例，蓋仁為人與人相與之道，故从二人。

(十五)

付：說文八上人部：「予也，从寸持物以對人。」段注：「寸者手也。方遇切，四部。」

(十六)

伏：說文八上人部：「司也，从人犬，犬司人也。」段注：「不曰从犬人，而曰从人犬，入於人部者，尊人也。房六切，一部。」

按：徐鍇曰：「司，今人作伺。」繫傳：「伺也，从人、犬，犬伺人也。」謂犬伺人而吠，故字為自右順左之例。

(十七)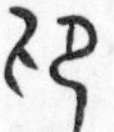

卬：說文八上匕部：「望也，欲有所庶及也。从匕卩。詩曰：高山卬止。」段注：「伍岡切，十部。」

按：仰為後起字，卬為初字，从一人立作形，一人跽作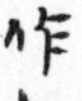形，跽者卬望立者，故云欲有所庶及也。金文作，自右順左以見意。

(十八)

次：說文八下次部：「慕欲口液也，从欠水。」段注：「有所慕欲而口生液也，故其字从欠水會意。敘連切，十四部。」

按：次字後世以「涎」為之。从欠水者，言慕欲之人口如呵欠之態，而口液每自口中外溢也，凡思飲食，亦每有口次外溢者。

(九) 

縣：說文九上県部：「繫也，从系持県。」段注：「胡涓切，十四部。」

按：字後世借為州縣字，乃另製「懸」字以代之。

(二十) 

汓：說文十一上水部：「浮行水上也，从水子。」段注：「似由切，三部。」

按：高笏之師云：「字應从子(人)㕙水會意。」師說是也。㕙為汓之或體字，今人或以游代汓者，非是。

(廿一) 

砅：說文十一上水部：「履石渡水也。从水石。詩曰：深則砅。」段注：「力制切，十五部。」

按：今本詩作「深則厲」，蓋假借字也。濿為砅之或體字。

(廿二) 

涉：說文十一下沝部：「，徒行濿水也。从沝步。，篆文从水。」段注：「時攝切，八部。」

按：篆文涉从步水會意，蓋亦左行之「順成結合」會意字也。

（丁）自左回右例（右行）：

（一）

䞶：說文二下是部：「䞶，少也。是少，俱存也，从是少，賈侍中說。」段注：「穌典切，十四部。」

按：是此也，俱存而獨少此也，故曰是少。字亦作尟。

（二）

信：說文三上言部：「誠也，从人言。」段注：「息晉切，十二部。」

（三）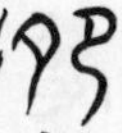

夗：說文七上夕部：「轉臥也，从夕卪。臥有卪也。」段注：「於阮切，十四部。」

（四）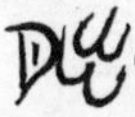

朏：說文七上月部：「月未盛之明也，从月出。周書曰：丙午朏。」段注：「普乃切，又芳尾切，十五部。」

（五）

彪：說文五上虍部：「虎文也，从虎彡。彡，象其文也。」段注：「彡，毛飾畫文也，故虎文之字从之。」南州切。

（六）

皣：說文六下華部：「艸木白華皃，从華从白。」段注：「筠輒切，八部。」

按：字白華會意，左行「順成結合」也。

（七）

休：說文六上木部：「息止也，从人依木。」段注：「周南曰：南有喬木，不可休思。許尤切，三部。」

(八) 科

科：說文七上禾部：「程也，从禾斗。斗者量也。」段注：「苦禾切，十七部。」

按：程者謂斗斛之平法也，从禾斗會意。

(九) 躳

躳：說文七下呂部：「身也，从呂从身。」段注：「居戎切，九部。」朱駿聲曰：「身曲則呂見。」

按：近人顧實以為當从身从呂。字之俗體作「躬」。

(十) 法

法：說文十上廌部：「灋，刑也，平之如水，从水。廌所以觸不直者去之，从廌去。法，今文省。」段注：「方乏切，八部。」

按：今文省廌，則為从水从去，宜右行。

(十一) 尨

尨：說文十上犬部：「犬之多毛者，从犬彡。」段注：「莫江切，九部。」

(十二) 洐

洐：說文十一上水部：「溝行水也，从水行。」段注：「戶庚切，十部。」

(十三) 㦰

㦰：說文十二下戈部：「絕也。从从持戈。」段注：「㦰與殲義相近，二人持戈會意。子廉切，七部。」

(十四) 戍

戍：說文十二下戈部：「守邊也，从人持戈。」段注：「傷遇切，三、四部。」

(十五) 𣦼

𣦼：說文四下歺部：「禽獸所食餘也，从歺从肉。」段注：「昨干切，十四部。」

按：段氏以為肉當作月，取月缺之義。今按禽獸縱不盡食肉，然終以食肉者為多，舉肉可該其餘，以部份包全體之法也，若从月則展轉過遠，非古人意也，故各本說文皆从肉，唯段氏改之从月耳。至隸變後或有書作「肙」者，亦从肉變也，凡肉之偏旁多作「月」者。字為殘餘之本字。

(戊) 自內發外例（中發）：

(一) 𣵺：說文十一下沝部：（見「自右順左例」第二十二字）

(二) 興：說文三上舁部：「起也，从舁同。同，同力也。」段注：「虛陵切，六部。」

按：字為同力以舁之之意，宜云从「同舁」，同舁，同力以舉之也。

(三) 寇：說文三下攴部：「暴也，从攴完。」段注：「此與敗、賊同意。苦候切，四部。」

按：攴訓小擊，敗訓毀，敗者从攴擊貝以毀之，寇則从攴擊完，故云暴也。完者，全也，一完好之物，擊而毀之，非暴而何。故段云與敗同意也。

(四) 衍：說文十一上水部：「水朝宗於海皃也，从水行。」段注：「洐字水在旁，衍字水在中，在中者盛也。會意。以淺切，十四部。」

（五）

閒：說文十二上門部：「隙也，从門月。」段注：「古閑切，十四部。」

按：字从月光入門隙，為「中發」之例。

（六）

閑：說文十二上門部：「闌也，从門中有木。」段注：「會意。戶閒切，十四部。」

按：字亦「中發」之例，从木闌門以防閑也。

（七）

閃：說文十二上門部：「闚頭門中也，从人在門中。」段注：「失冉切，七部。」

（八）

闖：說文十二上門部：「馬出門皃，从馬在門中，讀若郴。」段注：「丑禁切，七部。」

按：字與閃同例，會意。

（九）

匃：說文十二下亡部：「气也，亡人為匃，逯安說。」段注：「逯安亦通人之一也。从亡人者，人有所無，必求諸人，故字从亡从人。古代切，十五部。」

按：气今作乞，匃今誤作丐，「气匃」皆求諸人之義。

（十）

區：說文十二下匸部：「踦區，藏隱也。从品在匸中。品，眾也。」段注：「豈俱切，四部。」

按：字从品在匸中，先品後匸，故以廁於「中發」例中為宜。

(己)自外包內例（外包）：

(一)囷

囷：說文六下口部：「廩之圜者，从禾在囗中。圜謂之囷，方謂之京。」段注：「去倫切，十二部。」

(二)圖

圖：說文六下囗部：「畫計難也，从囗从啚。啚，難意也。」段注：「啚者，愛濇也，愼難之意。同都切，五部。」

按：字為計畫、謀畫而苦其難之意，故字从囗表計畫，內含啚，難意也。

(三)困

困：說文六下口部：「故廬也，从木在口中。」段注：「字从口木，謂之困者，疏廣所謂自有舊田廬，令子孫勤力其中也。困之本義為止而不過，引申之為極盡。苦悶切，十三部。」

(四)囚

囚：說文六下口部：「繫也，从人在口中。」段注：「似由切，三部。」

按：字从口人會意，口人者，囚繫之也。

(五)圂

圂：說文六下囗部：「豕廁也，从口豕，豕在口中也，會意。」段注：「胡困切，十三部。」

按：字从囗豕會意，言豕在牢中溷濁有穢也。

(六)  與：說文三上舁部：「黨與也，从舁与。」段注：「會意。共舉而与之也。余呂切。」

(七)  匊：說文九上勹部：「在手曰匊，从勹米。」段注：「會意。米至椒，兩手兜之而聚。居六切，三部。俗作掬。」

(八)  旬：說文九上勹部：「徧也，十日為旬，从勹日。」段注：「勹日猶勹十也。詳遵切，十二部。」

(九)  勻：說文九上勹部：「少也，从勹二。」段注：「少當作帀，帀，周也，周者帀徧也。羊倫切，十二部。」

按：字从勹二會意，二者兼有也，徧也。

(十)  勽：說文九上勹部：「覆也，从勹人。」段注：「此當為抱子抱孫之正字。薄皓切，三部。」

(十一)  安：說文七下宀部：「竫也，从女在宀中。」段注：「烏寒切，十部。」

按：顧實云：「字从宀下女，女正位乎內之意。」是也。

(十二)  包：說文九上勹部：「妊也，象人裹妊，在中，象子未成形也。」段注：「布交切，三部。」

（十三）㔷　㔷：說文十二下匸部：「側逃也，从匸内會意。」段注：「盧候切，四部。」朱駿聲曰：「當从匸从内會意，說文各本从匸从丙，誤多一橫。」

按：匸者藏匿，从匸从内，故云側逃。

（十四）匠　匠：說文十二下匚部：「木工也，从匚斤。斤，所以作器也。」段注：「會意。疾亮切，十部。」

按：匚為所以受物之器，从匚斤會意。

（十五）甸　甸：說文十三下田部：「天子五百里內田，从勹田。」段注：「堂練切，十二部。」

（十六）軍　軍：說文十四上車部：「圜圍也，四千人為軍。从勹从車。車，兵車也。」段注：「舉云切，十三部。」

按：各本說文俱作从包省从車，顧實云「从勹車」，是也。

（庚）穿貫交合例（穿合）：

（一）芻　芻：說文一下艸部：「刈艸也，象包束艸之形。」段注：「叉愚切，四部。」王筠曰：「从兩勹字从艸字，兩體皆成字，即是會意，而許君云象形者，此以象形為會意也，若直是會意，則當作矣，惟芻為既刈之艸，故所从艸字不依本形，必兩包之者，便于擔也。」顧實云：「案金文有作者，古陶文騶字从芻作。說者謂从又持斷艸，篆譌而為芻，从二勹者非也。」

按：顧說是也，字為从持刈而已斷之艸，王謂兩包之便于擔云云，蓋未見古文，但據小篆為言耳。

(二)

折：說文一下艸部：「斷也，从斤斷艸，譚長說。」段注：「此會意也。食列切，十五部。」王筠曰：「斷隸艸部，而變艸之形為屮，以會既斷之意，不入斤部者，非在艸部不足見意也。」

(三)

莫：說文一下茻部：「日且冥也，从日在茻中，茻亦聲。」段注：「莫故切，又慕各切，五部。」

按：凡亦聲之例，可以為會意兼聲，亦可以為形聲兼意，然如莫莽之類，實亦純會意之字也。

(四)

莽：說文一下茻部：「南昌謂犬善逐兔艸中為莽，从犬茻，茻亦聲。」段注：「謀朗切，十部。」

(五) 𧦝

𧦝：說文三上言部：「快也，从言中。」段注：「會意，中之言得也，言而得，故快。於力切，一部。」

按：字隸變後作喜。

(六) 䜌

䜌：說文三上言部：「亂也。一曰治也。一曰不絕也。从言絲。」段注：「與爪部𤔔，乙部亂，音義皆同。呂員切，十四部。」

(七) 棥

棥：說文三下爻部：「藩也。从爻林。詩曰：營營青蠅止於棥。」段注：「藩，今人謂之籬笆。附袁切，十四部。」

(八) 秉

秉：說文三下又部：「禾束也。从又持禾。」段注：「兵永切，十部。」

(九) 央

央：說文五下冂部：「中也，从大在冂之內。大，人也。」段注：「人在冂內，正居其中。於良切，十部。」

(十) 東

東：說文六上東部：「動也，从木。官溥說从日在木中。」段注：「得紅切，九部。」

按：高笏之師以為凡東南西北字皆有本意，用為方向名詞者蓋借耳。北為背之初文，西為鳥歸巢中之偁，南為艸木至夏有枝任（今按中國地居北溫帶，南為赤道，自春入夏，每覺夏暑之气，自南浸浸而北，故以南方為夏，因亦以「艸木至夏有枝任」之「南」為「南方」之偁。」）東為囊橐之橐之初文，字之甲文作、作、作，埤蒼云：「有底曰囊，無底曰橐。」以是觀之，囊橐之形宜作，橐以無底故作形。故高師曰：「字原象兩端無底，以繩束之之形。後世借為東西之東，久假不歸，乃另造橐字。」又本師董彥堂（作賓）先生亦以為橐字。師說成理，因錄其意，誌其語於此存參。

（十一）柬

柬：說文六下柬部：「分別簡之也，从束八。八，分別也。」段注：「為若干束而分別之也。古限切，十四部。」

（十二）弔

弔：說文八上人部：「問終也。从人弓，古之葬者厚衣之以薪，故人持弓會歐禽也。弓蓋往復弔問之義。」段注：「多嘯切，二部。」

按：顧實云：「淑也，弔即淑之本字，男子之美偁也，自用淑而弔廢矣。詩曰：『昊天不弔』，則假為淑字。」錄之存參。

三體異文相合例：

(甲) 自上順下例（順下）：

(一) 奮 奮：說文四上奞部：「翬也。从大隹在田上。」段注：「田猶野也。方問切，十三部。」

按：字當作三體相合，大隹者，言大其隹也，亦即振翄也。謂此隹振翄高翔於田野之上也，故解云：「翬也」，翬者大飛，因謂「从大隹在田上。」

(二) 畟 畟：說文五下夊部：「治稼畟畟進也。从田儿，从夊。」段注：「田人者，農也。夊言其足之進，足進而耜亦進矣。初力切，一部。」

(三) 㝮 㝮：說文七下穴部：「深也。一曰竈突。从穴火求省。讀若三年導服之導。」段注：「㝮、滚古今字，篆作㝮滚，隸變作罙深。穴中求大深之意也，此會意字。式針切，七部。」朱駿聲曰：「本訓當是竈窗，讀若禫。秦漢以來相承誤作突，突㝮形近，禫㝮聲轉，此致誤之由。」

按：字為竈㝮之㝮，朱說是也，故段氏亦云「竈㝮可讀如禫，與㝮為雙聲」，唯尚不知因形近而致誤之由耳。今按字之下非从「求省」，蓋从「穴又火」三體會意，古文「有」「又」無別，謂「穴有火」者，即竈㝮之穴也。

(四) 直 直：說文十二下乚部：「正見也。从十目乚。」段注：「謂以十目視乚，乚者無所逃也，三字會意。除力切，一部。」

按：匸下云「匿也」，十目視匿者，則匿者無所逃矣。

(乙)自下逆上例（逆上）：

(一)叜：說文三下又部：「老也，从又灾。」段注：「穌后切，三部。今字作叟。」

按：字為搜尋之搜之初字，今作搜，从又持火在宀中搜尋，以其所搜在宀中，故須持火以為燭明也。老叜蓋借字耳，自借為老叜，故又加手旁作搜，字為三體異文相合，自下逆上會意，許云从又灾者非，段氏勉強為之注釋，亦不免於穿鑿。

(二)僉：說文五下亼部：「皆也，从亼从吅从从。」段注：「七廉切，七部。」

按：字作从从、从吅、从亼。从者相从之人眾；吅者讙之古字，歡呼之也；亼者集之古文。古者無舉手投票之表決法，凡大眾讙聲之所集，即為咸表同意之意。

(三)婁：說文十二下女部：「空也，从毋从中女，婁空之意也。一曰婁務，愚也。」段

注：「洛侯切，四部。」

按：段去从毋猶从無。今按字為逆上會意，从女中毋，毋之言空也，餘杭章太炎先生小斅答問曰：「中空者，欿然不足，歆羨相求之誼。」離婁雙聲連語，離中虛，故婁亦取中空之義，益言有女虛中以待也。

(四)

昚：說文十下心部：「謹也。昚，古文。」時刃切，段氏古音十二部。

按：字為「慎」之古文，从日火屮會意，屮者徹也，日於晝，火於夜，徹朝夜以勤其惕厲，則可謂之慎矣。或以為「从火在日下會意，謂白日之火不易見，故當慎。」今按或說牽強過甚，且遺屮於不辭，尤顯疏妄，「白日之火不易見，故當慎」，當慎是一事，然「白日之火」並無「謹慎」之義在，說不可從。

(丙)自內發外例（中發）：

(一)

丞：說文三上廾部：「翊也，从廾从卩从山。山高奉承之義。」段注：「凡高者在上，必竦手以承之。署陵切，六部。」

按：山以喻高，卪者高山之節，詩云：節彼南山。言其高也。高而在上，故須竦手以承之，丞承疊韻字也。

(二)

老：說文八上老部：「考也，七十曰老，从人毛匕，言須髮變白也。」段注：「盧晧切，三部。」

(下)自外包內例（內包）：

(一)

胤：說文四下肉部：「子孫相承續也，从肉从八，象其長也，幺亦象重累也。」段注：「羊晉切，十二部。」

按：顧實云：字从八幺肉。八，分也。分祖父之體以嗣繼於長遠也。幺，如絲之繼續不斷也。

(二)

簋：說文五上竹部：「黍稷方器也，从竹皿皀。」段注：「居洧切，三部。」

按：簋為竹器，故从竹，皿，器也。皀，穀之馨香也。自外包內會意。

(戊)穿貫交合例（穿合）：

(一)兼

兼：說文七上秝部：「并也，从又持秝。兼持二禾，秉持一禾。」段注：「古甜切，七部。」

按：說解云：「兼持二禾」，則字為合三體成文可知也。

(己) 以一兼二例：

(一)㡀

㡀：說文七下白部：「際見之白也，从白，上下小見。」段注：「起戟切，五部。」

按：㡀為壁縫所見之白光，故以白字兼上下二小以會其意。

(二)夾

夾：說文十下大部：「持也，从大夾二人。」段注：「古狎切，八部。」

按：字从一大人兼挾二小人會意。

(庚) 以二守一例：

(一)獄

獄：說文十上㹜部：「确也，从㹜从言。二犬所以守也。」段注：「魚欲切，三部。」

按：字从二犬守言，言者，訟者也。

(二)坐

坐：說文十三上土部：「𡍬，止也。从畱省，从土。土所止也，此與畱同意。」

〔古文〕，古文㘸。」段注：「徂臥切，十七部。」

按：古文从二人對坐土上。

(辛) 雜合例：

(一) 祝

祝：說文一上示部：「祭主贊詞者，从示，从儿口。」段注：「此以三字會意，謂以人口交神也。之六切，三部。」

(二) 祭

祭：說文一上示部：「祭祀也，从示，以手持肉。」段注：「此合三字會意也。子例切，十五部。」

(三) 對

對：說文三上丵部：「譍無方也。从丵口从寸。」段注：「無方，故从丵口，寸，法度也，丵口而一歸於法度也。都隊切，十五部。」

按：譍今作應，應者，答也，丵訓叢生並出之艸，言口之應聲並出，而一皆歸之於法度也。

(四) 徹

徹：說文三下攴部：「通也，从彳从攴从育。」段注：「蓋合三字會意，攴之而養育之，而行之，則無不通矣。毛傳所謂治也。丑列切，十五部。」

(五)  夐：說文四上旻部：「營求也，从旻人在穴。商書曰：高宗夢得傅說，使百工營求，得傅巖，巖，穴也。」段注：「此引書序釋之，以說从穴之意，營求而得諸穴，此字之所以从旻人在穴也。朽正切，十四部。」

按：旻訓舉目使人，言武丁舉目使人營求傅說於傅巖也，以其事之意同於此字之會意，故舉以明之也。

(六)  筋：說文四下筋部：「肉之力也，从肉力，从竹，竹，物之多筋者。」段注：「居銀切，十三部。」

(七)  解：說文四下角部：「判也，从刀判牛角。」段注：「佳買切又戶賣切，十六部。」

(八)  監：說文八上臥部：「臨下也，从臥䘓省聲。」段注：「古銜切，八部。」

按：高笏之師以為字非省聲，而係雜合會意，蓋古者無鏡，以盂滿水而鑑之，故字為从人舉目，鑑於盂水之中。後世之鏡，以金屬為之，故字又从金作鑑，鑑鏡一物，雙聲旁轉耳。故字形宜作  ，皿上一橫，非血字也，蓋示皿中有水而已，故字之構造，嚴格言之，又廁之於兼事會意之中，蓋以皿上一橫為代表「水」之符號故也。以師說之有理，因敘誌其所授於斯，以為參證之用。今考鑑字有明了、詳察之意，李令伯云：「皇天后土，實所共鑒」，鑒鑑本一字，而鑑之為物，令人一見，即自知美醜者，故為明了、詳察之訓，非無由者也。

(九) 灋

灋：說文十上廌部：「刑也，平之如水，从水。廌所以觸不直者去之，从廌去。」段注：「方乏切，八部。」

(十) 染

染：說文十一上水部：「以繒染為色，从水杂聲。」段注：「此當云从水木，从九。裴光遠曰：从木，木者，所以染，梔茜之屬也。从九，九者，染之數也。按裴說近是。而琰切，八部。」朱駿聲曰：「當从水从木从九會意。木者，梔茜橡斗之屬，所以染也。染之數究于九，故从九。」

四體異文相合例：

(一) 亟

亟：說文十三下二部：「敏疾也。从人口又二；二，天地也。」段注：「謂天地之道，恆久而不已，手病口病，夙夜匪懈，君子自強不息，人道之所以與天地參也，故从人从二。紀力切。又去吏切，一部。」徐鍇曰：「乘天之時，因地之利，口謀之，手執之，特不可失疾也。」

按：高鴻縉之師以為字从口，上及於天，下及於地，而以𠄎（及）為聲，乃「極」之初文，存參。又上一橫為天，下一橫為地，則字非从一二之二可知，宜為指事兼意之字，然亦可以為會意兼事。

（二）夒：說文五下夊部：「貪獸也，一曰母猴。似人，从頁，巳止夊其手足。」段注：「巳止象其似人手，夊象其足。奴刀切，三部。」

（三）㬥：說文七上日部：「晞也，从日出廾米。」段注：「日出而竦手舉米曬之，合四字會意。蒲木切，三部。」

（四）寒：說文七下宀部：「凍也，从人在宀下，从茻上下為覆，下有仌也。」段注：「合一宀一人二艸一仌會意。胡安切，十四部。」桂馥曰：「茻當為艸，上艸為覆，下艸為薦。」

按：茻下云：「眾艸也。」字从茻並無不可，依許說宜為合四體會意，若依段桂之說，則為五體矣。

（五）廛：說文九下广部：「二畝半也，一家之居，从广里八土。」段注：「里者，居也，八土猶分土也。亦謂八夫同井也。从四字會意。直連切，十四部。」

按：字亦作墐、作鄽。

五體異文相合例：

（一）鬱

鬱：說文五下鬯部：「芳艸也，十葉為貫，百廿貫，築以煮之為鬱。从臼冖缶鬯，彡其飾也。」段注：「迂勿切，十五部。」

乙、變會意例（省形相合例）：

（一）晝

晝：說文三下畫部：「日之出入，與夜為介，从畫省，从日。」段注：「陟救切，四部。」

按：晝訓介，晝之从畫从日，蓋取「介」之義也，故曰日之出入與夜為介。

（二）再

再：說文四下冓部：「一舉而二也，从一冓省。」段注：「凡言二者，對偶之詞；凡言再者，重複之詞，一而又有加也。冓者架也，架古祇作加。作代切，一部。」

(三) 爯

爯：說文四下冓部：「并舉也，从爪冓省。」段注：「冓爲二，爪者，手也，一手舉二，故曰并舉。處陵切，六部。」

王筠曰：「有从省文會意而其義實非省者，冓部再爯二字是也。此乃以冓字摺疊觀之以會其意，即如有布二尺，以杖當中荷之，則一面祇見一尺，然人固知彼一面定有一尺也。再所从之一即杖也，爯所从之爪即手也，而所从之冓，即如布之舉其中也，且如非舉其中，則無以成兩面也，故再下云一舉而二也，爯下云並舉也。苟不以冓字摺疊觀之，則省去一半矣，何二之云？何並之云？」

按：以上二字，段氏知其義，王氏識其形，實會意中之奇變也。

(四) 攸

攸：說文三下攴部：「行水也，从攴从人，水省。」段注：「攴取引導之意，人謂引導者。以周切，三部。」

(五) 𥂕

𥂕：說文五上皿部：「酸也，作醯以𩱧以酒，从𩱧酒並省，从皿。皿，器也。」段注：「𩱧者，鬻或字。呼雞切，十六部。」

按：字亦作醯。

(六)耇：說文八上老部：「老人行才相逮，从老省，从易省。讀若樹。」段注：「常句切，四部。」朱駿聲曰：「老人行遲，且依牆傍物，步小，兩足才相反，故以蜥蜴之緣壁譬之。」

按：，各本俱作从易省，段云「象形」，今按象老人傴僂之形，不从易省亦通。若然，則字又為兼形會意矣。

(七)孝：說文八上老部：「善事父母者，从老省从子，子承老也。」段注：「呼教切，二部。」

按：承猶奉也。

(八)垩：說文十三下土部：「止也，从畱省从土。土，所止也。此與畱同意。，古文垩。」段注：「徂卧切，十七部。」

(九)𢼸：說文八上人部：「眇也，从人从攴，豈省聲。」段注：「眇者，小也，引伸為凡細之偁。」鉉等曰：「豈字从𢼸省，𢼸字不應从豈省，疑从耑省，耑，物初生之題，尚微也。無非切，十五部。」

按：顧實謂从耑省，从攸省。

(十)兜：說文八下兜部：「兜鍪，首鎧也。从兜从皃省，皃象人頭形也。」段注：「當侯切，四部。」

(十一)苟：說文九上苟部：「自急敕也，从羊省，从勹口。勹口，猶慎言也。从羊，與義善美同意。」段注：「已力切，一部。」

按：陳立以為字之訓誠、訓假、訓且，皆為「自急敕」之引申義。

(十二)淖：說文十一上水部：「水朝宗於海也，从水朝省。」段注：「直遙切，二部。」

按：上舉省形會意十二字，以此類字多，不煩細舉，故僅列舉斯數以見例耳。

丙、會意兼象形例：

(一)爨：說文三上爨部：「齊謂炊爨，𦥑象持甑，冂為竈口，廾推林內火。」段注：「中似甑，𦥑持之，林，柴也。七亂切，十四部。」

按：字合𦥑冂林火四字以見意，而「冂」非字，象甑及竈口之形。王筠以為爨合五字而又加一形，蓋以「冂」為字也，未必是。

(二)鬯：說文五下鬯部：「以秬釀鬱艸，芬芳攸服以降神也。从凵，凵，器也。中象米，匕所以扱之。易曰不喪匕鬯。」段注：「丑諒切，十部。」

按：段謂㐅即米字斜書字。今按鬯之為字，合凵匕二字以見意，㐅非字，許君但云象米，然不必為米字，僅象米形而已。

(三) 舍

舍：說文五下亼部：「市居曰舍，从亼屮口，屮象屋也，口象築也。」段注云：「从亼者，謂賓客所集也，屮象屋上見之狀，口音圍。始夜切，五部。」徐鍇曰：「亼，眾集也。屮，立柱楣梲之形，口音圍，會意。」

按：屮非字，蓋象屋形也，全字合亼口二字及屮一形會意。

(四) 矦

矦：說文五下矢部：「春饗所射矦也，从人，从厂象張布，矢在其下。」段注云：「為人父子君臣者，各以為父子君臣之鵠，故其字从人。矦凡用布三十六丈，矦之張布象厓巖之狀，故从厂。乎溝切，四部。」

按：矦為張布畫鵠以射之者，為射者人，故字从人矢，厂象張布之形，段云「許書之例，成字者必曰从某而下釋之」，因厂為厓巖之厂字，以符其條例。今考許書有成字不言从者，如鬯字之匕是也；有言从而不成字者，此矦字之厂是也。凡此之例，與段氏所歸納者不符，當分別觀之。段云厂象厓巖之字，但為求合其例，而不知厂實非字，僅象射矦之形耳。蓋射布平張，厓巖側出，形不相似，類非相屬，故云厂非字也。

丁 會意兼指事例：

(一) 葬：說文一下茻部：「臧也，从死在茻中，一其中所以荐之。易曰：古者葬厚衣之以薪。茻亦聲。」段注：「荐，艸席也，上古厚衣以薪，故其字上下皆艸。則浪切，十部。」

按：字合茻死二字以見意，一其中者，葢指事也，一非字，為荐物之通象，故云指事。

(二) 㕞：說文三下又部：「飾也，从又持巾在尸下。」段注：「屋字下云，尸象屋形。所劣切，十五部。」桂馥曰：「在尸下者，在屋下也。洒掃潔清之事，亦應于屋下執之。」

按：飾即後世之拭，說文手部無拭字，故用飾字代拭。尸象屋形，為一表識之象而已，與偃臥之尸不類。㕞字之義即取「从手持巾在屋下」，尸為表識，故㕞為會意兼事之字。

(三) 畫：說文三下畫部：「介也，从聿，象田四介，聿所以畫之。」段注：「引申為繪畫之字。胡麥切，十六部。」

按：字从聿畫田介，田外之囗非字，蓋象所畫之介形，故為會意兼事之字。

戊、會意兼聲例：

(一)詹：說文二上八部：「多言也，从言从八从厃。」段注：「莊子：小言詹詹。从八者，多故可分也。从厃當作厃聲。職廉切，八部。」

按：字从八言會意，厃與字無涉，段云厃聲是也。

(二)拘：說文三上句部：「止也，从手句，句亦聲。」段注：「从手止之也。舉朱切，四部。讀如鉤。」

(三)笱：說文三上句部：「曲竹捕魚笱也，从竹句，句亦聲。」段注：「曲竹，故从竹句。古厚切，四部。」

(四)鉤：說文三上句部：「曲鉤也，从金句，句亦聲。」段注：「鉤鑲、吳鉤、釣鉤皆金為之，句之屬三字皆會意兼形聲，不入手竹金部者，會意合二字為一字，必以所重為主，三字皆重句，故入句部。古矦切，四部。」

(五)䒤：說文三上丩部：「艸之相丩者，从茻丩，丩亦聲。」段注：「艸相丩繚，故从茻丩。居虯切，三部。」

(六) 糾：說文三上丩部：「繩三合也，从糸丩，丩亦聲。」段注：「丩之屬二字，不入茻糸部者，說與句同。居黝切，三部。」

(七) 㝷：說文三下寸部：「繹理也，从工口，从又寸。工口，亂也；又寸，分理之也。彡聲。此與𤔔同意。度人之兩臂為㝷，八尺也。」段注：「繹理謂抽繹而治之，凡治亂必得其緒，而後設法治之。徐林切，七部。」桂馥曰：「彡聲者，當為从文，既誤為彡，又加聲字，此會意，非諧聲，故云與𤔔同意，𤔔从文，㝷亦从文。」

按：桂說非是，縱有據碻鑿，然此字實从工口又寸四字會意，彡則聲也，然字之有聲，與他諧聲字不等，蓋以意為主者也，豈得云誤乎？八尺，另一義。

(八) 曆：說文五上甘部：「和也，从甘厤，厤，調也。甘亦聲，讀若函。」段注：「古三切，七部。」

按：周禮：「凡和春多酸，夏多苦，秋多辛，冬多鹹，調以滑甘。」此曆之所以从甘厤會意也。曆為調和之義，甘又兼聲。

(九) 竷

竷：說文五下夊部：「竷，繇也，舞也。从夊从章，樂有章也。夅聲。詩曰：竷竷鼓我。」段注：「繇當作䚻，䚻，徒歌也，上也字衍，䚻舞者，謠且舞也，舞兼歌，故其字从章从夊。苦感切，八部。」桂馥曰：「从夅當為夅聲，竷夅聲相近。」

按：字純以从章从夊會意，夅與字義無涉，祇取其聲耳，然字以意為主，故不得與他諧聲等觀，蓋會意兼聲也。

(十) 㸧

㸧：說文十上火部：「盛火也，从火多聲。」段注：「凡言盛之字从多。昌氏切，十七部。」

按：據段注所云，則字从「火多」順遞以見意，然多亦兼聲，惟以意為主耳。

(十一) 妻

妻：說文十二下女部：「婦與己齊者也。从女从屮从又，又持事，妻職也。屮聲。」段注：「屮聲者，說从屮之故，鉉等以不應既云从屮，又云屮聲，刪此二字。七稽切，十五部。」

按：字純以从女又二字會意，屮與字義無涉，徒為聲耳，然字以會意為重，故宜為會意兼聲之字，與他諧聲字不同。

(十二) 医

医：說文十二下匸部：「臧弓弩矢器也。从匸矢，矢亦聲。」段注：「於計切，十五部。」

按：上舉會意兼聲十二字，非此類字之止於此數，徒以見於說文甚多，此處不煩細舉，僅列此數以見例耳。

第四節 形聲

一、形聲總論

說文解字敘曰：「形聲者，以事為名，取譬相成，江河是也。」歷來論形聲者，約分三派，其一主半形半聲者，衛恆、賈公彥、小徐是也。衛氏云：「形聲者，以類為形，配以聲也。」賈氏云：「江河皆以水為形，以工可為聲。」徐鍇云：「形聲者，以形配聲也。」

其二主半義半聲者，段玉裁是也。其言云：「形聲者，其字半主義，半主聲。半主義者，取其義而形之；半主聲者，取其聲而形之。不言義者，不待言也。」又曰：「以事為名，謂半義也，事兼指事、象形之物言、物亦事也。名即古曰名今曰字之名。取譬相成，謂半聲也、譬者，諭也，諭者，告也。江河之字，以水為名，譬其聲如工可，因取工可成其名。其別於指事、象形者，指事、象形獨體，形聲合體；其別於會意者，會意合體主義，形聲合體主聲也。」

其三主即聲即義者，劉師培是也。其言云：「說者謂形聲之字，左旁象形，右旁象聲，不知古人造字，僅有右旁之聲，未有左旁之形。字聲者，即字義之所寄也，故形聲之字，以聲義相兼者為正例。左旁為形，右旁為義兼聲。如江字从水工聲，而工字象江水屈曲之形，即此義也。河字从水可聲，而可字從河流活活之音，即此義也。是知形聲之字，未有祇取聲而不取義者。」

此外有王筠之說，略同於衛、賈之言；黃以周之論，則又大同於段氏，要之，總不出此三派之義也。實則以上三說，執一不可，廢一不能，折衷言之，則形聲者，字之从形从聲而兼取兩體之義者也。獨以形聲名而不及義者，蓋形同而區之以聲，聲同而區之以形。形有萬而各从其類，即依類求之而可得；聲有變而不離其紐，即尋其紐籀之而可通，兩體相合，其義自从之而生，此說文中所以形聲字至多也。

二、形聲字舉例

形聲之字，以合兩體者為最多，然亦有合三體、四體而成字者，惟取字中之一體以為聲則同（亦有少數二聲之字）。唐賈公彥周禮疏取各形聲字部位之異，分為六類：曰左形右聲、曰右形左聲、曰上形下聲、曰上聲下形、曰外形內聲、曰外聲內形。段玉裁亦謂聲或在左、或在右、或在上、或在下、或在中、或在外，蓋亦據賈為說，惟是專講結構，一望可知，按部尋繹，無俟於釋者也。本篇為使讀者明歷來分類之殊，特亦舉其六類之例如右，然本篇自有分類之見，不容以此說破，是則俟後言之。茲先列舉賈氏六類之例如右：

甲、左形右聲類：

(一) 江　江：說文十一上水部：「江水出蜀湔氐徼外崏山入海，从水工聲。」

(二) 河　河：說文十一上水部：「河水出敦煌塞外昆侖山發源注海，从水可聲。」

(三) 浙　浙：說文十一上水部：「江水東至會稽山陰為浙江，从水折聲。」

(四) 沫　沫：說文十一上水部：「沫水出蜀西徼外東南入江，从水末聲。」

(五) 漾　漾：說文十一上水部：「漾水出隴西豲道，東至武都為漢，从水羕聲。」

(六) 渭　渭：說文十一上水部：「渭水出隴西首陽渭首亭南谷東南入河，从水胃聲。」

(七) 昧　昧：說文七上日部：「昧爽，旦明也，从日未聲。」

(八) 時　時：說文七上日部：「四時也，从日寺聲。」

(九) 昕　昕：說文七上日部：「旦明也，日將出也，从日斤聲，讀若希。」

(十) 昭　昭：說文七上日部：「日明也，从日召聲。」

(十一) 暘　暘：說文七上日部：「日出也，从日昜聲。」

(十二)晧　晧：說文七上日部：「日出皃，从日告聲。」

(十三)儒　儒：說文八上人部：「柔也，術士之稱，从人需聲。」

(十四)傑　傑：說文八上人部：「埶也，材過萬人也，从人桀聲。」

(十五)伋　伋：說文八上人部：「人名，从人及聲。」

(十六)儺　儺：說文八上人部：「行有節也，从人難聲。」

(十七)伴　伴：說文八上人部：「大皃，从人半聲。」

(十八)傭　傭：說文八上人部：「均也，直也，从人庸聲。」

(十九)私　私：說文七上禾部：「禾也，从禾厶聲。」

(廿)穡　穡：說文七上禾部：「穀可收曰穡，从禾嗇。」

(廿一)稺　稺：說文七上禾部：「幼禾也，从禾屖聲。」

(廿二)穄　穄：說文七上禾部：「穈也，从禾祭聲。」

(廿三)稗　稗：說文七上禾部：「禾別也，从禾卑聲。」

(廿四)移　移：說文七上禾部：「禾相倚移也，从禾多聲。」

(廿五)樸　樸：說文六上木部：「木素也，从木菐聲。」

(廿六) 杪 杪：說文六上木部：「木標末也，从木少聲。」

(廿七) 模 模：說文六上木部：「法也，从木莫聲。」

(廿八) 極 極：說文六上木部：「棟也，从木亟聲。」

(廿九) 橑 橑：說文六上木部：「椽也，从木尞聲。」

(卅) 榱 榱：說文六上木部：「椽也，从木衰聲。」

乙、右形左聲類：

(一) 鳩 鳩：說文四上鳥部：「鶻鵃也，从鳥九聲。」

(二) 鴿 鴿：說文四上鳥部：「鳩屬也，从鳥合聲。」

(三) 鶻 鶻：說文四上鳥部：「鶻鵃也，从鳥骨聲。」

(四) 鷯 鷯：說文四上鳥部：「刀鷯，剖葦，从鳥尞聲。」

(五) 鶴 鶴：說文四上鳥部：「鶴鳴九皋，聲聞于天，从鳥隺聲。」

(六) 鴇 鴇：說文四上鳥部：「鴇鳥也，肉出尺胾，从鳥𠤏聲。」

(七) 邦 邦：說文六下邑部：「國也，从邑丰聲。」

(八) 郡 郡：說文六下邑部：「周制天子地方千里，分為百縣，縣有四郡，从邑君聲。」

(九) 郊：說文六下邑部：「距國百里為郊，从邑交聲。」

(十) 鄰：說文六下邑部：「五家為鄰，从邑粦聲。」

(十一) 邸：說文六下邑部：「屬國舍也，从邑氐聲。」

(十二) 郁：說文六下邑部：「右扶風郁夷也，从邑有聲。」

(十三) 雞：說文四上隹部：「知時畜也，从隹奚聲。」

(十四) 雄：說文四上隹部：「鳥父也，从隹厷聲。」

(十五) 雡：說文四上隹部：「鳥大雛也，从隹翏聲。」

(十六) 雅：說文四上隹部：「楚烏也……秦謂之雅。从隹牙聲。」

(十七) 雒：說文四上隹部：「忌欺也，从隹各聲。」

(十八) 雊：說文四上隹部：「雄雌鳴也。从隹句，句亦聲。」

按：雊字為會兼形聲之字，亦可以為形聲。

(十九) ⿰革羽：說文四上羽部：「翄也，从羽革聲。」

(二十) 翮：說文四上羽部：「羽莖也，从羽鬲聲。」

(二十一) 翹：說文四上羽部：「尾長毛也，从羽堯聲。」

(廿二)翩翩：說文四上羽部：「疾飛也，从羽扁聲。」

(廿三)翱翱：說文四上羽部：「翱翔也，从羽皋聲。」

(廿四)翔翔：說文四上羽部：「回飛也，从羽羊聲。」

(廿五)削削：說文四下刀部：「鞞也，从刀肖聲。」

(廿六)刻刻：說文四下刀部：「鏤也，从刀亥聲。」

(廿七)剛剛：說文四下刀部：「彊斷也，从刀岡聲。」

(廿八)判判：說文四下刀部：「分也，从刀半聲。」

(廿九)刊刊：說文四下刀部：「剟也，从刀干聲。」

(卅)刷刷：說文四下刀部：「刮也，从刀㕞聲。」

丙、上形下聲類：

(一)莊莊：說文一下艸部：「上諱。」段注：「艸大也，从艸壯聲。」

(二)萉萉：說文一下艸部：「枲實也，从艸肥聲。」

(三)芝芝：說文一下艸部：「神芝也，从艸之聲。」

(四)葵葵：說文一下艸部：「菜也，从艸癸聲。」

(五)菁：說文一上艸部：「韭華也，从艸青聲。」

(六)蘇：說文一上艸部：「桂荏也，从艸穌聲。」

(七)岑：說文九下山部：「山小而高，从山今聲。」

(八)崟：說文九下山部：「山之岑崟也，从山金聲。」

(九)崒：說文九下山部：「危高也，从山卒聲。」

(十)崔：說文九下山部：「大高也，从山隹聲。」

(十一)⿱山戕：說文九下山部：「山⿱山陵也，从山戕聲。」

(十二)崇：說文九下山部：「山大而高也，从山宗聲。」

(十三)霆：說文十一下雨部：「靁餘聲鈴鈴，所以挺出萬物，从雨廷聲。」

(十四)霰：說文十一下雨部：「稷雪也，从雨散聲。」

(十五)霢：說文十一下雨部：「霢霂，小雨也，从雨脈聲。」

(十六)霂：說文十一下雨部：「霢霂也，从雨沐聲。」

(十七)霽：說文十一下雨部：「雨止也，从雨齊聲。」

(十八)霜：說文十一下雨部：「喪也，成物者，从雨相聲。」

(十九) 篁 篁：說文五上竹部：「竹田也，从竹皇聲。」

(二十) 篇 篇：說文五上竹部：「書也，从竹扁聲。」

(廿一) 箋 箋：說文五上竹部：「表識書也，从竹戔聲。」

(廿二) 笨 笨：說文五上竹部：「竹裏也，从竹本聲。」

(廿三) 笵 笵：說文五上竹部：「法也，从竹氾聲。」

(廿四) 籀 籀：說文五上竹部：「讀書也，从竹擂聲。」

(廿五) 宏 宏：說文七下宀部：「屋突也，从宀厷聲。」

(廿六) 定 定：說文七下宀部：「安也，从宀正聲。」

(廿七) 宖 宖：說文七下宀部：「屋響也，从宀弘聲。」

(廿八) 容 容：說文七下宀部：「盛也，从宀谷聲。」

(廿九) 宴 宴：說文七下宀部：「安也，从宀晏聲。」

(卅) 完 完：說文七下宀部：「全也，从宀元聲。」

丁、下形上聲類：

(一) 駕 駕：說文十上馬部：「馬在軛中也，从馬加聲。」

(二) 篤：說文十上馬部：「馬行頓遲也，从馬竹聲。」

(三) 騖：說文十上馬部：「亂馳也，从馬敄聲。」

(四) 驚：說文十上馬部：「馬駭也，从馬敬聲。」

(五) 騺：說文十上馬部：「馬重皃也，从馬埶聲。」

(六) 驀：說文十上馬部：「上馬也，从馬莫聲。」

(七) 然：說文十上火部：「燒也，从火肰聲。」

(八) 爇：說文十上火部：「燒也，从火蓺聲。」

(九) 烈：說文十上火部：「火猛也，从火列聲。」

(十) 炭：說文十上火部：「燒木未灰也，从火屵聲。」

(十一) 熹：說文十上火部：「炙也，从火喜聲。」

(十二) 煎：說文十上火部：「熬也，从火前聲。」

(十三) 掌：說文十二上手部：「手中也，从手尚聲。」

(十四) 拳：說文十二上手部：「手也，从手𢍏聲。」

(十五) 挈：說文十二上手部：「縣持也，从手㓞聲。」

(十六) 摯　摯：說文十二上手部：「握持也，从手執聲。」

(十七) 掔　掔：說文十二上手部：「固也，从手臤聲。」

(十八) 摩　摩：說文十二上手部：「研也，从手麻聲。」

(十九) 棠　棠：說文六上木部：「牡曰棠，牝曰杜，从木尚聲。」

(廿) 蘽　蘽：說文六上木部：「蘽木也，从木畾聲。」

(廿一) 柔　柔：說文六上木部：「栩也，从木予聲，讀若杼。」

(廿二) 檗　檗：說文六上木部：「黃木也，从木辟聲。」

(廿三) 槀　槀：說文六上木部：「木枯也，从木高聲。」

(廿四) 柔　柔：說文六上木部：「木曲直也，从木矛聲。」

(廿五) 吞　吞：說文二上口部：「咽也，从口天聲。」

(廿六) 含　含：說文二上口部：「嗛也，从口今聲。」

(廿七) 吾　吾：說文二上口部：「我自偁也，从口五聲。」

(廿八) 呰　呰：說文二上口部：「苛也，从口此聲。」

(廿九) 唐　唐：說文二上口部：「大言也，从口庚聲。」

（三十）唇：說文二上口部：「驚也，从口辰聲。」

戊、外形內聲類：

（一）閶：說文十二上門部：「閶闔，天門也，从門昌聲。」

（二）闈：說文十二上門部：「宮中之門也，从門韋聲。」

（三）閎：說文十二上門部：「巷門也，从門厷聲。」

（四）闒：說文十二上門部：「樓上戶也，从門𦐇聲。」

（五）閻：說文十二上門部：「里中門也，从門臽聲。」

（六）闕：說文十二上門部：「門觀也，从門欮聲。」

（七）袤：說文八上衣部：「衣帶以上，从衣矛聲。」

（八）褢：說文八上衣部：「褎也，一曰藏也，从衣鬼聲。」

（九）褱：說文八上衣部：「俠也，从衣眔聲。」

（十）裵：說文八上衣部：「長衣皃，从衣非聲。」

（十一）衾：說文八上衣部：「大被，从衣今聲。」

（十二）衺：說文八上衣部：「𧝓也，从衣牙聲。」

(十三)街：說文二下行部：「四通道也，从行圭聲。」

(十四)衢：說文二下行部：「四達謂之衢，从行瞿聲。」

(十五)衕：說文二下行部：「通街也，从行同聲。」

(十六)衙：說文二下行部：「衙衙，行皃，从行吾聲。」

(十七)術：說文二下行部：「邑中道也，从行朮聲。」

(十八)衎：說文二下行部：「行喜皃，从行干聲。」

(十九)匍：說文九上勹部：「手行也，从勹甫聲。」

(二十)匐：說文九上勹部：「伏地也，从勹畐聲。」

(廿一)勼：說文九上勹部：「聚也，从勹九聲。」

(廿二)匈：說文九上勹部：「膺也，从勹凶聲。」

(廿三)𠣛：說文九上勹部：「帀徧也，从勹舟聲。」

(廿四)冢：說文九上勹部：「高墳也，从勹豕聲。」

(廿五)團：說文六下囗部：「圜也，从囗專聲。」

(廿六)圓：說文六下囗部：「圜全也，从囗員聲。」

(廿七) 圃：說文六下囗部：「所以種菜曰圃，从囗甫聲。」

(廿八) 囹：說文六下囗部：「獄也，从囗令聲。」

(廿九) 圄：說文六下囗部：「守之也，从囗吾聲。」

(卅) 固：說文六下囗部：「四塞也，从囗古聲。」

己、內形外聲類：

(一) 聞：說文十二上耳部：「知聲也，从耳門聲。」

(二) 閩：說文十三下虫部：「東南越，它種，从虫門聲。」

(三) 問：說文二上口部：「訊也，从口門聲。」

(四) 悶：說文十下心部：「懣也，从心門聲。」

(五) 誾：說文三上言部：「和悅而諍也，从言門聲。」

(六) 輿：說文十四上車部：「車輿也，从車舁聲。」

(七) 吝：說文二上口部：「恨惜也，从口文聲。」

(八) 咼：說文二上口部：「口戾不正也，从口冎聲。」

(九) 衡：說文四下角部：「牛觸，橫大木，从角大行聲。」

本篇所舉之形聲字例：

甲、純形聲例：

壹、一形一聲例：

(一) 江

江：說文十一上水部：「江水出蜀湔氐徼外崏山入海，从水工聲。」段注：「古雙切，九部。」

(二) 河

河：說文十一上水部：「河水出敦煌塞外昆侖山，發原注海，从水可聲。」段注：「乎哥切，十七部。」

(三) 琰

琰：說文一上玉部：「璧上起美色也，从玉炎聲。」段注：「以冉切，八部。」

(四) 壯

壯：說文一上士部：「大也，从士爿聲。」段注：「側亮切，十部。」

(五) 蓷

蓷：說文一下艸部：「萑也，从艸隹聲。」段注：「以水切，十五部。」

(六) 尚

尚：說文二上八部：「曾也，庶幾也，从八向聲。」段注：「時亮切，十部。」

(七) 吸

吸：說文二上口部：「內息也，从口及聲。」段注：「許及切，七部。」

(八) 遝

遝：說文二下辵部：「迨也，从辵眔聲。」段注：「徒合切，八部。」

(九) 羑

羑：說文四上羊部：「進善也，从羊久聲。」段注：「與久切，三部。」

(十)室：說文七下宀部：「實也，从宀至聲。」段注：「式質切，十二部。」

貳、二形一聲例：

(一)詹：說文二上八部：「多言也，从言从八，厃聲。」段注：「職廉切，八部。」

(二)碧：說文一上玉部：「石之青美者，从玉石，白聲。」段注：「兵彳切，五部。」

(三)簠：說文五上竹部：「黍稷圜器也，从竹皿，甫聲。」段注：「方矩切，五部。」

(四)藻：說文一下艸部：「水艸也，从艸水，巢聲。」段注：「子晧切，二部。」

(五)梁：說文六上木部：「水橋也，从木水，刅聲。」段注：「呂張切，十部。」

(六)穅：說文七上禾部：「穀之皮也，从禾米，庚聲。」段注：「苦岡切，十部。」

(七)衡：說文四下角部：「牛觸橫大木，从角大，行聲。」段注：「戶庚切，十部。」

(八)曾：說文二上八部：「詞之舒也，从八从曰，四聲。」段注：「昨棱切，六部。」

(九)害：說文七下宀部：「傷也，从宀口，言从家起也。丯聲。」段注：「胡蓋切，十五部。」

(十)雁：說文四上隹部：「雁鳥也，从隹从人，厂聲。」段注：「五晏切，十四部。」

(十一)斆：說文三下教部：「覺悟也，从教冂，冂，尚矇也，臼聲。」段注：「胡覺切，三部。」

(十二)奉：說文三上廾部：「承也，从手廾，丰聲。」段注：「扶隴切，九部。」

(十二) 泰：說文十一上水部：「滑也，从廾水，大聲。」段注：「他蓋切，十五部。」

(十三) 疌：說文二上止部：「疾也，从又，又、手也，从止，屮聲。」段注：「疾葉切，八部。」

(十四) [入疌]：說文二上止部：「機下足所履者，从止从又，入聲。」段注：「尼輒切，八部。」

(十五) 嗣：說文二下冊部：「諸侯嗣國也，从冊口，司聲。」段注：「祥吏切，一部。」

(十六) 牖：說文七上片部：「穿壁以木為交窗也，从片戶，甫聲。」段注：「與久切，三部。」

叁、三形一聲例：

(一) [竹㚔人言]：說文十下㚔部：「窮治辠人也，从㚔、人、言，竹聲。」段注：「居六切，三部。」

(二) 寶：說文七下宀部：「珍也，从宀、玉、貝，缶聲。」段注：「博皓切，三部。」

(三) 彘：說文九下彑部：「豕也，後蹏廢謂之彘，从彑从二匕，矢聲。」段注：「直例切，十五部。」

肆、四形一聲例：

(一) 㝷：說文三下寸部：「繹理也，从工口，从又寸，工口、亂也，又寸、分理之也，彡聲。」段注：「徐林切，七部。」

按：字今已省作「尋」矣。

乙、省聲例：

段氏曰：「省聲者，既非會意，又不得其聲，則知其省某字為之聲也。」

又云：「凡字有不知省聲，則昧其形聲者，如融、蠅之類是。」

按：省聲者，其用為音之字雖不全，而其字音之為用，則與前列「純形聲」之理並無二致，唯此省其形，前者不省形耳。王筠分省聲之字為四類，一曰省聲兼意，二曰所省之字與本篆通借，三曰有古籀文不省可證者，四曰所省之所，即以所从之字貿處其所者。此外又有古義失傳者，益未必為省聲之字也。要之，所省之字皆與本篆為雙聲疊韵者，有意而後有聲，有聲而後有字，故凡形聲之聲，必為兼意者，唯其兼意有顯不顯之異耳。茲依王氏之例，分類列於后：

壹、省聲兼意者：

兼意之明可知者：

(一)瑩：說文一上玉部：「玉色也，从玉熒省聲。一曰石之次玉者。逸論語曰：如玉之瑩。」段注：「烏定切，十一部。」

按：熒下云：「屋下燈燭之光也。」瑩為玉之光，故知从熒省者，亦兼取「光」意。

(二)甯：說文三下用部：「所願也，从用寧省聲。」段注：「此與丂部寧音義皆同

。乃定切，十一部。」

按：甯與寧音義同，故知甯从寧省是兼意也。

(三)禜　禜：說文一上示部：「設緜蕝為營，以禳風雨雪霜水旱癘疫于日月星辰山川也。从示从營省聲。」段注：「凡環帀為營，禜營疊韵。為命切，十一部。」鄭樵曰：「禜从營省，為營以祀日月星辰山川也。」

按：說文：「一曰禜衛使災不生。」蒼頡篇：「營，衛也。」史記五帝本紀：「黃帝始制營衛。」是禜、營通也，故曰省聲兼意。

(四)覃　覃：說文五下𣆪部：「長味也，从𣆪鹹省聲。」段注：「當作鹹省，鹹亦聲。以从鹹，故知字本義為味長也。徒含切，七部。」王筠曰：「明是鹵字，而云然者，聲兼意也，鹹味長與覃訓長味合。」

僅知聲同，而意同待推者：

(一)薅　薅：說文一下蓐部：「拔田艸也，从蓐好省聲。」段注：「拔者，迫地削去之也。呼毛切，三部。」

按：好音「呼皓切」，與嫭同屬「曉」紐，古韻同部，是好、嫭同音也，同音必同意，蓋聲必兼意故也，唯二字同意之由尚待求證耳。

(二) 進

進：說文二下辵部：「登也，从辵，閵省聲。」段注：「即刃切，十三部。」

按：閵音「良刃切」，與進音「即刃切」韻同，其同音必同義之理與嫭同。

(三) 皮

皮：說文三下皮部：「剝取獸革者謂之皮，从又，爲省聲。」段注：「符羈切，十七部。」

按：爲音「遠支切」，與皮音「符羈切」古韻同部，其同音必同義之理亦與嫭同。

(四) 犖

犖：說文二上牛部：「駁牛也，从牛，勞省聲。」段注：「呂角切，二部。」

按：勞切「魯刀」，與「呂角」同屬「來」紐，其同音必同義之理亦與嫭同。

貳、所省之字與本篆通借者：

(一) 齋

齋：說文一上示部：「戒潔也，从示，齊省聲。」段注：「側皆切，十五部。」

按：故書「齊」與「齋」通用，中庸云：「齊明盛服」，注：「齊讀曰齋」。禮器七曰戒，鄭注云：「戒，散齊也。」散齊之齊音義同齋，是通借也。

(二) 嘆

嘆：說文二上口部：「吞歎也，从口歎省聲。」段注：「他案切，十四部。」

按：歎、嘆今人通用，毛詩亦二體錯出，唯說文取義特嚴而有別耳。

叁、有古籀文不省可證者：

（一）事：說文三上史部：「職也，从史㞢省聲。，古文事。」段注：「鉏史切，一部。」

按：古文事作叓，則古文不省㞢。

（二）融：說文三下鬲部：「炊气上出也，从鬲蟲省聲。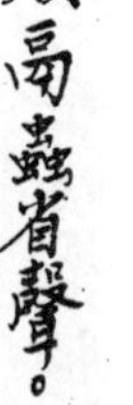，籀文融不省。」段注：「以戎切，九部。」

（三）讋：說文三上言部：「失气言，一曰言不止也，从言龖省聲。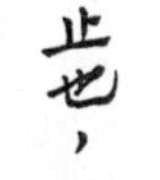，籀文讋不省。」段注：「之涉切，七部。」

（四）訇：說文三上言部：「駭言聲，从言勻省聲。漢中西門有訇鄉，又讀若玄。，籀文不省。」段注：「虎橫切，十二部。」

肆、所從之字留處所省之所者：

（一）蹇：說文二下足部：「㞗也，从足寒省聲。」段注：「九輦切，十四部。」

按：蹇字省寒之仌，而以足處仌之所也。

（二）棨：說文六上木部：「傳信也，从木啟省聲。」段注：「康禮切，十五部。」

按：此以棨之木留處啟之口所。

(三)䜑 䜑：說文三上言部：「大嘑自冤也，从言㬥省聲。」段注：「蒲角切，二部。」

按：此以䜑之言質處㬥之来所。

(四)蘜 蘜：說文一下艸部：「日精也，以秋華，从艸，𥷚省聲。」段注：「居六切，三部。」

按、此以蘜之艸質處𥷚之竹所。

伍、古義失傳者：

(一)哭 哭：說文二上哭部：「哀聲也，从吅从獄省聲。」段注：「苦屋切，三部。」按許書言省聲多有可疑者，取一偏旁，不載全字，指為某字之省，若家之為豭省，哭之从獄省，皆不可信。獄固从㹜，非从犬而取㹜之半，然則何不取[illegible]、獨、倏、狢之省乎？竊謂从犬之字，如狡、獪、狂、默、猝、猥、狦、狠、獷、狀、獳、狎、狃、犯、猜、猛、犺、狜、狟、戾、獨、狩、臭、獘、獻、類、猶卅字皆从犬，而移以言人，安見非哭本謂犬嗥，而移以言人也？凡造字之本意有不可得者，如禿之从禾。用字之本義，亦有不可知者，如家之从豕，哭之从犬。愚以為家入豕部，从豕宀。哭入犬部，从犬吅。皆會意，而移以言人，庶可正省聲之勉強皮傅乎？哭當廁犬部之後。」

按：此古義失傳之字也，段說甚是。

（二）家

家：說文七下宀部：「凥也，从宀豭省聲。」段注：「古牙切，古音在五部。按此字為一大疑案，豭省聲讀家，學者但見从豕而已。从豕之字多矣，安見其為豭省耶？何以不云叚聲，而紆回至此耶？竊謂此篆本義乃豕之凥也，引申假借以為人之居，字義之轉變多如此。牢，牛之凥也。引申為所以拘罪之陛牢，庸有異乎？豢豕之生子最多，故人凥聚處借用其字，久而忘其字之本義，使引申之義得冒據之，蓋自古而然，許書之作也，盡正其失，而猶未免此，且曲為之說，是千慮之一失也，家篆當入豕部。」朱駿聲曰：「許書之失，其必不可從者，以十幹十二枝為本字本義，此泥于師承，未經釐正耳，餘皆未可輕議也。宀豕之義甚顯，許不謂會意者，必有所受，斷非肊說。」

按：段說甚是，朱說亦言之成理，唯所謂「必有所受」，固勢之當然，然授之之人亦未必無誤，要之，此亦古義失傳之字也。

丙、亦聲例：段氏曰：「亦聲者，會意而兼形聲也。」

按：桂馥分亦聲之字為二類，其一曰從部首得聲曰亦聲者，其二曰解說所從偏旁之義而曰亦聲者，非此二例而曰亦聲，或後人加之。茲依桂氏之分類，並益以不言亦聲而實亦聲者一類，分別舉例如后：

壹、從部首得聲曰亦聲者：

(一)胖 胖：說文二上半部：「半體也，一曰廣肉，从肉半，半亦聲。」段注：「普半切，十四部。」

(二)拘 拘：說文三上句部：「止也，从手句，句亦聲。」段注：「舉朱切，四部。」

(三)笱 笱：說文三上句部：「曲竹捕魚笱也，从竹句，句亦聲。」段注：「古厚切，四部。」

(四)鉤 鉤：說文三上句部：「曲鉤也，从金句，句亦聲。」段注：「古侯切，四部。」

(五)單 單：說文二上吅部：「大也，从吅甲，吅亦聲。闕。」段注：「都寒切，十四部。」

(六)𤴔 𤴔：說文二下疋部：「通也，从爻疋，疋亦聲。」段注：「所菹切，五部。」

(七)𦬆 𦬆：說文三上丩部：「艸之相丩者，从茻丩，丩亦聲。」段注：「居虯切，三部。」

(八)糾 糾：說文三上丩部：「繩三合也，从糸丩，丩亦聲。」段注：「居黝切，三部。」

(九)奭

奭：說文四上皕部：「盛也，从大从皕，皕亦聲。」段注：「詩亦切，五部。」古讀若郝。

(十)迈

迈：說文五上丌部：「古之遒人，以木鐸記詩言，从辵丌，丌亦聲。讀與記同。」段注：「居吏切，一部。」

(十一)刑

刑：說文五下井部：「罰辠也，从刀井。易曰：井者法也。井亦聲。」段注：「戶經切，十一部。」

(十二)㖃

㖃：說文九上后部：「厚怒聲，从后口，后亦聲。」段注：「呼后切，四部。」

貳、解說所從偏旁之義而曰亦聲者：

(一)禮

禮：說文一上示部：「所以示神致福也，从示从豊，豊亦聲。」段注：「盧啟切，十五部。」

(二)瑁

瑁：說文一上玉部：「諸侯執圭朝天子，天子執玉以冒之，似犁冠。周禮曰：天子執冒四寸。从玉冒，冒亦聲。」段注：「莫報切，三部。」

(三)𢍏

𢍏：說文三上菐部：「賦事也，从菐八，八，分之也。八亦聲，讀若頒。」段注：「布還切，十四部。」

(四)晨

晨：說文三上晨部：「早昧爽也，从臼辰，辰，時也，辰亦聲。」段注：「食鄰切，十二部。」

(五)蟘

蟘：說文十三上虫部：「蟲食苗葉者，吏乞貣，則生蟘，从虫貣，貣亦聲。」

段注：「徒得切，一部。」

叁、不言亦聲而實亦聲者：

(一)此

此：說文二上此部：「止也，从止匕，匕，相比次也。」段注：「雌氏切，十五部。」

按：桂馥曰：「此，止聲相近。」王筠曰：「此字之止匕皆義皆聲，而云从止从匕，但以為會意字也。」依王說則止、匕皆亦聲也，唯不明言之耳。

(二)禷

禷：說文一上示部：「以事類祭天神，从示類聲。」段注：「此當曰从示類，類亦聲。省文也。力遂切十五部。」

按：許云「以事類祭天神」，是類已見意，明是亦聲而不言亦聲者，省文而不明言之也，段說是。是亦「不言亦聲而實亦聲」之字也。

(三)祫

祫：說文一上示部：「大合祭先祖親疏遠近也，从示合。」段注：「不云合亦聲者，省文重會意也。侯夾切，七部。」

(四)嚳

嚳：說文二上告部：「急告之甚也，从告學省聲。」段注：「釋玄應說嚳與酷音義皆同。苦沃切，三部。」王筠曰：「嚳為酷急之正字，今借用酷者，以其同从告聲也。詩有覺德行，禮記緇衣引覺作梏，則學告同聲，而許君說嚳云學省聲，不云告亦聲也。」

按：此為實亦聲而未明言之者。

丁、二聲例：

壹、一形二聲例：

(一)盧　盧：說文五上皿部：「盧，盧飯器也，从皿𠪚聲。「盧」，籀文盧。」段注：「洛乎切，五部。」顧實云：「籀文盧从皿，虍、囟省皆聲。」

按：顧說是也，許云「𠪚聲」，籀文則作「虍」及「囟省」，二者宜皆聲也。

(二)韲　韲：說文七下韭部：「隊韲也，从韭，次、朿皆聲。」段注：「二字皆聲，米部[illegible]字同也。祖雞切，十五部。」

貳、二形二聲例：

(一)竊　竊：說文七上米部：「盜自中出曰竊，从穴米，禼、廿皆聲也。廿，古文疾，禼，偰字也。」段注：「一字有以二字形聲者。千結切，十五部。」

戊、省形不省聲例：

(一) 耋：說文八上老部：「年八十曰耋，从老省，至聲。」段注：「徒結切，十二部。」

按：老部除耋字外，尚有耆，从老省，旨聲。耇，从老省，句聲。⿱耂占，从老省，占聲。⿱耂蒿，从老省，蒿聲。考，从老省，丂聲。

(二) 橐：說文六下㯻部：「囊也，从㯻省，石聲。」段注：「他各切，五部。」

按：㯻部除橐字外，尚有⿴㯻毀（今作囊），从㯻省，毀聲。櫜，从㯻省，咎聲。

(三) 寐：說文七下㝱部：「臥也，从㝱省，未聲。」段注：「蜜二切，十五部。」

按：㝱部除寐字外，尚有寤、寢、寱、寎、𥨩諸字。

(四) 迺：說文五上乃部：「驚聲也，从乃省，卤聲。」段注：「如乘切，今人迺讀乃。」

按：乃部之𠧟，亦从乃省之字，觀段注可知也。

(五) 屨：說文八下履部：「履也，从履省，婁聲。」段注：「九遇切，四部。」

按：履部尚有𡳐、𡲵、屩、屐諸字為省形不省聲者。

(六) 歸：說文二上止部：「女嫁也，从止婦省，𠂤聲。」段注：「舉韋切，十五部。」

（七）弒：說文三下殺部：「臣殺君也，易曰：臣弒其君。从殺省，式聲。」段注：「式吏切，一部。」

（八）斄：說文二上犛部：「彊曲毛也，可以箸起衣，从犛省，來聲。」段注：「洛哀切，舊音力之切，一部。」

（九）釁：說文三上爨部：「血祭也，象祭竈也，从爨省，从酉，酉所以祭也，从分，分亦聲。」段注：「古音十三部，今韻虛振切。」

按：此為省形亦聲之例。

己、形聲俱省例：

（一）𤿷：說文三下𤿷部：「柔韋也，从北从皮省，夐省聲。」段注：「而兗切，十四部。」

（二）薅：說文一下蓐部：「拔田艸也，从蓐，好省聲。䒠，籀文薅省。」

按：籀文薅从蓐省，好省聲，是形聲俱省也。

庚、釋有關形聲者之名偁：

（一）右文說：所謂右文者，蓋指諧聲之偏旁也，以許氏所舉形聲字例為「江河」二字，二字俱為「左形右聲」者，因以「右文」二字代形聲之「聲」，所謂「右文說」

者，即言「聲必兼意」也，夢溪筆談云：「王聖美治字學，演其義，以為右文，凡字其類在左，其義在右，如木類其左皆从木，所謂右文者，如戔，少也，水之少者曰淺，金之小者曰錢，歹而小者曰殘，貝之小者曰賤，如此之類皆以戔為義也。」按：此即謂形聲字「聲必兼意」也。

(二)諧聲偏旁：形聲字之偏旁，有表意者，有表聲者，其表聲之偏旁，謂之為「諧聲偏旁」，其理約當於今之注音符號，如江河二字从水，工可即謂之「諧聲偏旁」，其異於注音符號者，為表聲而外尚兼字義耳。

(三)無聲字：凡六書之構造不包括聲音成分者，如指事、象形、會意所屬之文字，謂之為「無聲字」，如山水上下武信之類是，至兼聲者則非是。

(四)有聲字：凡六書之構造有諧聲偏旁者，以及指事、象形、會意之兼聲者，皆謂之為「有聲字」，如江河拘詹旁金能龍之類是。

(五)聲母：因無聲字以為聲，而孳乳若干形聲字者，此一為「聲」之無聲字即謂之「聲母」，如召昭照皆因「刀」而得聲，故「刀」為「聲母」。此聲母與「見溪群疑端透定泥」等三十六字母之界說迥異，讀者須明辨之。

（六）聲子：因聲母而孳乳之有聲字俱謂之聲子，如「刀」為「聲母」，則从刀得聲之「召」為「聲子」，聲子之直接從聲母得聲者，謂之「直接聲子」，亦可謂為「一級聲子」；推之從「直接聲子」得聲者，謂之「二級聲子」；從「二級聲子」得聲者，謂之「三級聲子」，餘類推。如：

聲母：刀。

直接聲子：召（从口刀聲）。

二級聲子：昭（从日召聲）。

三級聲子：照（从火昭聲）。

四級聲子：羔（从羊照省聲）。

五級聲子：䅦（从禾羔聲）。

第五節 轉注

一、轉注總論

說文解字敘曰：「轉注者，建類一首，同意相受，考老是也。」後之釋此語者，言人人殊，茲特誌各家之說如后：

唐賈公彥周禮保氏疏云：「建類一首，文意相受，左右相注，故名轉注。」

唐裴務齊切韻序云：「考字左回，老字右轉。」

元周伯琦說文字原序云：「轉注者，反側取義，變形成類，側山為𠂤，到㞢為帀是也。」

元舒恭六藝綱目注云：「乃轉形互用，有倒、有反、有背，如倒首為県，反正為乏，尸為側人，匚為側凵之類是也。」

元楊桓六書統云：「三體以上，展轉附注，是曰轉注。」劉泰為之序曰：「轉注者，取文轉相附注以足其意，如聖、賢之類，从耳从口从壬，以其問無不通，言無不中，壬則人在士上，聖又士之大者。賢从臣从貝省，以其臣有守，則國之大寶也。」

萬光泰轉注辨曰：「轉注之說，許氏無明文，其言曰：建類一首，同意相受，考老是也。夫概曰類，則事、形、聲、意類各不同，類不同則所謂同意者，亦隨類而異，于是為形轉之說者，為聲轉之說者，為意轉之說者，蓋莫沸蜩鳴，迄無定論，余謂惟戴(侗)周(伯琦)之說稍近，然亦未見其真也。六書故所稱，指反欠為旡，反子為𠫓之類，今觀考老二字，老之上从毛，反毛為尾之半，其下从匕，反匕為人，與考無涉。考之上从老，老無反形，其下从丂，反丂為𠀀，與老亦無涉。而戴侗僅以此說當轉注之全，無怪乎其見譏後世也。或曰：子以戴周為未當，又何以戴周為近也？曰：天下之理，縱橫盡之矣，一轉為萬，萬轉為一，縱轉也。一止於一，而一之變化，前後左右，復不止於一，橫轉也。人之為字，增而為从，為㐺，減而為丿，為乀，其轉盡矣。而人之類不盡，于是反而為匕，到而為𠤎，臥而為尸，屈而為儿，拳而為勹，匕相竝而為比，匕相背而為北，人匕相反而為化，尸匕相止而為尼。或離或合，各有原委，則戴周之說，固轉注之一，而不可盡廢也。曰：然則考老二字果何取也？曰：考老皆从毛，是建類一首，皆以老為義，是同意相受也。由丿成彡，由彡成毛，由毛成考老，是固余一轉為萬之說也。曰：然則考何以別于諧聲，老何以別于會意也？曰：六書四為體，二為用，體不可離乎用，用不可離乎體，昔之論轉注者，俱欲于事、形、聲、意外別立一體，故其說多謬，不知轉注之意，即隨事、形、聲、意而具，說文恐人誤以考專屬諧聲，故錯舉老以足考之下；恐人誤以老專屬會意，故錯舉考以加老之上。苟以余言為不信，則假借諸字，亦將求諸事、形、聲、意外乎？吾知其必不能矣。曰：子之論轉也，明矣；備矣；注之義可得聞歟？曰：是亦轉也，詩曰：挹彼注茲，是其義也。指事、象形、形聲、會意每二字一體一用，轉注、假借，二字皆用，彼以轉注為轉者亦鑿也，此又承形之緒，而兼取鄭夾漈起一成文、因文成象之說以自異也。」

曾國藩氏云：「老者會意之字也，考者轉注之字也……凡轉注之字，母字無不省畫者，省畫則母字之形不全，形雖不全，而意可以相受……其曰建類一首者，母字之形模尚具也，其曰同意相受者，母字之畫省而意存也。」俞曲園、汪榮寶皆从曾氏之說者。

宋張有復古編云：「轉注者，展轉其聲注釋他字之用也。」

明趙撝謙六書本義曰：「自許叔重以來，以同意相受考老字為轉注，依聲託事令長字為假借之說既興，康成以之而解經，漁仲以之而成略，遂失假借、轉注之本恉，蕭楚謂一字轉其聲而讀之，是為轉注，近世程端禮謂轉注為轉聲，假借為借聲，足證考老之謬。」

明楊慎曰：「周官保氏六書終于轉注，其訓曰一字數音，必展轉注釋而後可知，虞典謂之和聲，樂書謂之比音，小學家曰動靜字音，訓詁以定之曰讀作某，引證以據之曰某讀若，毛詩楚辭悉謂之叶韵，其實不越保氏轉注之義耳。學者知叶韵自叶韵，轉注自轉注，是猶知二五而不知十也。」

顧炎武音論云：「凡上去入之字，各有二聲，或三聲、四聲，可遞轉而上同以至於平，古人謂之轉注。其臨文之用，或浮或切，在所不拘，先儒兩聲各義之說不盡然，去入之別，不過發言輕重之間，而非有此疆爾界之分也。宋魏了翁論觀卦曰：今轉注之說，則彖象為觀示之觀，六爻為觀瞻之觀。竊意未有四聲反切以前，安知不為一音乎。且如唐人律詩至嚴，其中略舉一二，如翰字或平或去，看字或平或去，望字忘字或平或去，醒字或平或上，且得謂之有兩義乎。此正六書所謂轉注之字，而韵中之兩收、三收，以示天下作詩之人，隨其遲、疾、輕、重而用之也。」

徐鍇說文繫傳云：「祖考之考，古銘識通丂，于丂之本訓轉其義而加老注明之，犬走為猋，爾雅扶搖謂之猋，于猋之本訓轉其義，飆則加風注明之。」

鄭樵通志六書略以形聲中聲義兼近之字為轉注。明趙宧光說文長箋以形聲中之同義者為轉注。清曹仁虎以說文每部中與其部首同義之形聲字聲復兼義者為轉注。此三人係依徐氏之義稍變之而已。此徐說之一支派也。

徐氏又曰：「轉注者，屬類成字，而復存加旁訓，博喻近譬，故為轉注。人毛匕為老，耇耆耋亦老，故以老字注之，受意于老，轉相傳注，故謂之轉注。轉注之言，若水之出源，分歧別派，為江為漢，各受其名，而本同主於一水也。」

清江聲六書說以說文五百四十部為「建類」，以五百四十部之部首為「一首」，以「凡某之屬皆从某」為「同意相受」。清許宗彥轉注說、夏炘六書轉注說、姚文田說文聲系、孫詒讓名原等，義皆與江說大同，此則徐說之又一支派也。

徐氏又曰：「江河可以同謂之水，水不可同謂之江河；松柏可以同謂之木，木不可同謂之松柏。故散言之曰形聲，耆耋耄耇老五字，試依爾雅之類言之，耆耋耄者，老也。耆耋耄耇可同謂之老，老亦可同謂之耆，往來皆通，故總言之曰轉注。」

戴震六書論、段氏說文注均以「互訓」為轉注，以爾雅釋詁皆六書轉注之法。許瀚則稍加限制，以同部互訓為轉注。王筠說文釋例則稍加擴張，以凡字兩義相成者為轉注，則又無論為同部互訓與否矣。此則徐說之第三支派也。

上舉諸家之說，約而言之，可歸納而為三派：其一曰主形轉派，則賈公彥、裴務齊、戴侗、周伯琦、舒恭是也。其二曰主聲轉派，則張有、趙撝謙、楊慎是也。其三曰主義轉派，則徐楚金繫傳之說是也，此又衍而為三支派，則前述已明之矣。三派之中，主形轉者，左右之說，與今隸相涉；反側之說，則與象形、指事無別；三體以上，則又混於會意，一轉為萬，則濫於鑿空，是形轉不足取也。主聲轉者，拘於四聲，則有時轉聲已不易定；牽入叶韻，則叶韻原與古音不合，是聲轉不足信也。主義轉者，似較善矣，然鄭、趙、曹皆以諧聲中聲義兩近者為轉注，不特一類分為二類甚難，且較義之遠近，必多穿鑿，其弊所極，將有如王荊公之字說，且鄭氏妄分四門，多雜俗字，尤為無紀。江、許、夏、姚、孫皆以偏旁為轉注，其混於諧聲，與漁仲諸人同，且同部之中，如鳥部有鳥名有鳥事，木部有木名有器名，首雖一而意實異，況古字多假借，後人始增偏旁，其得盡合於造字之本乎？惟戴、段以互訓為轉注，於六事剖判分明，在諸說最為近理，因據以為廣義之轉注，至其所論，則見段氏說文注已足，此處不並錄矣。

又餘杭章太炎先生取戴、段之說而折衷之云：「轉注、假借，悉為造字之則，汎稱同訓者，後人亦得名轉注，非六書之轉注也。同聲通用者，後人雖通號假借，非六書之假借也。

益字者孳乳而寖多，字之未造，語言先之矣。以文字代語言，各循其聲，方語有殊，名義一也。其音或雙聲相轉，疊韻相迆，則為更制一字，此所謂轉注也。孳乳日繁，即又為之節制，故有意相引申，音相切合者，義雖稍變，則不為更制一字此所謂假借也。何謂建類一首？類謂聲類。鄭君周禮序曰：就其原文字之聲類。夏官序官注曰：薙讀如鬄小兒頭之鬄，書或為夷，字從類耳。古者類、律同聲，以聲韻為類，猶言律矣。首者，今所謂語基，管子曰：凡將起五音凡首。莊子曰：乃中經首之會。此聲音之基也。春秋傳曰季孫召外史掌惡臣而問盟首焉。杜解曰：盟首，載書之章首。史記田儋列傳曰：蒯通論戰國之權變為八十一首。此篇章之基也。方言曰：人之初生謂之首，初生者對孳乳寖多，此形體之基也。考老同在「幽」類，其義相互容受，其音小變，按形體成枝別，審語言同本株，雖制殊文，其實公族也。非直考老，言壽者亦同，循是以推，有雙聲者，有同音者，其條例不異，適舉考老疊韻之字，以示一端，得包彼二端矣。夫形者七十二家改易殊體，音者自上古以逮李斯無變，後代雖有遷譌，其大閾固不移，是故明轉注者，經以同訓，緯以聲音，而不緯以部居形體，是故類謂聲類，不謂五百四十部也。首謂聲首，不謂凡某之屬皆從某也。」章先生之論轉注，尤能張弛得中，雖謂造字之始，未必預知古韻分部，然雙聲疊韻，理出自然，聲音先文字而有，文字憑聲音而造，借古韻分部，以推轉注之原，理自不爽，本篇因據章先生之說為狹義之轉注。

二、轉注字舉例

本師瑞安林景伊先生曰：「六書之說，總以戴氏四體二用之說為是，轉注乃貫通、統一異時異地，形異、音異而義同之字以作者，故轉注、假借同為字之用也。戴、段為廣義之轉注，餘杭章先生為狹義之轉注，二者俱不可非之，唯餘杭取例尤嚴耳。」論文字學，本不可拘限於字書之一隅，訓詁亦文字之學也，故本篇首列爾雅及說文之廣義轉注，次列說文之狹義轉注以見其例。

甲、廣義轉注：取義同之字之轉相注釋者：

壹、轉相訓例：

(一)爾雅釋詁：「舒、業、順，敘也。」

又：「舒、業、順、敘，緒也。」

按：舒、業、順既為敘，而舒、業、順、敘又為緒，是轉相訓釋也。

(二)爾雅釋詁：「刑、範、律、矩、則，法也。」

又：「法、則、刑、範、律、矩，常也。」

按：前條訓「法」，後條又並「法」而訓「常」，是轉相訓也。

(三)爾雅釋詁：「展、諶、允、亶，誠也。」

又：「允、亶、展、諶、誠，信也。」

(四)爾雅釋詁：「仇，匹也。」

又：「仇、匹，合也。」

(五)爾雅釋詁：「爰、粵，于也。」

又：「粵、于、爰，曰也。」

又：「粵、爰、于，於也。」

(六)爾雅釋詁：「妃、匹、會，合也。」

又：「妃、合、會，對也。」

(七)爾雅釋詁：「永、悠、迥，遠也。」

又：「永、悠、迥、遠，遐也。」

(八)爾雅釋詁：「肩、勝也。」

又：「劉、殺也。」

又：「肩、勝、劉、殺、克也。」

(九)爾雅釋詁：「余、我也。」

又：「余、身也。」

又：「身、我也。」

(十)爾雅釋詁：「鮮、寡也。」

又：「寡、鮮、罕也。」

貳、互訓例：

(一)爾雅釋宮：「宮謂之室、室謂之宮。」

(二)爾雅釋詁：「右、亮也。」

又：「亮、右也。」

(三)爾雅釋詁：「衆、多也。」

又：「多、衆也。」

按：「詁」「訓」二詞，「詁詞」可以「訓詞」為釋，「訓詞」復可以「詁詞」為訓者，如前列三例，均謂之為「互訓」。

(四)爾雅釋言：「幼，稚也。」

(五)爾雅釋言：「復，返也。」

(六)爾雅釋言：「敉，撫也。」

按：前列(四)、(五)、(六)三例，雖倒而訓之曰：「稚，幼也。」「返，復也。」「撫，敉也。」亦可者，是亦「互訓」之例也。

(七)爾雅釋訓：「幬謂之帳。」

(八)爾雅釋訓：「美女為媛，美士為彥。」

(九)爾雅釋木：「槄，山榎。」

(十)爾雅釋鳥：「鴗，天狗。」

按：以上四例雖倒而訓之曰「帳謂之幬」「媛為美女，彥為美士」「山榎，槄也」「天狗，鴗也」亦可者，是亦「互訓」之例也。

(十一)手：說文十二上手部：「拳也，象形。」段注：「書九切，三部。」

拳：說文十二上手部：「手也，从手𢍏聲。」段注：「巨員切，十四部。」

按：說文手、拳二字互訓。

(十二)及：說文三下又部：「逮也，从又人。」段注：「巨立切，七部。」

逮：說文二下辵部：「唐逮，及也。从辵隶聲。」段注：「徒耐切，十五部。」

按：說文及、逮二字互訓。

(十三)翥：說文四上羽部：「飛舉也，从羽者聲。」段注：「章庶切，五部。」

飛：說文十一下飛部：「鳥翥也，象形。」段注：「甫微切，十五部。」

按：翥、飛二字互訓。

(十四)虫：說文十三上虫部：「一名蝮。」段注：「許偉切，十五部。」

蝮：說文十三上虫部：「虫也，从虫复聲。」段注：「芳目切，三部。」

按：虫、蝮互訓，同物二名也。

(十五)枲：說文七下朩部：「麻也，从朩台聲。」段注：「胥里切，一部。」

麻：說文七下麻部：「枲也，从林从广。」段注：「莫遐切，十七部。」

按：枲、麻二名互訓。

(十六)

舟

舟：說文八下舟部：「舩也……象形。」段注：「職流切，三部。」

船

舩：說文八下舟部：「舟也，从舟㕣聲。」段注：「食川切，十四部。」

按：同物二名也，故互訓。

(十七)

札

札：說文六上木部：「牒也，从木乙聲。」段注：「側八切，十二部。」

牒

牒：說文七上片部：「札也，从片枼聲。」段注：「徒叶切，八部。」

按：亦同物二名也，故互訓。

(十八)

犂

犂：說文二上牛部：「耕也，从牛黎聲。」段注：「郎奚切，十五部。」

耕

耕：說文四下耒部：「犂也，从耒井。」段注：「古莖切，十一部。」

按：犂、耕義同，故互訓。

(十九)

躳

躳：說文七下呂部：「身也，从呂从身。」段注：「居戎切，九部。」

身

身：說文八上身部：「躳也，从人申省聲。」段注：「失人切，十二部。」

按：身、躳義同，故互訓。

(二十)

下

下：說文一上丄部：「底也。」段注：「胡雅、胡駕二切，五部。」

底

底：說文九下广部：「山尻也。一曰下也。从广氐聲。」段注：「都禮切，十五部。」

按：下與底之又一義為互訓。

（廿一）侸 侸：說文八上人部：「立也，从人豆聲。讀若樹。」段注：「常句切，四部。」

立 立：說文十下立部：「侸也，从大在一之上。」段注：「力入切，七部。」

按：侸、立義同，故互訓。

（廿二）筋 筋：說文四下筋部：「肉之力也，从肉力从竹；竹，物之多筋者。」段注：「居銀切，十三部。」

力 力：說文十三下力部：「筋也，象人筋之形。」段注：「林直切，一部。」

按：筋、力同義，故互訓。

（廿三）索 索：說文六下𣎵部：「艸有莖葉，可作繩索，从𣎵糸。」段注：「蘇各切，五部。」

繩 繩：說文十三上糸部：「索也，从糸蠅省聲。」段注：「食陵切，六部。」

按：二字義近，故互訓。

（廿四）嗁 嗁：說文二上口部：「号也，从口虒聲。」段注：「杜兮切，十六部。」

号 号：說文五上号部：「痛聲也，从口在丂上。」段注：「号，嗁也。胡到切，二部。」

按：号、嗁義同，互訓。

(廿五)𧦝

𧦝：說文三上言部：「快也，从言中。」段注：「於力切，一部。」

快

快：說文十下心部：「喜也，从心夬聲。」段注：「苦夬切，十五部。」

按：二字義同，故互訓。

(廿六)祭

祭：說文一上示部：「祭祀也，从示，以手持肉。」統言之，則祭祀無別，段氏云。又注曰：「子例切，十五部。」

祀

祀：說文一上示部：「祭無已也，从示巳聲。」段注：「詳里切，一部。」

按：祭祀二字今亦連文成詞，蓋義同故也。

(廿七)畫

畫：說文三下畫部：「介也，从聿，象田四介，聿所以畫之。」段注：「胡麥切，十六部。」

介

介：說文二上八部：「畫也，从人从八。」段注：「古拜切，十五部。」

按：二字同義，故互訓。

(廿八)安

安：說文七下宀部：「竫也，从女在宀中。」段注：「烏寒切，十四部。」

竫

竫：說文十下立部：「亭安也，从立爭聲。」段注：「亭者，民所安定也，故安定曰亭安，其字俗作停。疾郢切，十一部。」

按：安、寒義近互訓。

(廿九)

寒：說文七下宀部：「凍也，从人在宀下，以茻上下為覆，有仌也。」段注：「胡安切，十四部。」

冷：說文十一下仌部：「寒也，从仌令聲。」段注：「魯打切，十一部。」

按：寒、凍、冷義同，故互訓。

(三十)

刊：說文四下刀部：「剟也，从刀干聲。」段注：「苦寒切，十四部。」

剟：說文四下刀部：「刊也，从刀叕聲。」段注：「陟劣切，十五部。」

按：二字義同，故互訓。

(卅一)

㕞：說文三下又部：「飾也，从又持巾在尸下。」段注：「屋字下云：尸象屋形。所劣切，十五部。」

飾：說文七下巾部：「㕞也，从巾从人，从食聲，讀若式。」段注：「賞隻切，一部。」

按：飾之義同乎今之拭字，與㕞為同義互訓。

(卅二)

翱：說文四上羽部：「翔也，从羽皋聲。」段注：「五牢切，二部。」

翔：說文四上羽部：「回飛也，从羽羊聲。」段注：「似羊切，十部。」

按：今二字連用成詞，並義同故也。

(廿三)蘇

蘇：說文一下艸部：「桂荏也，从艸穌聲。」段注：「素孤切，五部。」

荏

荏：說文一下艸部：「桂荏，蘇也。从艸任聲。」段注：「如甚切，七部。」

按：此乃同物二名，故互訓。

(廿四)煎

煎：說文十上火部：「熬也，从火前聲。」段注：「子仙切，十四部。」

熬

熬：說文十上火部：「乾煎也，从火敖聲。」段注：「五牢切，二部。」

按：二字義近，故互訓。

(廿五)衺

衺：說文八上衣部：「㝈也，从衣牙聲。」段注：「似嗟切，五部。」

㝈

㝈：說文十下交部：「衺也，从交韋聲。」段注：「羽非切，十五部。」

按：二字義同，故互訓。

(廿六)街

街：說文二下行部：「四通道也，从行圭聲。」段注：「古膎切，十六部。」

衕

衕：說文二下行部：「通街也，从行同聲。」段注：「徒弄切，九部。」

按：義近，故互訓。

(廿七)帀

帀：說文六下帀部：「周也，从反之而帀也。」段注：「反之，謂倒之也，凡物順乎往復則周徧矣。子荅切，八部。」

𠣘：說文九上勹部：「帀徧也，从勹舟聲。」段注：「職流切，三部。」

按：二字義同，故互訓。

(卅八)問：說文二上口部：「訊也，从口門聲。」段注：「亡運切，十三部。」

訊：說文三上言部：「問也，从言卂聲。」段注：「思晉切，十二部。」

按：二字義同，互訓。

(卅九)橐：說文六下橐部：「囊也，从橐省，石聲。」段注：「他各切，五部。」

囊：說文六下橐部：「橐也，从橐省，𩏂聲。」段注：「奴郎切，十部。」

按：二字義同，互訓。

(四十)纏：說文十三上糸部：「繞也，从糸廛聲。」段注：「直連切，十四部。」

繞：說文十三上糸部：「纏也，从糸堯聲。」段注：「而沼切，二部。」

按：二字義同，故互訓。

叁、文異訓同例：

(一)爾雅釋詁：「初、哉、首、基、祖、元、胎、俶、落、權輿，始也。」

(二)爾雅釋詁：「林、烝、天、帝、皇、王、后、辟、公、侯，君也。」

(三)爾雅釋詁：「弘、廓、宏、溥、介、純、夏、幠、厖、墳、嘏、丕、奕、洪、誕、戎、駿、假、京、碩、濯、訏、宇、穹、壬、路、淫、甫、景、廢、壯、冢、簡、箌、昄、將、席，大也。」

(四)爾雅釋詁：「迄、臻、極、到、赴、來、弔、艐、格、戾、懷、摧、詹，至也。」

(五)爾雅釋詁：「儀、若、祥、淑、省、臧、嘉、令、綝、類、彀、攻、穀、介、徽，善也。」

(六)爾雅釋詁：「怡、懌、悅、欣、衎、喜、愉、豫、愷、康、妉、般，樂也。」

(七)爾雅釋詁：「靖、惟、漠、圖、詢、度、咨、諏、究、如、慮、謨、猷、肇、基、訪，謀也。」

(八)爾雅釋詁：「典、彝、法、則、刑、範、矩、庸、恆、律、戛、職、秩，常也。」

(九)爾雅釋詁：「黃髮、齯齒、鮐背、耇、老，壽也。」

(十)爾雅釋詁：「紹、胤、嗣、續、纂、緌、績、武、係，繼也。」

按：以中國文字之有引申、假借，故一字往往多義，而訓釋之時亦因之而有「文異訓同」之事也。

肆、訓異義同例：

(一)爾雅釋詁：「妃，合也。」　又：「妃，對也。」　又：「妃，媲也。」　又：「妃，匹也。」

按：訓「匹」者，言相匹配也；訓「媲」者，言相偶媲而配合也；訓「對」者，言相對偶而配合也；訓「合」者，言相配合也。其訓雖異，其義則同。

(二)爾雅釋詁：「粵、爰，曰也。」　又：「爰、粵，于也。」

按：郭璞注云：「皆語詞發端。」是「訓異義同」也。

(三)爾雅釋詁：「遹、遵、率，自也。」　又：「遹、遵、率，循也。」

按：「循」引申之，即「自」之義也，是亦「訓異義同」之例。

(四)爾雅釋詁：「刑、範、律、矩、則，法也。」　又：「則、刑、範、矩、律，常也。」

按：「常」亦「法」也，亦「訓異義同」之例。

(五)爾雅釋詁：「永、悠、迥、遐，遠也。」　又：「永、悠、迥、遠，遐也。」

按：「遐」「遠」義同。

(六)爾雅釋詁：「順，敘也。」　又：「順，緒也。」

按：「敘」「緒」義通。

(七)爾雅釋詁：「業，緒也。」　又：「業，事也。」

按：「緒業」即「事業」，緒、事義同也。

(八)爾雅釋詁：「肩，勝也。」　又：「肩，克也。」

按：「克」「勝」義通。

(九)爾雅釋詁：「肅、遄、亟，疾也。」　又：「肅、遄、亟，速也。」

按：「疾」「速」義同。

(十)爾雅釋詁：「殄、滅，盡也。」　又：「殄、滅，絕也。」

按：「盡」「絕」義同。

伍、聲同義同例：

(一)爾雅釋詁：「弘、宏、洪、夏，大也。」

按：弘宏洪夏同為「匣」紐字，故其義同。今按戴、段之論轉注，本未論及聲音者，然聲音先文字而有，文字憑聲音而製，有其義然後有其聲，故凡聲音相同或相近之字，其義亦必相同或相近者，蓋聲必兼義故也。戴、段雖不以聲論轉注，然聲音之必關字義，亦猶夫自然之現象也。

(二)爾雅釋詁：「泯、滅，盡也。」

按：「明」「滅」同為「明」紐字，故義同。

(三)爾雅釋詁：「苞、蕪、茂，豐也。」

按：清錢大昕氏有「古無輕脣音」之說，故「蕪」之古聲紐為「明」紐，「茂」亦「明」紐，「苞」為「幫」紐，皆重脣音字也，故其義同訓「豐」也，「豐」為「敷」紐字，古聲紐為「滂」紐，亦脣音也。

(四)爾雅釋詁：「阬、坑、漮，虛也。」

按：阬、坑、漮皆「溪」紐字，故其義同訓「虛」也。

(五)爾雅釋詁：「臨、涖，視也。」

按：臨、涖俱為「來」紐字，義皆訓「視」，亦聲同義同也。

(六)爾雅釋詁：「黼、黻，彰也。」

按：黼、黻皆「非」紐字，於古音皆屬「幫」紐，亦聲同義同之例也。

(七)爾雅釋詁：「彀、穀，善也。」

按：彀、穀皆「見」紐，故義同。

(八)爾雅釋詁：「漠、謨，謀也。」

按：漠、謨皆「明」紐，謀亦「明」紐，故義同也。

(九)爾雅釋詁：「鞏、堅、掔、膠，固也。」

按：鞏、堅、掔、膠皆「見」紐字，故義皆訓「固」，是亦聲同義同也。

(十)爾雅釋詁：「梏、梗、較，直也。」

按：梏為「溪」紐，然諧聲「告」為「見」紐，梗、較亦「見」紐，故義同。

陸、韻同義同例：

(一)爾雅釋詁：「勰、燮，和也。」

按：勰、燮二字同屬廣韻「帖」韻，故其義同訓「和」也。

(二)爾雅釋詁：「弘、宏、穹，大也。」

按：弘、宏、穹三字古韻同部，故同訓「大」也。

(三)爾雅釋詁：「壬、淫，大也。」

按：壬、淫同屬廣韻「侵」韻，故亦同訓「大」也。

(四)爾雅釋詁：「訏、宇，大也。」

按：訏、宇同以「于」為諧聲偏旁，古韻同部，故其義同。

(五)爾雅釋詁：「壯、將，大也。」

按：壯、將同以「爿」為諧聲偏旁，古韻同部，故其義同。

(六)爾雅釋詁：「京、景，大也。」

按：京、景古韻同部，故其訓同。

(七)爾雅釋詁：「皇、王，君也。」

按：皇、王古韻同部，義同，訓亦同。

(八)爾雅釋詁：「悉、畢，盡也。」

按：悉、畢同為廣韻「質」韻字，故其義同訓「盡」也。

(九)爾雅釋詁：「忽、卒，盡也。」

按：忽、卒同為廣韻「沒」韻字，故其義同。

(十)爾雅釋詁：「竢、底、止，待也。」

按：竢、底、止古韻同部，故義同。

柒、音同義同例：

(一)爾雅釋詁：「謐、溢、靜也。」

按：謐、溢同以「益」為諧聲偏旁，蓋古音同也，故義亦同。

(二)爾雅釋詁：「謐、密、靜也。」

按：謐、密同為「明」紐，同以「必」聲，同屬廣韻「質」韻，故義同。

(三)爾雅釋詁：「隕、磒、落也。」

按：隕、磒同為「喻三」紐，同屬廣韻「軫」韻，同切「于敏」，故義同。

(四)爾雅釋詁：「騖、務、強也。」

按：騖、務同以「敄」為諧聲偏旁，古音同為「明」紐，同屬廣韻「遇」韻，同切「亡遇」，同音也，故同訓強也。

(五)爾雅釋詁：「昭、釗、見也。」

按：昭、釗同在廣韻「宵」韻，同切「止遙」，同為「照三」紐，同音也。

(六)爾雅釋言：「試、式、用也。」

按：試、式同以「式」為聲，是古聲韻俱同也。

(七)爾雅釋詁：「頲、庭、直也。」

按：頲、庭同以「廷」為諧聲偏旁，是古聲韻俱同也。

(八)爾雅釋詁：「仍、迺，乃也。」

按：仍从乃得聲，今乃、迺音義同，是同音也。

(九)爾雅釋詁：「彀、穀，善也。」

按：彀、穀同以「殸」為諧聲偏旁，是古聲韻俱同也。

(十)爾雅釋詁：「壬、淫，大也。」

按：壬、淫同以「壬」為諧聲偏旁，是古音同也。

捌、部同義同：(按：言部首同義同也。)

(一)爾雅釋詁：「痡、瘏、瘽、瘉、癙、癵、瘇、痒、疷、疵、疚、痗、瘥、痱、瘨、瘵、瘼、癠，病也。」

按：以上皆「疒」部字，故其義同訓「病」也。

(二)爾雅釋詁：「悠、悝、慘、恤、罹，憂也。」

按：以上皆「心」部字，故義同。

(三)爾雅釋詁：「祿、祉、祓、禧、褫、祜，福也。」

按：以上皆「示」部字，故義同。

(四)爾雅釋詁：「懷、惟、慮、念、惄，思也。」

按：以上皆「心」部字，故義同。

(五)爾雅釋詁：「禋、祀、祠、禴，祭也。」

按：以上皆「示」部字，故同訓「祭」也。

(六)爾雅釋詁：「遘、逢，遇也。」

按：遘、逢皆辵部字，遇亦同之，故義同。

(七)爾雅釋訓：「恂恂、忉忉、慱慱、忡忡、惙惙、怲怲，憂也。」

按：以上皆「心」部重言，故義同。

(八)爾雅釋訓：「痯痯、瘐瘐，病也。」

按：皆「疒」部重言，故其訓同。

(九)爾雅釋詁：「遘、逢、遇、遻，遌也。」

按：此與第(六)例義同。

(十)爾雅釋詁：「慄、戁、恐、慴，懼也。」

按：以上皆「心」部字，故同訓「懼」也。

乙、狹義轉注：

壹、同部轉注：

凡同部之轉注，許君多聯舉並列者，所謂「以義之相引」為先後之次也。然此一同部轉注，非僅狹義者而已，即廣義轉注亦然者。

聲紐同者：

(一) 倚 倚：說文八上人部：「依也，从人奇聲。」段注：「於綺切，十七部。」

依 依：說文八上人部：「倚也，从人衣聲。」段注：「於稀切，十五部。」

按：倚、依同屬人部，同為「喉」音「影」紐，而義互訓，故謂狹義之同部雙聲轉注。

(二) 稷 稷：說文七上禾部：「𪏰也，五穀之長，从禾畟聲。」段注：「子力切，一部。」

𪏰 𪏰：說文七上禾部：「稷也，从禾齊聲。」段注：「即夷切，十五部。」

按：稷、𪏰同屬禾部，同為齒頭音「精」紐，互訓為轉注。

(三) 稻 稻：說文七上禾部：「稌也，从禾舀聲。」段注：「徒皓切，三部。」

稌 稌：說文七上禾部：「稻也，从禾余聲。」段注：「徒古切，五部。」

按：稻、稌二字同為舌頭音「定」紐，互訓同部為轉注。

（四）逆　迎

逆：說文二下辵部：「迎也，从辵屰聲。」段注：「宜戟切，五部。」

迎：說文二下辵部：「逢也，从辵卬聲。」段注：「疑卿切，十部。」

按：段云：「逆、迎雙聲，二字通用，如禹貢逆河，今文尚書作迎河，是也。」今按方言：「逢、逆，迎也。」亦示其義同，且二字同為牙音「疑」紐，故互訓。

（五）改　更

改：說文三下攴部：「更也，从攴己聲。」段注：「古亥切，一部。」

更：說文三下攴部：「改也，从攴丙聲。」段注：「古孟、古行二切，十部。」

按：改、更二字俱為牙音「見」紐，雙聲。

（六）攷　敂

攷：說文三下攴部：「敂也，从攴丂聲。」段注：「苦浩切，三部。」

敂：說文三下攴部：「擊也，从攴句聲，讀若扣。」段注：「苦候切，四部。」

按：廣雅攷、敂同訓擊，詩山有樞：「子有鐘鼓，弗擊弗考。」毛曰：「考亦擊也。」蓋借「考」為「攷」也。今按攷、敂皆為牙音「溪」紐字，段云疊韻，蓋三、四部古可叶韻也，以是觀之，則又非雙聲而已矣。

（七）滿　懣

懣：說文十下心部：「煩也，从心滿。」段注：「引申之凡心悶皆為煩。滿亦聲，廣韻莫旱切，十四部。大徐莫困切。」

悶

悶：說文十下心部：「懣也，从心門聲。」段注：「莫困切，十三部。」

按：十三、十四二部有通叶者，據大徐音，則懣悶同音，俱為脣音「明」紐，雙聲。

(八)

究

究：說文七下穴部：「窮也，从穴九聲。」段注：「居又切，三部。」

窮

窮：說文七下穴部：「極也，从穴躳聲。」段注：「渠弓切，九部。」

按：究為牙音「見」紐，窮為牙音「羣」紐，同為「見系」字，蓋一聲之轉也，窮从躳聲，躳即「見」紐，古聲紐同也。爾雅釋訓：「究究，惡也。」孫叔然曰：「窮極人之惡。」是究亦極也。

(九)

然

然：說文十上火部：「燒也，从火肰聲。」段注：「如延切，十四部。」

爇

爇：說文十上火部：「燒也，从火蓺聲。」段注：「如劣切，十五部。」

按：然、爇同為半齒音「日」紐，雙聲同義。

(十)

謀

謀：說文三上言部：「慮難曰謀，从言某聲。」段注：「莫浮切，一部。」

謨

謨：說文三上言部：「議謀也，从言莫聲。」段注：「莫胡切，五部。」

按：爾雅釋詁：「謨，謀也。」為互訓。二字俱為脣音「明」紐，雙聲。

(十一) 灑 汛

灑：說文十一上水部：「汛也，从水麗聲。」段注：「山豉切，十六部。」

汛：說文十一上水部：「灑也，从水卂聲。」段注：「息晉切，十二部。」

按：灑為正齒音「審二」紐，據蘄春黃季剛先生「照系二等古歸齒頭音」之說，則「審二」之古聲紐為「心」紐，而「汛」為「心」紐，是二字古雙聲也，故二字以同部互訓為轉注。

(十二) 顛 頂

顛：說文九上頁部：「頂也，从頁真聲。」段注：「都年切，十二部。」

頂：說文九上頁部：「顛也，从頁丁聲。」段注：「都挺切，十一部。」

按：顛、頂二字俱為舌頭音「端」紐，是雙聲互訓為轉注也。

(十三) 枯 槀

枯：說文六上木部：「槀也，从木古聲。」段注：「苦孤切，五部。」

槀：說文六上木部：「木枯也，从木高聲。」段注：「苦浩切，二部。」

按：枯槁二字俱為「牙」音「溪」紐字，雙聲互訓。

(十四) 籠 笭

籠：說文五上竹部：「舉土器，一曰笭也，从竹龍聲。」段注：「盧紅切，九部。」

笭：說文五上竹部：「車笭也，从竹令聲。一曰：笭，籯也。」段注：「郎丁切，十一部。」

按：籠之別一義為笭，笭之別一義籯，段注：「竹籠」。是籠、笭、籯三字義通也。二字俱為「半舌音」「來」紐，是雙聲也。

(十五) 懼 恐

懼：說文十下心部：「恐也，从心瞿聲。」段注：「其遇切，五部。」

恐：說文十下心部：「懼也，从心巩聲。」段注：「丘隴切，九部。」

按：懼為牙音「群」紐，恐為牙音「溪」紐，同屬「見」系，一聲之轉，雙聲。

(十六) 纖 細

纖：說文十三上糸部：「細也，从糸韱聲。」段注：「息廉切，七部。」

細：說文十三上糸部：「㣲也，从糸囟聲。」段注：「穌計切，十五部。」

按：㣲、細、纖三字義通，細、纖同屬齒頭音「心」紐，雙聲。

(十七) 緝 績

緝：說文十三上糸部：「績也，从糸咠聲。」段注：「七入切，七部。」

績：說文十三上糸部：「緝也，从糸責聲。」段注：「則歷切，十六部。」

按：緝為齒頭音「清」紐，績為齒頭音「精」紐，同屬一系，而有全清、次清之異，蓋一聲之轉耳。

(十八) 柭 棓

柭：說文六上木部：「棓也，从木犮聲。」段注：「北末切，十五部。」

棓：說文六上木部：「棁也，从木咅聲。」段注：「步項切，四部。」

按：棓、棒為正俗字，棁說文訓木杖，木杖亦棒之屬也，義通。又柭為脣音

「幫」紐，棓為「並」紐，同一音系而有清濁之異，並一聲之轉耳。

(十九)覂

覂：說文七下襾部：「覆也，从襾乏聲。」段注：「方勇切，七部。」

覆

覆：說文七下襾部：「覂也，从襾復聲。」段注：「芳福切，三部。」

按：覂為輕脣音「非」紐，覆為「敷」紐，同一系而有全清、次清之異，亦一聲之轉也。

(二十)似

似：說文八上人部：「像也，从人以聲。」段注：「詳里切，一部。」

像

像：說文八上人部：「似也，从人象聲。」段注：「徐兩切，十部。」

按：似、像俱為齒頭音「邪」紐，雙聲互訓為轉注。

(廿一)火

火：說文十上火部：「燬也。……象形。」段注：「呼果切，十五部。」

燬

燬：說文十上火部：「火也，从火尾聲。」段注：「許偉切，十五部。」

按：段云：「火，燬也，燬，火也，為轉注。」今按二字同為喉音「曉」紐，雙聲互訓。

韻部同者：

(一)鳩

鳩：說文四上鳥部：「鶻鵃也，从鳥九聲。」段注：「居求切，三部。」

鵃

鵃：說文四上鳥部：「鶻鵃也，从鳥舟聲。」段注：「張流切，三部。」

按：鳩，短言之；鶻鵃，長言之，實一物耳。鳩、鵃同在段氏古韻三部，是曰韻部同之轉注也。

(二) 㨨 㨨：說文十二上手部：「引也，从手留聲。」段注：「敕鳩切，三部。」

擢 擢：說文十二上手部：「引也，从手翟聲。」段注：「直角切，三部。」

按：二字同在段氏古韵第三部，是古疊韵也。

(三) 刷 刷：說文四下刀部：「刮也，从刀㕞省聲。」段注：「所劣切，十五部。」

刮 刮：說文四下刀部：「掊杷也，从刀𠯑聲。」段注：「古八切，十五部。」

按：二字同在段氏古韵第十五部。

(四) 遝 遝：說文二下辵部：「迨也，从辵眔聲。」段注：「徒合切，八部。」

迨 迨：說文二下辵部：「遝也，从辵合聲。」段注：「侯閤切，八部。」

按：遝、迨同在段氏古韵第八部。

(五) 陬 陬：說文十四下𨸏部：「阪隅也，从𨸏取聲。」段注：「子侯切，四部。」

隅 隅：說文十四下𨸏部：「陬也，从𨸏禺聲。」段注：「噳俱切，四部。」

按：陬、隅同在段氏古韵第四部，義則互訓。

(六) 誡 誡：說文三上言部：「敕也，从言戒聲。」段注：「攴部曰：敕，誡也。古拜切，一部。」

誋

誋：說文三上言部：「誡也，从言忌聲。」段注：「渠記切，一部。」

按：誡、誋同在段氏古韻第一部，疊韻轉注。

(七)

栩

栩：說文六上木部：「柔也，从木羽聲。」段注：「況羽切，五部。」

柔

柔：說文六上木部：「栩也，从木予聲。」段注：「直呂切，五部。」

按：栩、柔同在段氏古韻第五部。

(八)

遲

遲：說文二下辵部：「徐行也，从辵犀聲。」段注：「直尼切，十五部。」

邌

邌：說文二下辵部：「徐也，从辵黎聲。」段注：「郎奚切，十五部。」

按：二字同在段氏古韻第十五部。

(九)

遺

遺：說文二下辵部：「亡也，从辵貴聲。」段注：「以追切，十五部。」

遂

遂：說文二下辵部：「亡也，从辵㒸聲。」段注：「徐醉切，十五部。」

按：遺、遂同在段氏古韻第十五部。

(十)

標

標：說文六上木部：「木杪末也，从木票聲。」段注：「敷沼切，二部。」

杪

杪：說文六上木部：「木標末也，从木少聲。」段注：「亡沼切，二部。」

按：標、杪二字俱在段氏古韻第二部。

（十）刑

刑：說文四下刀部：「剄也，从刀幵聲。」段注：「戶經切，十二部。」

剄

剄：說文四下刀部：「刑也，从刀巠聲。」段注：「古零切，十一部。」

按：段云井聲在十一部，幵聲在十二部，今按刑、剄二字古通用，而段氏六書音韻表亦列「幵、巠」為同一部者，是二字俱為十一部之疊韻字也。

聲韻俱同者：

（一）走

走：說文二上走部：「趨也，从夭止，夭者屈也。」段注：「子苟切，四部。」

趨

趨：說文二上走部：「走也，从走芻聲。」段注：「七逾切，四部。」

按：走為齒頭音「精」紐，趨為「清」紐，同為「精系」字，而全清、次清之異，蓋一聲之轉耳。古韻同在段氏古韻第四部，是同音轉注也。

（二）晏

晏：說文七上日部：「天清也，从日安聲。」段注：「烏諫切，十四部。」

曣

曣：說文七上日部：「星無雲也，从日燕聲。」段注：「於甸切，十四部。」

按：晏、曣俱為「喉」音「影」紐，古韻十四部，是同音轉注也。

（三）晧

晧：說文七上日部：「日出皃，从日告聲。」段注：「胡老切，三部。」

暤

暤：說文七上日部：「晧旰也，从日皋聲。」段注：「胡老切，三部。」

按：晧旰，集韻、類篇並作暤旰，是二字通用也，切語同，則聲韻俱同，故曰同音轉注。

(四)

⿰火尾：說文十上火部：「火也，从火尾聲。」段注：「許偉切，十五部。」

燬：說文十上火部：「火也，从火毀聲。」段注：「許偉切，十五部。」

按：段云燬篆說文本無，當刪，然無論其有無，是為同音轉注則無疑也。

(五)

竫：說文十下立部：「亭安也，从立爭聲。」段注：「疾郢切，十一部。」

靖：說文十下立部：「立竫也，从立青聲。」段注：「疾郢切，十一部。」

按：此亦聲韻俱同也。尚書「諓諓善竫言」，王逸注楚辭作「諓諓靖言」；盤庚「自作弗靖」，馬注：「靖，安也」，是二字古通用也。

(六)

探：說文十二上手部：「遠取之也，从手罙聲。」段注：「他含切，七部。」

撢：說文十二上手部：「探也，从手覃聲。」段注：「他紺切，七部。」

按：二字俱為舌頭音「透」紐，古韻同在七部，是音同轉注也。

(七)

妃：說文十二下女部：「匹也，从女己。」段注：「芳非切，十五部。」

媲：說文十二下女部：「妃也，从女毘聲。」段注：「匹計切，十五部。」

按：爾雅釋詁曰：「妃，媲也。」是轉注也。妃為脣音「敷」紐，媲為「滂」紐，清錢大昕氏云「古無輕脣音」，則妃亦「滂」紐，同在段氏古韻十五部，是同音也。

(八)

開：說文十二上門部：「張也，从門幵聲。」按：「苦哀切，古音在十五部。」

闓：說文十二上門部：「開也，从門豈聲。」段注：「苦亥切，十五部。」

按：聲紐同，韻部同，是同音轉注也。

(九)

洪：說文十一上水部：「洚水也，从水共聲。」段注：「戶工切，九部。」

洚：說文十一上水部：「水不遵道，一曰下也。从水夅聲。」段注：「戶工切又下江切，九部。」

按：洪、洚古同音通用，亦即同音轉注也。

(十)

永：說文十一下永部：「水長也，象水巠理之長永也。」段注：「于憬切，十部。」

羕：說文十一下永部：「水長也，从永羊聲。」段注：「余亮切，十部。」

按：永為喉音「喻三」紐，羕為喉音「喻四」紐，同屬段氏古韻第十部，是同音轉注也。

貳、異部轉注：餘杭章先生曰：「轉注不局於同部，但論其聲，其部居不同，若文不相次者，在古一文而已，其後聲音小變，或有長言短言，判為異字，而類義未殊，悉轉注之例也。」

聲紐同者：

(一)但

但：說文八上人部：「裼也，从人旦聲。」段注：「徒旱切，十四部。」

裼

裼：說文八上衣部：「但也，从衣易聲。」段注：「先擊切，十六部。」

按：但為舌頭音「定」紐，裼之諧聲偏旁「易」為「喻四」紐，曾運乾氏以為「喻四古歸定」，則「易」為「定」紐，且从易得聲之字而今猶為舌頭音者多，是但、裼古雙聲也。

(二)界

界：說文十三下田部：「竟也，从田介聲。」段注：「古拜切，十五部。」

畺

畺：說文十三下畕部：「界也，从畕，三其介畫也。」段注：「居良切，十部。」

按：界、畺二字俱為牙音「見」紐，是雙聲也。

(三)逑

逑：說文二下辵部：「斂聚也，从辵求聲。」段注：「巨鳩切，三部。」

勼

勼：說文九上勹部：「聚也，从勹九聲。」段注：「居求切，三部。」

按：逑為牙音「羣」紐，匊為「見」紐，同屬「見」系，惟清、濁有異耳，蓋一聲之轉也。又二字古韻同部，亦可列為同音之轉注。

(四) 匈 膺

匈：說文九上勹部：「膺也，从勹凶聲。」段注：「許容切，九部。」

膺：說文四下肉部：「匈也，从肉雁聲。」段注：「於陵切，六部。」

按：匈為喉音「曉」紐，膺為「影」紐，同屬「影系」，惟全清、次清之異耳，一聲之轉也。

(五) 蹲 竣

蹲：說文二下足部：「居也，从足尊聲。」段注：「徂尊切，十三部。」

竣：說文十下立部：「居也，从立夋聲。」段注：「七倫切，十三部。」

按：蹲為齒頭音「從」紐，竣為「清」紐，同屬「精系」，惟次清、全濁之異耳，蓋一聲之轉也。又二字同為段氏古韻十三部之屬，故亦可以列為同音之轉注。

(六) 頭 百

頭：說文九上頁部：「百也，从頁豆聲。」段注：「度侯切，四部。」

百：說文九上百部：「頭也，象形。」段注：「書九切，三部。」

按：頭為舌頭音「定」紐，百為正齒音「審三」紐，據蘄春黃季剛先生「照系三等古歸舌頭音」「審三古歸定」之說，則百亦「定」紐，是古雙聲也。

（七）

棄：說文四下華部：「捐也，从廾推華棄也，从㐬，㐬，逆子也。」段注：「詰利切，十五部。」

捐：說文十二上手部：「棄也，从手肙聲。」段注：「與專切，十四部。俗音居專切」

按：棄為牙音「溪」紐，捐俗音居專切，屬「見」紐，一聲之轉耳，古聲同。

（八）

剌：說文六下朿部：「戾也，从朿从刀，刀朿者，剌之也。」段注：「既朿之，則當藏弆之矣，又以刀毀之，是乖剌也。盧達切，十五部。」

戾：說文十上犬部：「曲也，从犬出戶下。犬出戶下為戾者，身曲戾也。」段注：「郎計切，十五部。」

按：乖剌、乖戾同義，是剌、戾通用也，二字俱為半舌音「來」紐，又古韻同在十五部，亦可以為同音之轉注。

（九）

莫：說文一下茻部：「日且冥也，从日在茻中，茻亦聲。」段注：「莫故切又慕各切，五部。」

晚：說文七上日部：「莫也，从日免聲。」段注：「無遠切，十四部。」

按：莫、晚同為脣音「明」紐，段氏以「無」為反切上字者，類隔也。

(十)亭　亭：說文五下高部：「民所安定也，亭有樓，从高省，丁聲。」段注：「特丁切，十一部。」

定　定：說文七下宀部：「安也，从宀正聲。」段注：「徒徑切，十二部。」

按：亭、定均為舌頭音「定」紐，雙聲。又段於亭下注云「疊韻」，則亦可以為同音之轉注矣。

韻部同者：

(一)芳　芳：說文一下艸部：「艸香也，从艸方聲。」段注：「敷方切，十部。」

香　香：說文七上香部：「芳也，从黍从甘。」段注：「許良切，十部。」

按：二字同屬段氏古韻十部，是同韻轉注也。

(二)豕　豕：說文九下豕部：「彘也，竭其尾，故謂之豕，像毛、足而後有尾，讀與豨同。」段注：「式視切，十五部。」

彘　彘：說文九下彑部：「豕也，从彑，从二匕，矢聲。彘足與鹿足同。」段注：「直例切，十五部。」

按：二字同在段氏古韻第十五部，疊韻轉注也。

（三）誡：說文三上言部：「敕也，从言戒聲。」段注：「古拜切，一部。」

敕：說文三下攴部：「誡也，从攴束。」段注：「恥力切，一部。」

按：二字同在段氏古韵第一部。

（四）樴：說文六上木部：「弋也，从木戠聲。」段注：「之弋切，一部。」

弋：說文十二下厂部：「橜也，象折木衺銳者形，厂象物挂之也。」段注：「與職切，一部。」

按：周禮作職。牛人曰：「祭祀共其享牛，求牛以授職人而芻之。」注云：「職讀為樴，樴謂之杙，可以繫牛。」今按「弋」即木橛之象形字，樴謂之弋，則樴亦木橛也。樴、弋同在段氏古韵第一部，同韵轉注也。

（五）檼：說文六上木部：「棼也，从木㥯聲。」段注：「於靳切，十三部。」

棼：說文六上林部：「複屋棟也，从林分聲。」段注：「符分切，十三部。」

按：檼、棼同屬段氏古韵十三部。

（六）仝：說文五下入部：「完也，从入从工。全，篆文仝从王，純玉曰全。，古文仝。」段注：「疾緣切，十四部。」

完 完：說文七下宀部：「全也，从宀元聲。」段注：「胡官切，十四部。」

按：全、完同在段氏古韵十四部，互訓。

(七) 併 併：說文八上人部：「並也，从人并聲。」段注：「卑正切，十一部。」

竝 竝：說文十下竝部：「併也，从二立。」段注：「蒲迥切，十一部。」

按：二字互訓，同在段氏古韵十一部。

(八) 俌 俌：說文八上人部：「輔也，从人甫聲，讀若撫。」段注：「芳武切，五部。」

輔 輔：說文十四上車部：「春秋傳曰：輔車相依。从車甫聲。」段注：「扶雨切，五部」

按：段云：「謂人之俌猶車之輔也。」今按俌、輔、傅、扶、拂諸字皆有「佐」「相」之義，故俌、輔之可為同韵轉注，亦無可疑者也。

(九) 槍 槍：說文六上木部：「歫也，从木倉聲。」段注：「七羊切，十部。」

戕 戕：說文十二下戈部：「槍也，他國臣來弒君曰戕，从戈爿聲。」段注：「在良切，十部。」

按：說文槍字下：「一曰槍攘也。」莊子：「在宥傖囊」，崔譔作「戕囊」，戕囊即槍囊也。是戕、槍通用也。二字俱在段氏古韵第十部，同韵轉注。

(十) 明 明：說文七上明部：「照也，从月囧。」段注：「武兵切，十部。」

炳 炳：說文十上火部：「明也，从火丙聲。」段注：「兵永切，十部。」

按：明、炳同在段氏古韻第十部，是同韻轉注也。

聲韻俱同者：

(一) 龔 龔：說文三上共部：「給也，从共龍聲。」段注：「俱容切，九部。」

供 供：說文八上人部：「設也，从人共聲。一曰：供給。」段注：「俱容切，九部。」

按：二字同音，供之別一義為供給，與龔為同音轉注。

(二) 侒 侒：說文八上人部：「宴也，从人安聲。」段注：「烏寒切，十四部。」

宴 宴：說文七下宀部：「安也，从宀晏聲。」段注：「於甸切，十四部。」

按：侒與安音義同，宀部曰：「安，竫也。」女部曰：「晏，安也。」是安、侒、晏、宴、竫展轉相訓而義通也。侒、宴同為喉音「影」紐，同在古韻十四部，同音。

(三) 辛 辛：說文三上辛部：「辠也，从干二，二，古文上字。讀若愆。」段注：「去虔切，十四部。」

愆 愆：說文十下心部：「過也，从心衍聲。」段注：「去虔切，十四部。」

按：今人「辠過」二字連用，是辛愆同義也。二字同音為轉注。

(四) 闇 陰

闇：說文十二上門部：「閉門也，从門音聲。」段注：「烏紺切，七部。」

陰：說文十四下𨸏部：「闇也，水之南、山之北也。从𨸏侌聲。」段注：「於今切，七部。」

按：閉門則陰暗；水南山北亦陰暗也。闇、陰同為喉音「影」紐，同在段氏古韻第七部，是同音轉注也。

(五) 勍 倞

勍：說文十三下力部：「彊也，春秋傳曰：勍敵之人。从力京聲。」段注：「渠京切，古音讀如彊，十部。」

倞：說文八上人部：「彊也，从人京聲。」段注：「渠竟切，十部。」

按：二字同為牙音「羣」紐，同在段氏古韻第十部，同音也。

(六) 缸 瓨

缸：說文五下缶部：「瓨也，从缶工聲。」段注：「下江切，九部。」

瓨：說文十二下瓦部：「似罌長頸，受十升，从瓦工聲。讀若洪。」段注：「戶江切，九部。」

按：二字音義皆同，是一物同稱而異其字形之轉注也。

(七) 諆

諆：說文三上言部：「欺也，从言其聲。」段注：「去其切，一部。」

欺 欺：說文八下欠部：「詐也，从欠其聲。」段注：「言部曰：詐者欺也，此曰欺者詐也，是為轉注。从欠者，猶从言之意。去其切，一部。」

按：二字音義俱同，轉注也。

(八)

俑 俑：說文八上人部：「痛也，从人甬聲。」段注：「他紅切，九部。」又云：「此與心部恫音義同。」

恫 恫：說文十下心部：「痛也，从心同聲。」段注：「他紅切，九部。」

按：二字音義同，轉注也。

(九)

敬 敬：說文九上茍部：「肅也，从攴茍。」段注：「居慶切，十一部。」

憼 憼：說文十下心部：「敬也，从心敬，敬亦聲。」段注：「居影切，十一部。」

按：二字俱為牙音「見」紐字，同在段氏古韻十一部，是同音轉注也。

(十)

惡 惡：說文十下心部：「過也，从心亞聲。」段注：「烏各切，五部。」

亞 亞：說文十四下亞部：「醜也，象人局背之形。」段注：「亞與惡音義皆同，故詛楚文亞駝，禮記作惡池。史記盧綰孫他之封惡谷，漢書作亞谷。衣加駕切，五部。」

按：二字俱為喉音「影」紐，同屬段氏古韻五部，音義皆同，是同音轉注也。

(十一)傲 奡

傲：說文八上人部：「倨也，从人敖聲。」段注：「五到切，二部。」

奡：說文十下夰部：「嫚也，从百从夰，夰亦聲，讀若傲。」段注：「五到切，二部。」

按：蘄春黃先生曰：「凡讀若之字，必與本字同音，義亦可通。」段氏云：「奡與傲音義皆同。」今按傲字訓「倨」，奡字訓「嫚」，亦義同之證也。

第六節　假借

一、假借總論

說文解字敘曰：「假借者，本無其字，依聲託事，令長是也。」後之釋此語者，異說雖較轉注為少，然所論亦頗不一致。

衛恆四體書勢云：「假借者，數言同字，其聲雖異，文意一也。」許氏之意，本取聲近，故云「依聲」，衛氏乃謂「聲異」，非許恉也明矣。

戴侗六書故云：「前人以令長為假借，不知二字皆從本義而生，非由外假，若韋本韋背，借為韋革之韋；豆本俎豆，借為豆麥之豆，凡義無所因，特借其聲者，然後謂之假借。」此則但知依聲之為聲，不知託事之為義，亦非許恉也。

鄭樵六書略曰：「六書之難明者，為假借之難明也，學者之患，在於識有義之義，而不識無義之義。假借者，無義之義也。假借者，本非己有，因他所授，故於己為無義。」此則雖知假借之依於義，而不知義即出於聲，亦未達夫許恉也。

此外，戴震、段玉裁二氏，所論兼及於聲、義二者，於許恉大氐不違，段氏師事戴氏、其論轉注、假借，辭或有異，意則大同，本篇不予並錄，讀者只須參閱段氏說文注可矣。

蘄春黃季剛先生云：「假借之道，大別有二，一曰有義之假借，二曰無義之假借。有義之假借者，聲相同而字義相近也。無義之假借者，聲相同而取聲以為義也。故形聲字同聲母者，每每相假借（如避、僻、闢之字皆以辟為聲母，故孟子每以「辟」為「避、僻、闢」之字）。語言同語根者，每每相假借（如：丕，大也，从一不聲。段注：「丕與不音同，古多用不為丕。」黃先生云：「不字無大之意義，不聲有大之意義，不字與旁、溥聲近，旁、溥有大義，故丕字以大為訓，借不之聲以代旁、溥之義也。」），進而言之，凡同音字皆可假借。」本師瑞安林景伊先生據黃先生之意，約而言之曰：「假借皆借其音之義，本無其字，依聲託事為狹義之假借；本有其字，依聲託事為廣義之假借。本無其字之借，全說文僅八字而已，八字者：子朋西來烏韋令長是也。本有其字之借，則古籍見者甚多，如以說為悅，以豆為菽之類是也。」

至六書之中，假借誠為用字之法，此與轉注之同為用字之法無異，故本篇於此二書，皆具廣、狹二義之論，孫詒讓有言云：「天下之事無窮，造字之初，苟無假借一例，則將遂事而為之字，而字有不可勝造之數，此必窮之勢也，故依聲而託以事焉，視之不必是其本字也，而言之則其聲也，聞之足以相喻，用之可以不盡。」是假借為用之理也。

二、假借字舉例

本師瑞安林景伊先生說假借曰：「假借之義，凡分二端，其一曰本有其字，依聲託事。蓋假借為文字之用，故籍之假借，多至十之四五，皆本有其字之借也。今人或謂本有其字之借為同音通假者，實乃假借之一道，而另為之異名耳。是謂廣義之假借。其二曰本無其字，依聲託事，則令、長、子、朋、西、來、烏、韋之類是也。是謂狹義之假借。」今依林師之說，舉例如后：

甲、廣義之假借（本有其字，依聲託事。）：

壹、同音之假借：

(一)逑借以為儔：詩周南關雎：「窈窕淑女，君子好逑。」今按逑者儔也，君子好逑者，言淑女可為君子之好妃耦也。然「逑」之本義為「斂聚」，無「妃耦」之義，蓋逑之聲有妃耦之義耳。

(二)時借以為是：書云：「時日曷喪」，史記引作「是日曷喪」。今按是日者，此日也，經典多以「時」為之者。時之本義為「四時」，今借以代「此」，是同音之假借也。

(三)儀借以為宜：禮記大學：「儀監於殷，峻命不易。」詩作「宜監於殷」。今按儀之本義為「度」，借作「宜」者，同音故也。

(四)葉借以為代：詩商頌長發：「昔在中葉」，今按葉者，代也，世也。葉之本義為艸木之葉」，音與涉切，「喻四」紐，曾運乾氏謂「喻四古歸定紐」，則「葉」之古聲為「定」紐，「代」亦「定」紐，是同音之假借也。

(五)而借以為汝：禮記中庸：「北方之強與？抑而強與？」今按「抑而強與」者，「抑汝之強歟？」也，而之本義為「面頰須」，借為「汝」之用者，同音故也。

(六)信借以為伸：孟子告子：「今有無名之指，屈而不信。」注：「信，伸也。」今按「信」「伸」古音同，信之本義為「誠」，以同音而借為「伸」字。

(七)爵借以為雀：孟子離婁：「為叢敺爵者鸇也。」今按「爵」解作「雀」，說文雀下云：「依人小鳥也，讀若爵。」是爵、雀音同也。爵之本義為「酒尊」，以同音而借為雀之用也。

（八）易借以為治：論語八佾：「喪與其易也，寧戚。」今按易者，治也，易之本義為「蜥蜴」，今借以為治者，同音故也。易音「羊益切」，「喻四」紐，古音歸「定」。治音「直吏切」，「澄」紐，古無舌上音，故「澄」紐古歸「定」，是二字古音同也。

（九）豆借以為菽：博物志云：「食豆三年，則身重行止難；啖榆則瞑不欲覺也。」今按此云「食豆三年」，即「菽麥稻粱」之豆，然豆之本義則為祭器之名，爾雅云：「木豆謂之豆，瓦豆謂之登」是也。豆與菽古音同，故可假借。

（十）既借以為餼：禮記中庸云：「既稟稱事」，今按「既稟」者，「餼廩」也。言所予之廩食與所為之事相稱也。既之本義為「小食」，引申之為「盡」為「已」，其借以為餼者，音同故也。

貳、聲母借以為聲子：

（一）舍借以為捨：論語子路：「爾所不知，人其舍諸？」今按舍者，捨也，棄也。舍之本義為「市居」，今借以為捨者，舍為聲母，捨為聲子故也。

（二）辟借以為避、譬、僻、闢：禮記中庸曰：「納諸罟擭陷阱之中而莫知辟也。」按：

辟者，避也。又：「辟如行遠必自邇。」按：辟者，譬也。又禮記大學：「人之其所親愛而辟焉。」辟者，僻也，偏也。言偏愛所親愛之人也。又孟子公孫丑：「地不改辟。」辟者，闢也。以辟為避、譬、僻、闢之聲母，聲母必同夫聲子之音，故可得而假借以用之也。

(三)齊借以為齋：書虞書：「夔夔齊慄。」注：「齊，側皆反。」今按：齊慄者，齋慄也。齋以齊為聲母，故可借齊為之。

(四)孫借以為遜：禮記緇衣：「民有孫心。」今按孫者，遜也，音巽。遜為聲子，孫為聲母，故可假借。孫之本義為「子之子」，遜之本義為「順」，今人或借遜字為之，非也。又論語曰：「孫以出之」，亦遜之借字也。

(五)或借以為惑：孟子告子：「無或乎王之不知也。」今按：或者，惑也。以聲母或代聲子惑也。或之本義說文訓「邦」，惑說文訓「亂」，是假借也。

(六)女借以為汝：論語為政：「誨女知之乎？」按：此借女以為爾汝之汝，汝本水名，借以為爾汝之汝，此則又借女以代汝，亦以聲母代聲子之例也。女說文訓「婦人」，是其本義也。

（七）耆借以為嗜：孟子告子：「耆秦人之炙。」按：耆秦人之炙，即嗜秦人之炙也。耆說文訓「老」，嗜說文訓「喜欲之」，義迥異，惟借聲母之音以代聲子耳。

（八）曾借以為增：孟子告子：「曾益其所不能。」按：曾益者，增益也。曾說文訓「詞之舒也。」增說文訓「益」，義亦迥異，唯借聲母之音耳。

（九）原借以為愿：孟子盡心：「閹然媚於世也者，是鄉原也。」按：原者，愿也。原字說文訓「水本」，愿字說文訓「謹」，鄉愿者，言鄉人之貌恭而謹者也。

（十）奄借以為淹：詩周頌臣工：「奄觀銍艾。」按：奄者，淹也，久也。奄字說文訓「覆」，淹字說文訓「淹水」名，廣韻訓「久留」是也。

叁、聲子借以為聲母：

（一）蓋借以為盇：禮檀弓：「子蓋言子之志於公乎。」按：蓋者盇也。蓋說文訓「苫」，盇說文訓「覆」，凡「何不」合音，故書多用「盇」字為之者，此用「蓋」以代「盇」者，以聲子代聲母故也。

（二）葉借以為世：詩商頌長發：「昔在中葉」，傳云：「葉，世也。」陳奐傳疏：「葉从枼聲，枼从世聲，故葉世同訓。」葉訓「艸木之葉」為其本義，此用葉代世者，以二級聲子代聲母也。

(三)匪借以為非：詩衛風木瓜：「匪報也，永以為好也。」又周頌思文：「莫匪爾極」，按：匪、非也。匪說文訓「器似竹篋」，今借以為非者，以聲子代聲母故也。

(四)翦借以為前：詩魯頌閟宮：「實始翦商。」箋：「翦，斷也。」疏：「即斬斷之義。」按：翦說文訓「羽初生」，前訓「齊斷」，蓋初生羽必齊，故翦亦可訓齊，今考「前」實為「剪刀」之剪之初字，故段氏云：「其始，前為刀名，因為斷物之名，斷物必齊，因為凡齊等之偁。」至閟宮之以翦代前者，蓋以聲子代聲母也。

(五)惔借以為炎：詩小雅節南山：「憂心如惔。」按：惔者炎也，炎者焚也，言憂之甚而如焚也。惔說文訓「憂」，與詩義不合，蓋訓憂則詩中自不當用「如」，如者比況之詞，信非焚也，如焚而已也。以是知是借以為炎也，炎有焚意，故云然。

肆、同聲之假借：

(一)龍借以為壟：孟子公孫丑：「必求龍斷以登之。」按：龍斷者，壟斷也。壟从龍以得聲，龍為童省聲，則二字同為「童」聲之字也，故曰同聲之假借。

(二)適借以為嫡、謫：儀禮喪服胡培翬正義：「長子、衆子與適子、庶子，名異實同。」按：適子者，嫡子也。孟子離婁：「人不足與適也。」注：「小人居位，不足過責。」按：適，謫也。謫，過也。適之本義為「之也，往也」，今以聲母與嫡、謫同，故可假借之。

(三)傖囊借以為搶攘：莊子：「在宥傖囊」，按：傖囊說文作槍攘，蓋說文無「搶」字故也，後世俱作「搶攘」者，崔譔：「戕囊猶搶攘也」，搶攘者，亂也。莊子用「傖囊」者，假借也，以諧聲偏旁相同之字以代之也。

(四)說借以為悅：論語：「學而時習之不亦說乎？」按：說，悅也。中庸：「言而民莫不信，行而民莫不說。」說亦悅也。

(五)鈞借以為均：孟子告子：「鈞是人也，或為大人，或為小人。」按：鈞，均也。鈞之本義為「三十斤」，與「均平市徧」之均義不類，唯以聲母相同，故可借以為均字。

此外，如底之借以為砥，錯之借以為措，軔之借以為仞，畔之借以為叛，錫之借以為賜，施之借以為𢼊，僇之借以為戮，徹之借以為撤，其例甚多，不煩細舉，讀者只須得此綱目，自加會通，明聲音之理，解假借之法，讀故書不難矣。

伍、長言短言相假借：

(一)盍借以為何不：論語公冶長：「盍各言爾志？」按：盍者，何不也。盍之本義為覆，與「何不」本不類，今以「盍」為之者，假借也。何不，長言之。盍，短言之。

(二)諸借以為之於、之乎：論語顏淵：「舉直錯諸枉，能使枉者直。」按：諸，之於也。又孟子梁惠王：「文王之囿方七十里，有諸？」按：諸，之乎也。諸之本義「辯」也，與之於、之乎不類。之於、之乎，長言之。諸，短言之。

(三)焉借以為於是：左傳昭公九年：「使偪我諸姬，入我郊甸，則戎焉取之。」按：焉，於是也。焉之本義為黃色鳥名，與「於是」不類。於是，長言之。焉，短言之。

(四)猋借以為藨芀：爾雅釋艸：「猋、藨芀。」藨芀，艸名。猋，犬走皃。猋與艸本無涉，僅借其音以代麃芀短言之音耳。

(五)扶搖借以為飆：爾雅釋天：「扶搖謂之飆。」飆為風名，長言之，則音如「扶搖」，扶搖本無義，僅以之代飆字長言之音耳。

(六)土鹵借以為杜：爾雅釋木：「杜，土鹵。」杜，木名。土鹵無義，然土鹵之音當於杜之長言，則亦有杜之義矣。

(七)不律借以為筆：爾雅釋器：「不律謂之筆。」筆，書寫之具。不律無義，然不律之音當於筆之長言，則亦有筆之義矣。

(八)惡乎借以為何：公羊傳莊公十二年：「魯侯之美惡乎至？」惡乎，何也。惡乎無義，唯相當於何字長言之音耳。

乙、狹義之假借(本無其字，依聲託事)：

段氏曰：「原夫假借放於古文本無其字之時，許書有言「以為」者，有言「古文以為」者，皆可薈萃舉之。以者，用也。能左右之曰「以」。凡言「以為」者，用彼為此也。」又言「古文以為」者曰：「本有字而代之，與本無字有異，然或假借在先，製字在後，則假借之時本無其字，非有二例。」又曰：「許書又有引經說假借者亦由古文字少之故，與云『古文以為』者正是一例。大氐假借之初，始於本無其字，及其後也，既有其字矣，而多為假借；又其後也，且至後代，譌字亦得自冒於假借。博綜古今，有此三變。」

今依段氏所云，首舉說文中言「以為某某」者，計來、烏、朋、子、韋、西六字，復益以未言「以為」之令、長二字，令、長蓋許君例字也，故列之於六字之前。次舉說文中言「古文以為某某」者，計洒、疋、丂、臤、㞋、哥、詖、𠥓、㚖、𢿌十字。別舉終古未造本字之「代名詞」及「語詞」二類，例如下：

壹、說文言「以為某某」者：

(一)令

令：說文九上卪部：「發號也，从亼卪。」段注：「力正切，十二部。」

按：凡為牧、伯、長、令者，必有發號施令之權，故借以為縣令字。

(二)長

長：說文九下長部：「久遠也，从兀从匕，亡聲。兀者，高遠意也。久則變匕。𠤎者，倒亡也。」段注：「引申為滋長、長幼之長。直良切，十部。」

按：蘄春黃先生謂假借有「有義之假借」，有「無義之假借」，有義之假借即引申義之尤遠者也。長幼之長，即謂其人先我而生，為時久遠過我，故以為偁。又牧、伯、長、令之屬，臨民發號，如長輩者然，故亦借以為偁。

（三）來：說文五下來部：「周所受瑞麥來麰也，二麥一夆，象其芒刺之形。天所來也，故為行來之來。」段注：「洛哀切，一部。」

（四）烏：說文四上烏部：「孝烏也，孔子曰：烏，亏呼也。取其助气，故以為烏呼。」段注：「此烏善舒气自叫，故謂之烏。」又：「哀都切，五部。」

按：古者長言之則「烏呼」，短言之則「於」，烏、於一字也。

（五）子：說文十四下子部：「十一月昜气動，萬物滋，人以為偁。」段注：「即里切，一部。」

按：朱駿聲曰：「許書之失，其必不可從者，以十幹十二枝為本字本誼，此泥於師承，未經釐正耳。」今按朱說是也，子非十二枝之本字，象初生嬰兒在襁褓之形，蓋借之以為十二枝之字耳。故余以為字之本誼為人子之子，借誼為十二枝之子。

（六）朋：說文四上烏部鳳字下云：「朋，古文鳳，象形。鳳飛羣鳥從以萬數，故以為朋黨字。」段注：「朋在六部。」

按：此終古未造本字者也，無論朋黨、朋友至今仍以鳳字古文為之。

(七)韋：說文五下韋部：「相背也，从舛口聲。獸皮之韋，可以束物，枉戾相韋背，故借以為皮韋。」段注：「宇非切，十五部。」

按：其始用為韋縷束物之韋，其後凡韋皆備韋，借義既行，本義遂廢，今韋背字乃借同音字「違」為之矣。

(八)西：說文十二上西部：「鳥在巢上也，象形。日在西方而鳥西，故因以為東西之西。棲，西或从木妻。卤，古文西。卤，籀文西。」段注：「先稽切，十二、十三部。」

按：今西、棲並通行，惟西專作東西之西，棲作鳥棲有別耳。自西、棲分別使用後，西之本誼已寖不知矣。

貳、說文言「古文以為某某」以明先有借字後造本字者：

(一)洒：說文十一上水部：「滌也，从水西聲。古文以為灑埽字。」段注：「洒灑本殊義而雙聲，故相假借，凡假借多疊韵或雙聲也。」又：「先禮切，十三部。」

(二)足：說文二下足部：「足也，象腓腸，下从止。弟子職曰：問足何止。古文以為詩大雅字，亦以為足字。或曰胥字，一曰疋字。」段注：「所菹切，五部。」

按：古文借疋以代雅，後世復造雅字，是假借之時無雅字也。

(三)

丂：說文五上丂部：「气欲舒出，ㄅ上礙於一也。丂古文以為亏字，又以為巧字。」段注：「苦浩切，三部。」

按：古文以為亏字，又以為巧字，蓋在亏巧未製字之時也。

(四)

臤：說文三下臤部：「堅也，从又臣聲。讀若鏗鏘，古文以為賢字。」段注：「苦閑切，十二部。」

按：在未製賢字之先，以臤字借代之也。

(五)

𣄼：說文七上㫃部旅字下云：「𣄼，古文旅字。古文以為魯衛之魯。」段注：「力舉切，五部。」

按：言在魯字未製之時，以𣄼代之也。

(六)

哥：說文五上可部：「聲也，从二可。古文以為歌字。」段注：「古俄切，十七部。」

按：漢書多用哥為歌者，蓋沿用未製歌字時之借字也。

(十)

詖：說文三上言部：「辯論也，古文以為頗字，从言皮聲。」段注：「彼義切，十五部。」

按：借詖之音以代頗也，自頗字既製之後，借詖為頗之事已未之見矣。

(八) 𥃩：說文四上䀠部：「目圍也，从䀠丿，讀若書卷之卷。古文以為醜字。」段注：「居倦切，十七部。」

按：此字今未見行，皆以睠、眷代之矣。至借以為醜，係在醜字未製之先。

(九) 爰：說文四下𠬪部：「引也，从𠬪从于。籀文以為車轅字。」段注：「羽元切，十四部。」

按：未製轅字之時，以爰代轅也。

(十) 𢾭：說文三下攴部：「棄也，从攴𠷎聲。周書以為討。」段注：「市流切，三部。」

按：今尚書周書未見討字，虞書咎繇謨有「天討有罪」，或即虞書之誤乎？

叁、假借為代名詞者（取終古未造本字者以為例。）：

(一) 汝：說文十一上水部：「汝水出弘農盧氏還歸山東入淮，从水女聲。」段注：「人渚切，五部。」

按：書舜典云：「格汝舜」，此借為爾汝之汝也。

(二)

女：說文十二下女部：「婦人也，象形，王育說。」段注：「尼呂切，五部。」
按：論語為政云：「誨汝知之乎？」是則以女為爾汝之汝也。

(三)

乃：說文五上乃部：「曳詞之難也，象气之出難也。」段注：「奴亥切，一部。」
按：書盤庚：「古我先王暨乃祖乃父，胥及逸勤。」是則又以乃為爾汝之偁也。今按汝為「日」紐，女、乃「娘」紐，餘杭章先生以為「古娘、日二紐歸泥紐」，則「日」「娘」古聲紐同也。

(四)

爾：說文三下㸚部：「麗爾，猶靡麗也，从冂㸚，㸚，其孔㸚㸚，从介聲，此與爽同意。」段注：「兒氏切，十五部。」
按：小雅云：「爾，汝也。」詩雄雉：「百爾君子。」以爾為爾汝之爾也。兒氏切，日紐，古歸泥紐，與汝、女、乃古雙聲。

(五)

若：說文一下艸部：「擇菜也，从艸右，右，手也。一曰杜若，香艸。」
按：儀禮士昏禮：「若則有常」，禮祭統：「若纂乃祖服」，以若為爾汝之偁，今音日藥切，日紐，古歸泥紐，與汝女乃爾古雙聲也。在段氏古韵五部。

(六)

佗：說文八上人部：「負何也，从人它聲。」段注：「隸變佗為他，用為彼之

偁。徒何切，十七部。」

按：集韻云：「佗者，彼也。」今作「他」，用作第三人偁。

（七）𢓊

彼：說文二下彳部：「往有所加也，从彳皮聲。」段注：「補委切，十七部。」

按：孟子滕文公：「彼丈夫也，我亦丈夫也，吾何畏彼哉。」此以彼為他也。

（八）䈞

孰：說文三下丮部：「食飪也，从丮𦎫。」段注：「殊六切，三部。」

按：字今作孰，與誰為雙聲，故以為誰之偁，誰之本義為「誰何」，誰何，何也。誰何之誰為發語詞，故字从言也，此猶爾雅釋訓云：「誰昔，昔也。」誰亦發語詞，故凡誰何、誰昔云者，其義俱在「何」「昔」等字，至云孰者誰也之誰，已借以為「何人」矣。

肆、假借為語詞者（取終古未造本字者以為例。）：

（一）𦱤

若：說文一下艸部：（見前第「叁」類）。

按：書盤庚：「若網在綱。」此「若」為「如」之義也。左傳定公元年：「若從踐土，若從宋，亦唯命。」此「若」為「或」之義也。易離：「出涕沱若。」此「若」為「然」之義也。書大誥：「若考作室，厥子乃弗肯堂。」此「

若」為「其」之義也。

(二) 云

云：說文十一下雲部雲字下云：「云，古文省雨。」段注：「王分切，十三部。」

按：云之本義為「山川气」，古多假云為曰者，如詩云即詩曰也。

(三) 𠀠

其：說文五上箕部箕字下云：「𠀠，古文箕。𠔏，籀文箕。」段注：「渠之切或居之切，一部。」

按：段云「經籍通用此字為語詞」，今按孟子滕文公：「有饋其兄生鵝者」，此「其」為彼之義也。書康誥：「朕其弟，小子封。」此「其」為「之」之義也。詩秦風小戎：「溫其如玉」，此「其」為「然」之義也。左傳僖公五年：「一之謂甚，其可再乎？」此「其」為「豈」之義也。史記趙世家：「誠愛趙乎？其實憎齊乎？」此「其」為「抑」之義也。易繫辭：「易之興也，其於中古乎？」此「其」為「殆」之義也。其餘義多，不煩細舉矣。

(四) 也

也：說文十二下乁部：「女侌也，从乁象形，乁亦聲。」段注：「余者切，十六、十七部閒。」

按：段云「此篆女侌是本義，段借為語詞。」今，按「也」之為語詞，其例尤多，見者亦常，讀者請參閱王氏經傳釋詞。

(五) 焉：說文四上烏部：「焉鳥黃色，出於江淮，象形。」段注：「有乾切，十四部。」

按：焉字自借為語詞後，本義廢矣。其用為語詞之例亦多不勝舉，請參閱王氏經傳釋詞。

(六) 之：說文六下之部：「出也，象艸過屮，枝莖漸益大有所之也。」段注：「止而切，一部」

按：之字之用為語詞，以相當於今語體文中之「的」者為最多，其餘見經傳釋詞。

(七) 邪：說文六下邑部：「琅邪郡也，从邑牙聲。」段注：「以遮切，五部。」

按：段云：「近人隸書从耳作耶，由牙、耳相似。」其為語詞之例請見經傳釋詞。

(八) 所：說文十四上斤部：「伐木聲也，从斤戶聲。詩曰：伐木所所。」段注：「疏舉切，五部。」

按：漢書張良傳云：「涉居谷口半歲所」，此「所」為「許」之義也。左傳宣公十年：「所有玉帛之使者則告，不然則否。」此「所」為「若」之義也。禮檀弓：「君無所辱命」，此「所」為語中助詞之義也。論語為政：「視其所以，觀其所由。」此「所」之為事物指稱詞也。其餘請參閱經傳釋詞。

第十章 研讀說文之方法

第一節 通分部之條例

段玉裁云：「通乎說文之條理、次弟，斯可以治小學。」蓋謂說文條例之宜當通曉也。茲列舉其分部之條例如后：

一、凡每部中字之先後，以義之相引為次；凡部之先後，以形之相近為次（見一篇上一部後「文五重一」下）。

二、以類為次：段氏於一篇上玉部文百二十四下注云：「自璙以下皆玉名也……。」蓋同類者先後相次也。

三、凡許全書之例，皆以難曉之篆，先於易知之篆（見十四篇上車部轙字下段注）。

四、先人後物例：四篇下肉部肉字下段氏注云：「說文之例，先人後物，此何以先言肉也？曰：以為部首，不得不首言之也。」

五、許書以先小篆後古文為正例，以先古文後小篆為變例（見三篇下卜部𠁁字下段注）。

六、有一字而分為二部者，蓋因古、籀與篆文字形不同，而各皆為部首故也：十篇下大字下段注云：「本是一字，而凡字偏旁或从古或从籀不一，許為字書，乃不得不析為二部，猶人、儿本一字，必析為二部也。」

七、皇帝之名，例不書篆及解說（見一篇上示部祜字下段注）。

第二節 明說解之條例

一、以說解釋文字例：九篇下山部屾字下段注云：「許書之例，以說解釋文字，若屾篆為文字，屾山也為說解，淺人往往氾謂複字而刪之。」

二、意內言外例：九篇上司部詞字下段注云：「有是意於內，因有是言於外謂之詞，此語為全書之凡例，全書有言意者：如歔，言意；欪，無腸意；歡，悲意；⿰亻然，⿰月毳意之類是也。有言詞者，如……魯，鈍詞也；⿱知亏，識詞也；曾，詞之舒也；乃，詞之難也之類是也。」

三、合二字成文例：一篇上玉部瑜字下段注云：「凡合二字成文，如瑾瑜、玫瑰之類，其義既舉於上字，則下字例不複舉。」

四、說文訓詁例：

甲、疊韻為訓例：如「天，顛也。」「戶，護也。」「門，聞也。」是。（一篇上一部天字下段注云：「此以同部疊韻為訓也。」）

乙、雙聲為訓例：十三篇下土部地字下段注云：「地與敶以雙聲為訓。」

丙、互訓例：如老部：「考，老也。」「老，考也。」，衣部：「裼，但也。」及人部：「但，裼也。」，艸部：「𧃍，蓄也。」「蓄，𧃍也。」，「蓨，苗也。」「苗，蓨也。」皆是也。

丁、以本字為訓例：如水部：「河，河水。」，山部：「岏，岏山也。」是也。

第三節　知用語之體例

一、凡某之屬皆从某：一篇上一部一字下段注云：「凡云凡某之屬皆从某者，自序所謂分別部居不相雜廁也。」

二、从某，某聲：一篇上一部元字下段注云：「凡言从某、某聲者，謂於六書為形聲也。」

三、省聲：一篇上示部齋字下云：「从示，齊省聲。」段注云：「凡字有不知省聲，則昧其形聲者如融、蠅之類是。」

四、亦聲：亦聲者，會意兼形聲之謂也。一篇吏字下云：「从一从史，史亦聲。」段注云：「凡言亦聲者，會意兼形聲也。」

五、闕：文字構造不明者，闕之。一篇上上部旁字下云：「从上，闕，方聲。」段注云：「凡言闕者，或謂形，或謂音，或謂義，分別讀之。」又謂旁字下之闕曰：「闕謂从八之說未聞也。」

六、以為：十四篇下子部子字下云：「人以為偁。」段注云：「凡言以為者，皆許君發明六書之法。」一篇下屮部屮字下云：「古文或以為艸字。」段注云：「凡云古文以為某某者，此明六書之假借以用也，本非某字，古文用之為某字也。」

七、讀若、讀為、讀與某同：一篇上王部皇字下云：「自讀若鼻。」按：讀若者，擬其音也，言此字之音讀如彼字之音也。一篇上玉部⿰王厶字下云：「从玉厶聲，讀與私同。」段注云：「凡言讀與某同者，亦即讀若某也。」七篇下宀部⿱宀毇字下云：「讀若虞書曰竄三苗之竄。」按：此又另一方式之讀若也。一篇上示部⿱毳示字下云：「讀若舂麥為⿱毳示之⿱毳示。」段注云：「凡言讀若者，皆擬其音也。凡傳注言讀爲者，皆易其字也。注經必兼茲二者，故有讀爲、有讀若，讀爲一言讀曰，讀若一言讀如，字書但言其本字本音，故有讀若無讀爲也。」

八、一曰：一篇上示部禋字下云：「一曰精意以享爲禋。」段注曰：「凡義有兩岐者，出一曰之例。」一篇下艸部藋字下云：「一曰拜商藋。」段注曰：「說文言一曰者有二例，一是兼採別說，一是同物二名。」

九、同意：四篇上羊部羋字下云：「與牟同意。」段注曰：「凡言某與某同意者，皆謂其製字之意同也。」五篇上工部工字下云：「與巫同意。」段注云：「凡言某與某同意者，皆謂字形之意有相似者。」

十、從：五篇上豐部豐字下云：「从豆象形。」段注曰：「按說文之例，成字者則曰从某。」五篇下亼部亼字下云：「从入一。」段注曰：「許書通例，其成字者必曰从某如此。」

第四節 段氏說文條例

一、聲義同源：十三篇下土部坤字下段注曰：「故文字之始作也，有義而後有音，有音而後有形，音必先乎形。」一篇上示部禛字下段注曰：「聲與義同源，故諧聲之偏旁，多與字義相近，此會意、形聲兩兼之字致多也。」十四篇上金部鏓字下段注云：「囪者多孔，蔥者空中，聰者耳順，義皆相類，凡字之義必得諸字之聲者如此。」

二、凡从某聲皆有某意：十一篇下魚部鰕字下段注云：「凡叚聲如瑕、鰕、騢等皆有赤色，古亦用鰕為霞字。」四篇上羽部翑字下段注云：「凡从句者皆訓曲。」三篇上言部詖字下段注曰：「凡从皮之字，皆有分析之意，故詖為辯論也。」一篇下艸部蕾字下段注云：「凡字从畾聲者，皆有鬱積之意。」

三、凡形聲字多兼會意：八篇上衣部裨字下段注云：「會部曰：朇，益也。土部曰：埤，增也。皆字異而音義同。」二篇上牛部犫字下段注云：「凡形聲多兼會意，讎从言，故牛息聲之字从之。」十一篇上水部池字下段注曰：「夫形聲之字多含會意。」

四、於形得義之字，乃形與義之關係：五篇下食部食字下段注云：「其字从亼皀，故其義曰亼米，此於形得義之例。」九篇上面部靦字下段注曰：「此於形為義之例。」十篇下大部臭字下段注云：「全書之例，於形得義之字不可勝數，臭从白大會意，則訓之曰大白也。」按：今人有分會意字為「並列見意」及「順遞見意」二類者，其「順遞見意」一類，即段氏所云之「於形得義」也。

五、凡物之盛，皆三其文：七篇上晶部晶字下段注云：「凡言物之盛，皆三其文。」十篇下焱部焱字下段注云：「凡物盛則三之。」

段氏說文之例，歸納之，大致如上，是亦初治說文者宜當粗知者也。

中國文字學通論附錄一

蘄春黃季剛先生研究說文所發明之條例：

按：此為黃先生傳授說文條例時所講解者，本師瑞安林景伊先生為之歸納整理，以為研究之途徑，並非黃先生之原文，黃先生亦未有此類條例發表，此為林師鄉日授說文時所聲明者。

條例如下：

一、文字古簡今繁，故研究文字，必須明其字義，求其語根。初文五百，秦篆三千，許書所載，乃幾盈萬，故文字古簡而今繁，聲韻、訓詁亦莫不然，蓋隨文字之增加而繁複，亦勢使然也。故知繁由簡出，則簡可統繁，簡既孳繁，則繁必歸簡。明至繁之字義，求至簡之語根，文字、語言、訓詁之根本，胥在是矣。

二、不可分析之形體謂之文，可分析之形體謂之字，字必統於文，故語根必為象形、指事之文。

三、文字之基在於語言；文字之始，則為指事、象形。指事、象形既為語根，故意同之字，往往音同。如：

才：昨哉切，從紐。从才得音之字多同意（有始之意）。說文：「才，艸木之初也。」段注：「引申為凡始之偁。釋詁曰：初、哉，始也。哉即才之假借，故哉生明，亦作才生明，凡才、財、材、裁、纔字以同音通用。」

𢦏：說文：「傷也，从戈才聲。」按：此篆與哉、菑音同，而意相近也。段注：「凡烖、載、胾之類以為聲。」

烖：說文：「天火曰烖，从火𢦏聲。」段注：「按，經多言災，惟此言火耳。引申為凡害之偁。十五年傳曰：天反時曰災，反物為妖，反德為亂，亂則災妖生。今惟周禮作烖，經傳多借菑為之。」重文：災、灾、𤆎。

裁：制衣也，从衣𢦏聲。段注：「裁者，衣之始也。」

胾：大臠也。切肉之始。

𩞁：設飪也。設飪者，食之始也。

栽：築牆長板也。段注：「古築牆先引繩營其廣輪方制之正，築牆之始也，今人謂艸木種植曰栽。

材：木挺也。段氏在「才」字下注曰，才、材、財、纔、裁皆有始義。故此材字，古亦為才字。

䵄：餅麴也，从麥才聲。餅麴即酒母，為造酒之始。

財：人所寶也。貝為人之最先所寶，故字从才貝，亦始之義也。漢書：「先身財七尺。」

哉：言之間也，从口𢦏聲。段注：「言之間歇多用哉字。若哉生明、初哉首基，則又訓哉為始，凡竟即為始。」

載：乘也。段注：又借之為始。

四、凡形聲字之正例必兼會意：王筠說文釋例曰：「聲者，造字之本也，用字之極也。其始也，呼為天、地，即造天、地之字以寄其聲；呼為人、物，即造人、物之字以寄其聲。是聲者，造字之本也。及其後也，有是聲即以聲配形而為字，形聲一門之所以廣也。綜四方之異，極古今之變，則轉注之所以分著其聲也。無其字而取同音之字以表之，即有其字，亦取同聲之字以通之，則假借以聲萃其聲也。是聲者，用字之極也。」文字既原於聲音，聲音又所以表達意思，故形聲之字，原於聲音，而著之形體，凡同聲音之所屬者，其聲子與聲母必有同一之意義。凡同一形體之部居者，其偏旁之表示，必為同一之類別。

劉師培先生小學發微補曰：「易經有言，書不盡言，言不盡意。意即字義，言即字音，書即字形。惟有字義，乃有字音；惟有字音，乃有字形。許君作說文解字，以左旁之形為主，乃就物之質體區別也。然上古人民未具分辨事物之能，故觀察事物，以義象區別，不以質體區分。然字音原於字義，既為此聲，即為此義，凡彼字右旁之聲，同於此字右旁之聲者，其義象亦必相同。」

五、凡形聲字無義可說，有可以假借說之。如：祿：从示彔聲。祿者，福也。然彔無福之義，彔與鹿音同，即可借鹿之義以說之。蓋古人狩獵得鹿，故云福也。字應作⿰示鹿。林景伊師曰：祿應从示鹿聲，蓋彔無福義，乃借彔之音為鹿之義也。鹿肉美，獵而得之則為福，此如獵得羊而為祥也。故祿字應作⿰示鹿，今作祿者，以彔鹿同音而得相假借也。

說文麓之重文作⿱林彔，可見古人鹿彔通用。

說文漉之重文作淥。

六、說文睩从目录聲，讀若鹿。

說文內有無聲之字，有有聲之字。無聲字者，指事、象形、會意是也。有聲字者，形聲是也。無聲字可依其說解而尋其語根，有聲字可因其聲音而辨其類別。

七、形聲字有聲母、有聲子，聲子必以其聲母之音，聲母如尚有其母，則必至於無聲字而後已。故研究形體，必須由上而下，以簡馭繁；追究聲韵，必須由下而上，由繁溯簡。

八、形聲字有與所从之聲母聲韵畢異者，非形聲字之自失其例，乃無聲字多音之故。如：必：从弋聲。　妃：从己聲。　寽：从一聲。　皆聲子與聲母之聲韵畢異者。所謂無聲字多音，如「丨」：下上通也，引而上行讀若囟，引而下行讀若退，丨古本切。　「屮」：艸木初生謂之屮，讀若徹，古文以為艸字。（有屮、艸二音）　「皀」：方立切，方力切；又讀若香。（有三音）　「疋」：足也，古文以為詩大雅字，亦以為足字，或曰胥字，一曰疋記也。（有四音）

九、因無聲字多音，故形聲字聲子與聲母之關係凡有二例，一則聲子與聲母同讀一音，一則各聲子所从之聲母，有讀如聲子之舊音者（即聲子之本音）。

註一：第一例即今日讀之，其聲子與聲母之音完全相同，或因聲韻之轉變，尚為同紐或同韻者。如：

禮：从豊聲。　期：从其聲。　禛：从真聲。　倫：从侖聲。

註二：第二例即今日讀之，聲母與聲子之聲韻完全不同，實則先有聲子之舊音（即聲子之本音），造字時取一與此聲子舊音相同之無聲字作為聲母（其用如今之音符），此一無聲字，在當時兼有數音（即有數種讀法），其中之某一音，正與此聲子之舊音相符合，故聲子與聲母亦為同音，其後無聲字漸失多音之道，於是此一聲子所从之聲母，再不復有與此聲子舊音相同之音讀，故聲韻全異，乃滋後人疑惑也。如：

己：有「ㄐㄧˇ」（紀記為其聲子）、「ㄆㄟˋ」（配妃為其聲子）等音，是多音也。其孳乳之聲子有「紀記」及「配妃」二支，二支聲子之音均流傳至今，然聲母本身則至今已失一音，僅留「紀記」一支之音矣，然聲子「配妃」仍保留聲母既失之「ㄆㄟˋ」音至於今日。

十、言形體先由母至子，言聲韻則由子至母，史有吏聲，故吏乃从史。方有旁聲，故旁乃从方。子有李聲，故李乃从子。此之謂聲母多音，亦即無聲字多音，此在文字學上，為形聲與訓詁關鍵之處。如：

一：於悉切，影紐，喉音。若依第七條以例之，則凡从一得聲之字，必為喉音，但亦有从一得聲之字而非喉音者，蓋「於悉切」乃近世音讀，古人讀之，則或有喉、舌、齒諸不同之音也。

聿：余律切，从聿一聲。可知聿之聲母為一，然从聿得聲之律，則音「呂戌切」，聲母「一」為影紐，直接聲子為「喻四」紐，二級聲子為半舌音「來」紐，此亦聲母多音之故也。

寽：从𠬪从一聲，呂戌切，讀若律。可見「一」有舌音。段氏疑寽字从一聲之「聲」字為衍字，「讀若律」之語亦為後人竄入者，此誠不能自圓其說也。

戌：从戊一，一亦聲，辛律切。屬齒頭音「心」紐，徐鉉疑一非聲，改之為會意字，以為从戊含一。徐鍇說文繫傳以戌字从戊从一，一亦聲，段氏从其說，此又何以無疑乎？

謐：段氏音「神至切」，十六部。大徐本作「謐」，从言兮皿，闕。徐鍇曰：兮，聲也。按：小徐說文繫傳作「謚」，謂「皿非聲，兮聲也」，疑脫誤。大徐小徐本說文言部部末均有「謚」字，謂「笑皃，从言益聲，伊昔切。」段氏刪徐氏本言部部末之謚字，而改謚為諡，遂造成从益聲而有神至切之音。

囟：段氏囟字在十二部，思字在一部，細字在十五部，⿰亻囟字在十六部，⿰土晋字讀若細，在十六部。同从囟字得聲，而古韵部之部目繁多若此，而段氏自云一部與十六部絕不可通，此誠矛盾而不可解也，其故安在哉？蓋段氏於「謚」「囟」二字皆不知無聲字多音而致誤者也。

十、凡說文中重文或形聲字之重文聲母，今讀之雖與本字之聲母音義或有差異，在古人讀之，音必相同，義亦可通。如：

鬃：重文祊，則古彭、方必同音，且彭、方之義亦可通者。

禂：重文𥝇，則周、壽古必同音，義亦可通。

瑁：重文玥，冒从冃得聲、得義，音義俱通。

逖：重文逷，則逖之狄與逷之易古必同音，義亦可通。

駕：重文𩣡，則加、各古必同音，義亦可通。

⿰咢刂：从咢聲，重文作⿱刀各，則古各又與咢通。

話：从𠯑聲，重文作譮，則古𠯑與會通。

觵：从黃聲，重文作觥，則古黃與光通。

絖：从光聲，重文作纊，則古光與廣通。

墣：从菐聲，重文作圤，則古菐與卜通。

球：从求聲，重文作璆，則古求與翏通。

稑：从坴聲，重文作穋，則古翏又與坴通。

荇：从行聲，重文作莕，則古行與杏通。

飽：从包聲，重文作⿰食孚，則古包與孚通。

䍖：从包聲，重文作罦。

⿰食孚：从孚聲，重文作⿱卯食，是孚又與卯通。

桴：从孚聲，重文作柎，是孚又與付通。

稃：重文⿰米付。

蠹：从橐聲，重文蜉，是孚又與橐通。

鞉：从兆聲，或作鞀，重文又作鼗，則古兆與召通。

捦：从金聲，重文㩒，是金與禁通。

柄：从丙聲，重文棅，是丙與秉通。

十二、凡說文中讀若之字，必與本字同音，其義亦可通假，欲知形聲假借之關鍵，及古音之體系，不可不詳明其例，而悟其理。如：

祘讀若筭：是祘與筭通。算讀若筭，是筭又與算通。段氏曰：古假選為算，如詩邶風：不可選也。車攻序：因田獵而選車徒。選皆訓數是也。論語曰：何足算也。鄭注：算，數也。古又假撰為算，如周禮大司馬：羣吏撰車徒。鄭注：撰讀若算，數擇之也。

由上例可知，同音之字，其義必可通也。

瓇讀若柔：瓇，耳尤切。柔，耳尤切。瓇既讀若柔，則推其聲母夒字亦必與柔通。今考瓇柔俱以「耳尤」為切，而夒切「奴刀」，則瓇為「日」紐，柔亦同之，夒則「泥」紐。餘杭章先生謂「古娘日歸泥」，故日亦泥紐也。又考切語下字「尤、刀」，俱屬段氏古韻第三部，是古同音也。

說文：夓，貪獸也。一曰母猴。段注曰：詩小雅夓作猱，猱又作獶。

故知讀若之字，非僅本字可以通假，即其聲子與聲母亦皆通用。

夂讀若殊：殳从夂聲，殊从朱聲。夂之聲子殳，亦通殊之聲母朱。

殳：以杖殊人也。

杸：軍中所持杖也。

殊：死也，从歺朱聲。莊子在宥：今世殊死者相枕。經典釋文：殊，誅也。釋名：誅，株也。

姝：好也，从女朱聲。昌朱切。

㚡：好也，从女殳聲。昌朱切。段氏云：與姝音義同。許叔重引詩曰：靜女其㚡。今毛詩作靜女其姝。

十三、說文中有一字讀若數字之音，此即無聲字多音之故。

十四、說文中讀若之字，必與本字同音，並與本字之聲母同音，其有與本字同音而與本字之聲母異音者，則讀若之字與本字之聲母，必皆另有他音，在他音亦必相同，此亦為無聲字多音之證。如：

⿰王毄：郎激切，讀若鬲。是⿰王毄與鬲通，推其聲母毄字，亦必與鬲通。

鬲：郎激切。　毄：古歷切。　⿰毄虎：讀若隔。　隔：古覈切。从鬲聲。　轚：古歷切。

五、六書中最難解者，莫如假借，許氏謂本無其字，依聲託事，此假借之正例也。亦有本有其字而互相通假者，皆不離聲音之關係。

段玉裁在「洒」字下注曰：凡假借多疊韵或雙聲（洒、古文以為灑埽字，此雙聲之故）。

段氏曰：大氐假借之始，始於本無其字，又其後也，既有其字矣，而多為假借；又其後也，且至後代，譌字亦得自冒於假借，博綜古今，有此三變。

十六、假借之道，大別有二，一曰有義之假借，二曰無義之假借。有義之假借者，聲相同而字義相近也。無義之假借者，聲相同而取聲以為義也。故形聲字同聲母者，每每相假借，語言同語根者，每每相假借。進而言之，凡同音字皆可假借。

十七、班固謂假借亦為造字之本，此蓋形聲字聲與義定相應，而形聲字有無義可說者，即假借之故也。如：

丕：大也。从一不聲。段注：丕與不音同，古多用不為丕。黃先生曰：不字無大之意義，不聲有大之意義，不字與旁、溥聲相近，旁、溥有大之意義，故丕字以大為訓，即借不之聲以代旁、溥之義也。

十六、說文中之字，有本有聲而不言聲者，此於無聲字中可以明之。如：

道：从辵从首，實首聲也。　皆：从比从白，實比聲也。

⿰足更：从足从更，實更聲也。　差：从左从𠂹，實𠂹聲也。

钀：或从金獻，實獻聲也。　軵：从車从付，實付聲也。

馗：从九首，實九聲也。　位：从人立，實立聲也。

（以上所舉為二徐皆不言聲者，若大徐言聲，小徐不言；或小徐言聲，大徐不言者，皆不入此列。）

若分析之，則：

道：所行道也，从辵从首。段注：首者行所達也，首亦聲。黃先生曰：首即頭，首與頭音近。

皆：俱詞也，从比从白。古諧切。比、自、皆均屬段氏古韵十五部。

𨈏：迒或从足更。胡郎切。迒、更均在段氏古韻第十部。

差：从左从𠂹。差、𠂹同在段氏古韻十七部。

钀：轙或从金獻。獻、義古合韻。

逵：馗或从辵坴。馗實九聲，古馗、九皆發牙音。徐鍇謂：坴，高土也。段氏謂坴亦聲。

位：二徐均謂从人立。實則从人立聲也。此於莅、涖二字可證。

（以下為大小徐本係會意而段氏改為形聲，或大小徐本為形聲而段氏改為會意者。）

麗：二徐皆謂从鹿丽聲。段氏改作从鹿丽，段氏非。

偫：大徐从人待，以為會意字。小徐謂从人待聲。段氏謂會意包形聲，段氏是。二徐非。

中國文字學通論附錄二

說文部首歌：吳縣馮桂芬撰。

「一上示三王玉」同，「玨气士丨」居其中。（一上凡十部。）「屮艸蓐茻」一下全。（一下凡四部。）「小八釆半牛犛」逢，「告口凵吅哭走」從，「止癶步此」相追蹤。（二上凡十六部。）「正是辵彳亍」為標，「廴延行齒牙足」同條，「疋品龠冊」還相招。（二下凡十四部。）「㗊舌干𧮫」序無尨，「只㕯句丩古」不尨，「十卅言誩音」非雙，「䇂丵菐𠬞𠬜」同腔，「共異舁𦥑䢅爨」降。（三上凡二十五部。）「革鬲䰜爪丮鬥」交，「又𠂇史支𦘒聿」包，「畫隶臤臣殳」不淆，「殺𠘧寸皮㼱攴教」，「卜用」之下「爻」上「㸚」。（三下凡二十八部。）

「旻目䀠眉盾」共知，「自白鼻皕習羽」施，「隹奞萑𦫳𥄕羊」宜，「羴瞿雔雥鳥烏」隨。（四上凡二十三部。）「𠦝冓幺𢆶叀」為曹，「玄予放𠬪𣦼」同遭，「歺死冎骨肉筋刀」，「刃㓞丰耒角」義高。（四下凡二十二部。）

「竹箕丌左」見指揮，「工㠭巫甘曰乃」歸，「丂可兮号亏」旨依，「喜壴鼓豈豆」無違，「豊豐䖒虍虎虤」睎，「皿𠙴去血丶」範圍。（五上凡三十二部。）「丹青井皀鬯」同科，「食亼會倉入」如何，「缶矢高冂𩫏京」多，「亯𩫖畗㐭嗇來」歟，「麥夊舛舜韋」無訛，「弟夂久桀」皆搜羅。五下凡三十一部。

「木東林才」六上居。六上凡四部。「叒之帀出𣎵」萌牙，繼以「生乇𠂹𠌶華」，「禾稽巢桼束㯻」加，「囗員貝邑𨛜」無差。六下凡二十一部。

「日旦倝㫃」七上區，「冥晶月有明囧」殊，「夕多毌𢎘𣐺」同符，「卤齊朿片鼎」相須，「克彔禾秝黍香」俱，「米毇臼凶」為之樞。七上凡三十部。「朩𣏟麻尗耑韭」詳，「瓜瓠宀宮呂」同彰，「穴㝱疒冖𠔼」成章，「冃㒳网襾巾」相將，「巿帛白㡀黹」頡頏。七下凡廿六部。

「人匕匕从比北」齊，「丘㐺𡈼重臥身㐆」，「衣裘老毛毳尸」題。八上凡十九部。「尺尾履舟方儿」呈，「兄兂皃𠑹先秃」迎，「見覞欠㱃次旡」并。八下凡十八部。

「頁百面丏𦣻県」偕，「須彡彣文髟」同儕，「后司卮卪印色」皆，「卯辟勹包茍」無乖，「鬼甶厶嵬」以次排。九上凡二十六部。「山屾屵广厂」為經，「丸危石長勿」分形，「冄而豕㣇彑」垂型，「豚豸𤉡易象」瓏玲。九下凡二十部。

「馬𢊁鹿麤」十上開，「㲋兔萈犬㹜鼠」該，「能熊火炎黑」皆來。十上凡十五部。「囪焱炙赤大亦」承，「夨夭交尣壺壹」登，「㚔奢亢夲夰」因仍，「亣夫立竝」可遞徵，「囟思心惢」十下偁。十下凡二十五部。

十一卷上「水」部純。十一上凡一部。「沝瀕〈巜巛」同流，「泉灥永𠂢谷仌」收，「雨雲魚𩺰」以類謀，「燕龍飛非卂」爲儔。十一下凡二十部。

「乞不至𠧪鹵鹽」文，「戶門耳𦣝手𠦬」分。十二上凡十二部。「女毋民丿𠂆乀」略，「氏氐戈戉我亅」侵，「琴乚亾匸匚曲」斟，「甾瓦弓弜弦系」尋。十二下凡二十四部。

「糸素絲率虫」分門。十三上凡五部。「䖵蟲風它龜黽」參，「卵二土垚堇里」含，「田畕黃男力劦」諧。十三下凡十八部。

「金幵勺几且」爲端，「斤斗矛車𠂤」不刊。十四上凡十部。「𨸏𨺅厽四宁」分籤，「叕亞五六七九」占，「禸嘼」之下干支兼，「己」有「巴」坿「辛辡」拈，「子了孨𠫓」「酉酋」沾。十四下凡四十一部。

國家圖書館出版品預行編目資料

中國文字學通論

謝雲飛/著.— 初版.--- 臺北市：臺灣學生，1963 [民 52]
面；公分

ISBN 957-15-0636-2(精裝)
ISBN 957-15-0637-0(平裝)

1.中國語言 － 文字

802.2 83007345

中國文字學通論（全一冊）

著作者：謝雲飛
出版者：臺灣學生書局
發行人：孫善治
發行所：臺灣學生書局
臺北市和平東路一段一九八號
郵政劃撥戶：〇〇〇二四六六八號
電話：(〇二)二三六三四一五六
傳真：(〇二)二三六三六三三四
本書局登記證字號：行政院新聞局局版北市業字第捌玖壹號
印刷所：宏輝彩色印刷公司
中和市永和路三六三巷四二號
電話：二二二六八八五三

定價：精裝新臺幣三六〇元
平裝新臺幣二九〇元

西元一九六三年九月初版
西元一九九九年九月十一刷

80210

ISBN 957-15-0636-2(精裝)
ISBN 957-15-0637-0(平裝)